JN006360

オールラウンダーズ!!
ALL ROUNDERS!!!
転生したら幼女でした。
家に居づらいので
おっさんと冒険に出ます

インドラ・
スプリンコート
伯爵令嬢。実家に見切りをつけて新たな
旅立ちを決意する。天上天下唯我独尊。
血みどろ魔女
Sランク魔術師。ひきこもりのツンデレ喪女で、
素手で男を殴り殺せるほどの怪力。
ソード
Sランク冒険者のトップ。インドラと出会った
後は、ツッコミ役の残念苦労人。

サンガ
イースのギルドマスター。元Bランク冒険者で、
ソードと組んだことも。頼れる兄貴分。
ベンジャミン
愛称ベン。Bランク冒険者。
見た目も言葉もフットワークも軽い商人。
リョーク
インドラの作った可愛い可愛いゴーレム。

……気がついたら、ソードに抱きかかえられて頭をなでられていた。
ソードは憂い顔で、私を慰めるように聞いた。
「……なんだよ、その男に会いたいのか？」
「違う。ちょっと感傷的になっただけだ」

オールラウンダーズ!!

ALL ROUNDERS!!!

転生したら幼女でした。
家に居づらいので
おっさんと冒険に出ます

AUTHOR
サエトミユウ
ILLUST
又市マタロー

口絵・本文イラスト
又市マタロー

装丁
百足屋ユウコ＋モンマ蚕(ムシカゴグラフィクス)

ALLROUNDERS!!!

CONTENTS

一章

……………ハッ‼

目を開けて最初に飛び込んできたのは暗く寂しい部屋だった。

薄暗い天井をぼんやりと見ているうちに意識がはっきりとしてきて、夢を見ていたのだとようやく気がついた。その夢は、まったく知らない世界でまったく別の人間として生きていた記憶で、断片的なものだったが、なぜか夢とは思えなくて——もしかしてこれが、転生前の記憶ってヤツ？

確か、目覚める直前の夢で何かを強く願った気がする。それが……うーんダメだ、思い出せない。逆に、直視したくない現実を思い出した。

——私は、この世界で、ここに住んでいる人間に、嫌われている。

この世界の私は【インドラ・スプリンコート】という名前をつけられている貴族令嬢だ。もちろん、父親らしき男も私を産んだ女も貴族である。

だが、その『貴族』という肩書きがまったく生かせない環境にいる。五歳の子ども（私）が寝込んだにもかかわらず、看病してくれるメイドすらここにはいない、ということがそれを物語っていると思う。

親らしき男女の、女の方は死んだ。なんで産んだんだろ？　と不思議に思うほど私を嫌い、私に呪詛《じゅそ》を浴びせながら、愛人宅に入り浸っている夫の帰りを待ち続けて死んでいった。同時期に親らしき男の愛人も天に召されたらしい。男が子連れで屋敷に戻ってきた。

男は本妻の娘である私を毛嫌いし、私とほぼ同い年の愛人の娘ばかりをかわいがっている。愛人の娘は、自分にむけられる愛情と奉仕を当たり前のように受け取り、私にもそれを求めた。

さらに、だ。愛人と愛人の娘は平民だ。つまり、貴族のマナーを知らずに育った。そのため、愛人の娘はこの貴族の屋敷で恥をかく。それだけならどうでもいいが、それを私のせいにするのだ。だったら恥をかかないようにしろよ！　私なんてなぁ、母親らしき女に鬱憤《うっぷん》ばらしのようにマナーを（物理的に）たたき込まれていたのだぞ⁉　……なのに、男は連れてきた娘にマナーを一向に教えようとしない。もしかして、マナーを知らずに恥をかかされたのはお前のせいだと私を虐待したいからだろうか。娘も便乗して全てを私のせいにしているしな。

……これまでの私は相当追い詰められていたのだろう、食事は喉《のど》を通らず日に日に精神を病み、ある日とうとう昏倒《こんとう》した。そして生死の境をさまよいつつ別世界の夢を見て、今覚醒《かくせい》した。

――やってられるか！

私は決意した。周りの人間をサクッと見限り、さっさとここを出て一人で生きていくぞ！

貴族の自分を捨てる。役に立つかはわからないが、私は夢で別世界の知識を得た。その世界の私はなんと、剣術及び格闘術を学んでいて、さらに多趣味で凝り性だったため、様々な雑学の知識を持っていたのだ。それを生かせばどうにかなる、かもしれない。

さ、ら、に、は！　この世界には、別世界にはなかった『魔術』があるのだ！

だがしかし、残念なことに知識がない。魔術は、死んだ母親らしき女のスパルタ教育から外れていたのだ。使えるかすら謎だが独学で調べてみよう。あとは……別世界の雑学を駆使し、ものづくりもしていこう。よしやるぞ、と気合いを入れ、ベッドから起き上がった。

周りを見回すが、やはり誰もいない。――もともとの私付きのメイドたちは、当主であるアヤツが屋敷に戻ってきてから愛人の娘付きとして取り上げられた。代わりに新人メイドが一人つけられたが、教育がなっていないせいか側にいないのだ。私は起き上がり、病み上がりの体を叱咤《しった》しつつ、通りかかったメイドに頼んで適当な作業服を調達してもらった。トレーニング用の服ね。何せ、私は放置されている。愛人の娘のように家庭教師でもつけてくれれば魔術の勉強が出来たのだが、逆に放置されているからこそ、好きなように勉強も運動も出来るのだとポジティブに考えて、さっそく作業服に着替えるとまずは基礎トレーニングから始めることにした。

別世界でたしなんでいた格闘技の記憶と感覚を思い出しつつ、ストレッチ、筋トレと、格闘技の基本の構えと型を行った。うん。お嬢様の体だけあって、全然なっとらんわ！

ま、まだ五歳だもんね、しょーがないよ、うん。

お次は魔術の勉強！　再度ドレスに着替えてから、魔術の本を探して読む。

「……ふむふむ。結局感覚が頼りなのか」

魔術を使える人にはそういった感覚がある、らしい。集中してみると、大気中に言い表せないふんわりとしたものを感じた。きっとこれが、魔術が使える感覚なのだろう。そうに違いない。思い込みは大事！　私はこの、大気に漂うふんわりとしたものを感じることに集中した。

………。

うん、ふんわりとした大気の流れを感じられるようになってきた、気がする。よし、これならきっといつか使えるようになるぞ！　思い込みは大事だ！


幸先良しと廊下を歩いていると、バッタリとアヤツに出くわした。顔をしかめ無視したら立ち塞《ふさ》がってくる。今まで絶対に向こうから声なんかかけてこなかったのに、なんなの？

「おい。……いつまでも仮病で寝込んだフリをしているな、みっともない。起き上がったのならきちんとダイニングでテーブルにつけ。でなければ食事は抜きだ」

おおっとぉ。

「倒れて一週間も目を覚まさなかった人間をなぜ仮病扱いするのか……。その悪魔ですら思いつかないような悪逆非道な思考に呆《あき》れを通り越して賞賛を覚えますね」

「何？」

思わずつぶやいた言葉は老化で耳が遠くなったのか、聞こえなかったらしい。

胡乱《うろん》げに見上げたら、アヤツは嫌悪の顔に驚きを浮かべていた。

「……食卓につけ、と言っているのが、聞こえなかったか？」

「『食事は抜き』という言葉までちゃんと聞き取りましたよ。なるほど、虐待を施し餓死させる作戦ですか。病み上がりの人間に、問答無用で同じ食卓につけ、でなくば食事を与えない、とは……さすが、病人や死者にむち打つのがお得意なんですね、スプリンコート伯爵は」

ぽかーんと口を開いている、ということは年寄りの耳にも届いたらしい……と思いきや。

「………今、何と言った？」

残念、やっぱり聞こえなかったらしい。

「せめて」「食事くらい」「一人で」「おいしく」「食べたい」「ので」「部屋で」「食事」「します」

区切ってはっきりと発音してみた。

「……老化とはいえ、耳が弱ってるのは困りましたね。周りが迷惑するでしょうから引退を考えた方が良いのではないですか。……では、失礼します、スプリンコート伯爵」

言い負かしてさっさと去ろうとしたら、また呼び止められたよ。チッ。

「……お前は、本当にろくでもない性格をしているな。どうしてお前みたいな者が生まれてきたのか、不思議でしょうがない」

声が震えてるよ。声帯まで弱っているのか。引退しろ。

「私の血脈の元となった者たちに似てしまったんでしょうかね」

冷たく答えたらアヤツが固まった。

「産ませたくなかったのなら、私を産んだ女と交尾などしなければ良かったではないですか。性欲に負けたご自身の責任でしょう？　やることをやっておいて、それが自分の責任じゃないと？　お年を召すと、昔の都合の悪いことを思い出せなくなるという、アレですか？」

頬に指を当てながら、私はわざとらしく小首をかしげてやった。

「……この……！」

その仕草にカッとなったらしく、私を平手打ちしようと手を振り上げる。

そのとき「旦那《だんな》様⁉　病み上がりのお嬢様に何をなさる気ですか！」と叱責する声が聞こえ、執事が慌てたようにやってきた。

アヤツは、執事の登場に舌打ちすると手を下ろし、肩で大きく息をしてから冷笑した。

「勘違いするな。お前が私の子どもだと？　……そんな証拠、どこにある？　どこの誰ともわからない男との間に出来た子ではないのか？」

「旦那様‼　……なんということを……！」

「うるさい！」

珍しい。いつも冷静沈着な執事が、声を荒らげて怒っている。

「ほう、そうですか」

私は相づちを打った。二人が私を見る。

「つまり」「スプリンコート伯爵は」「私を産んだ女とは」「一度も交尾をしてない！」「……ということですか？」

ハッキリと聞いたら、顔をそらされた。

「したんだ」

「黙れ！　しかも、交尾、などという表現をするな！」

「どう表現しようがやってることは同じですがね」

冷静にツッコむ。

「スプリンコート伯爵と似ていないのは大変有り難いし、私に『産んだ女とは一緒になれず泣く泣く別れはしたものの、いつか私を迎えに行こうと決意している、包容力と愛情にあふれる父親』がいるかもしれないというのはこれ以上ない朗報ですね」

執事が唖然《あぜん》とした。アヤツも唖然としていた。が、すぐに嫌らしい笑みを浮かべた。

「そんなおとぎ話のようなことを本気で思っているのか？」

「思ってるワケないでしょう？　いちいち聞かなくてもわかるじゃないですか、まったく。……ただ、虐待癖のあるクズのような男の血が入っていない可能性があると聞いて、つい喜んでしまっただけですよ。――今日はとても気分の良い日だな。では、ごきげんよう」

アヤツの冷笑がこわ張るのを見届け、私はニッコリ笑って別れの挨拶《あいさつ》をした。よし、勝ったね！

部屋に戻り、自分の髪や腕に触れつつ考える。――この世界の入浴って、行水メインなのだ。記憶がよみがえる前ならいざ知らず、今は頭のゴワゴワギトギト感が気持ち悪くてしかたがない。肌がガサついているのは栄養失調のせいもあるだろうけど、垢《あか》がたまっているせいもあると思う。

別世界で使われていたせっけんがほしいなぁ。ただしそれを作るには、塩水を電解して出来る化学物質が必要だ。この世界には電気がないので、電解は魔術で行うことになるだろう。だから、何としてでも魔術を習得したい。……正しい魔術の使い方かどうかはわからないけど……い、いいんだもん！　いつか魔術を覚えたら、本格的なせっけんを絶対に作ってやるぞ！

と決意したそのとき。

バァン！　とものすごい音がして乱暴に扉が開いた。

そんなことをする人間はこの屋敷ではただ一人。愛人の娘であるプリムローズ・スプリンコートだ。彼女はズカズカと勝手に部屋に入ってきた。

「おねえさま、もう元気ですよね」

答えずにいたが、プリムローズはお構いなしにしゃべりだした。

「じゃあ、きょうからごはんをいっしょにたべましょう！　おねえさまがいないと皆は私を叱るんだもん。一緒にごはんをたべないおねえさまが悪いのに、私が叱られるの！」

うん、何を言っているんだろう。意味がわかりません。

「おねえさまがいれば、おねえさまが叱られるもの。いっしょにたべましょう？」

要は、私をいけにえにして自分が叱られないように済ませたいと言いたいのかな。

「い・や・だ」

その言葉にプリムローズは信じられないという顔をした後、顔を真っ赤にして怒鳴ってきた。

「おねえさまがわがまま言ってるっておとうさまに言うよ！」

お次はかんしゃくを起こしたようだ。私は冷めた目で観察して、肩をすくめた。

「好きにすればいいだろうが」

突き放すように答えると、プリムローズはポカーンとした顔をしていたが、

「おとうさまに言いつけてやるから！」

と叫んで出て行った。

……さきほどのアヤツとの会話も合わせて考えると、当分食事抜きだなこれは。

なら、自力で食料の調達だ！

厨房《ちゅうぼう》に行ったら、料理人たちが突然現れた私に驚いている。

「仕事中申し訳ないが、いくつか質問をしたいのと、頼みがある」

まずは、料理人を味方につけよう。そのためにはこちらの手札——つまりは別世界の料理の知識を披露する。信じてもらえるかはわからないが、実際にここで試し、ついでに食事にありつければ良いのだからどちらにしろ試して損はない。

この世界の味付けは、基本は塩で、かろうじて香辛料がある。酒はあるのに発酵調味料はない。せめて酒を料理に使えば、と料理人に言ってみたら『あり得ない』って顔をされたし。

倒れて寝込む前は食事に興味がなかったので味付けなんてどうでも良かったが、知識を得た今では試さずにはいられない。

麹菌《こうじきん》がない現状ではそれらを使った発酵調味料は無理だけど、空気中に含まれる菌を使った発酵調味料の作り方なんかを知っているのだ。あと、単に焼くだけじゃない肉の調理法もね！

その簡単発酵調味料の作り方だが、煮沸した容器に野菜や果物を入れて潰《つぶ》して、まめにチェックしつつ数日置くだけ。さっそく披露したあと経過観察と称して朝晩厨房《ちゅうぼう》を訪れて進捗《しんちょく》を確かめ、ついでに料理人たちと食事をとった。

彼らは相当半信半疑のようでドン引いていたが、発酵途中の調味料を半ば無理やり味見させたら目を見開いて驚き、以降は積極的に経過観察をするようになった。

数日経って発酵が完了。肉をこれに漬け込み、蓋《ふた》をした鍋《なべ》で熱した後余熱で火をゆっくり通してもらった。これは肉が柔らかくなり味に奥行きが出る調理法だ。

こうして作った料理の大半を、料理人たちに平らげられた。私の分なのに……。

でも、どうやら当初のもくろみ通り味方につけた……と思うので、それでヨシとしよう。

発酵調味料を眺めつつ、私はずっと疑問に思っていたことを料理人に聞いてみた。

「酒はあるのに、どうして似たような手順で作った食べ物がないのだろう？」

「……あえて食べ物を腐らせる調理など、普通思いつきません」

えぇー……。思いついた人、いるよ？（※ただし、別世界に限る）

料理人たちに酒も同じように造れるのかと聞かれたので、果実酒ならば似たようなものが造れるはず、と答えたらものすごく試したそうな顔をしている。

「酒造に認可が必要ないなら試してみるか？」

と聞いたら深々とうなずいた。

こうして酒造りも始まったのだが……頻繁に訪れる私の扱いに、実は料理人たちが困っていたのか使用人の誰かがチクったのか、はたまた別の原因かはわからないが、ある日突然厨房の出入りが禁止となり、その代わりメイド長により部屋に食事が運ばれるようになった。必要な物は今後側付きに命じれば運ばせます、と言われたが、私の側に専属のメイドが控えていることはない。つまり、側付きに命じることは出来ないというわけだ。この屋敷の中に私の味方はいないらしい。

そうして、数ヶ月がたった。生活の不便さには慣れ、筋トレの成果か徐々に体力がついてきた。木剣を手に入れて毎日素振りをしているし、格闘術も様になってきた。ふんわりさんを集め操作するという魔術の鍛錬っぽいことも、一応出来てる、気がする。

成果を感じてきたある日、プリムローズが現れた。

――彼女は、まさしく『甘やかされた幼児』を地で行き、私に突撃してきてはかんしゃくを起こして「おとうさまに言いつけてやる！」を繰り返す。「おねえさまが悪いのに！」も口癖だ。

この間なんかは転んだ腹いせに「おねえさまが近くにいて助けてくれなかったから！」と、わざわざ私のところまで言いにやってくる始末。なかなか摩訶不思議《まかふしぎ》ちゃんだ。相手するだけ無駄である。

「……それでね、おねえさまとお茶会に出ることになったの」

この日もいつも通り聞き流していたら、いきなりとんでもないことを言われた。

「五日後のお茶会に呼ばれたの！　おとうさまが、おねえさまも一緒ならいいって！」

「は？」

………なんですと？

「着ていく服がないので無理だな」

びしっとお断りをいれた。

幼児の成長はあっと言う間、たちまち服が入らなくなる。私を産んだ女が死んでから一度もドレスを新調していないので、今クローゼットにかかっている服はもうどれも入らない。

つまり、貴族にあるまじきこの小汚いブカブカの練習着しか持っていないということだ。

「それでいいじゃない！」

「良くないから言ってるんだ」

言い返したらまたかんしゃくを起こされた。もう慣れっこになったので動じない。

決めゼリフ「おとうさまに言いつけてやるー！」を言い放って去っていった。

やれやれと思いきや、その翌日。

「おねえさま！　私のドレスを作るついでに、おねえさまのドレスも買ってもらえるって！」

そう言いながらプリムローズが部屋に飛び込んできた。

続いて、メイド長と知らない女性も入ってくる。

「失礼します。ドレス職人を連れて参りました」

メイド長とドレス職人を交互に見やりながら、私は即座にお断りした。

「お茶会は四日後だぞ？　ドレスなんて今から用意出来るわけないだろう」

「大変心苦しいのですが、インドラお嬢様のドレスは古着でご用意させていただきます」

ドレス職人が答える。……そうきたか。アヤツが私にドレスを誂《あつら》えるワケがないだろうからと安心していたのに。だが諦《あきら》めるのはまだ早い。

「……合うサイズがあるとは思えないのだが」

「多少でしたらすぐお直し出来るかと」

すぐさま答えるドレス職人。私は肩を落として採寸させて、その翌日にはもう古着が届いたよ。

わぁ。早ーい。いらないのにー。

……それにしても、アヤツはなぜ私までお茶会に出席させようとしてるんだ？

あっという間にお茶会当日がやってきた。

プリムローズは出発前から大はしゃぎだったうえ、着いた途端に馬車から飛び出した！

……さすがマナー知らず。

「おねえさま、早くおりて。いくよ！」

などとほざいているが無視し、御者のエスコートで優雅に降りた。それを見て不肖の妹も気付いたらしい。振り返って、出迎えてくれた皆様の顔がこわ張っているのを見て固まった。

「私を見て真似をしなさい。ここじゃ、おねえさまが悪いは通用しないぞ」

小声で叱咤《しった》して私の真似をするように言ってやった。

……そもそも、アヤツが全ての元凶だ。アヤツには子どもの教育とかしつけとか、そういった概念がない。子どもを甘やかすか虐待するかの二択だ。それで将来困るのはこの子だって考えないの？　何もかも全部私のせいにする気か？　ふざけんな。

そんなわけで！　巻き込まれたくない私は、完璧《かんぺき》にふるまうことに決めた。彼女が好き勝手にやりはじめたら父親のせいにして逃げよう。そして、二度とお茶会に行かなくて済むようにしてやる。

その決意を胸に挨拶を済ませ、お茶会が始まった。規模の大きな会なのか立食形式で、ざっと見渡しても数十人は下らない。そして、そこである情報が耳に入った。

私を産んだ女は公爵家出身だったそうだ。そして私は、産んだ女に似ていると言われた。

……似てるかぁ？　このココアグレーの髪色とエメラルドがかった金目が同じだけだろう。あまり思い出したくないが、鬼女のような顔をしていたと思う。私はあんな顔はしていない。

——ふと気付くと、プリムローズが早速やらかしていた。あれほど私の後ろについていなさい、私が促さない限りしゃべるんじゃない！　と念押ししたのに。会場に入るや否や大声ではしゃいで注目を集め、お菓子に突撃していって近くにいた子どもたちに攻撃を受けたようだった。

バカじゃないの？　いやバカだったか。

「だっておねえさまが悪いんだもん！　おねえさまのせいだもん！」

とか叫んでいる。私と会話していた婦人が呆気《あっけ》にとられて彼女を見た後、取り繕うように言った。

「……プリムローズ様は、随分、活発な方でいらっしゃいますのね」

「ええ、父がとてもかわいがっていますの。あの活発なところがたまらないそうですわ」

ニッコリと笑顔で返した。

「私は母にかなり厳しくしつけられたのですが、父は、あの子にはのんびり気ままにさせております。彼女が失敗しても私が悪いと叱責されるので、私ばかりマナーが上達してしまって」

ホホホとわざとらしく笑う。明け透けなほどに父から嫌われていることをアピールし、娯楽の少ないこの世界で醜聞を広めに広めてやる。

「……病後に、父に挨拶をしましたら『お前が私の子だという証拠などない勘違いするな』と言われ平手打ちされそうになりまして……」

「まぁ……！」「そんなひどいことをおっしゃったの⁉」

いつの間にやら私は大人たちに囲まれていた。皆さん、同情しているような声をあげていらっしゃいますが、瞳《ひとみ》が輝いていますよ。

服も買ってもらえず、側付きすらつけてもらえない、と悲劇のヒロインを演じ続け、周りの同情を買えたかなーと頃合いをみて、ハッと気付いたように口元を手で押さえた。

「あら、すみません。身内のつまらない話を聞かせてしまって。帰りが遅くなると折かんされるので、そろそろおいとましたいと思います。礼儀が不出来な妹も、一所にじっとしていることに限界を感じているでしょうから。では、失礼いたします」

一礼してプリムローズのところに向かうと、すっかり意気消沈している。

あちらこちらの少年少女グループに突撃するものの見事に避けられ、しかも左斜め後ろという絶妙な角度から陰口を言われてたもんね。

得意の「おねえさまが悪いのに！」を連呼しても、相手にしてもらえないもんね。

「プリムローズ、楽しんでいるところを申し訳ないのだけれど、おいとまいたしましょう？　あまり遅くなるとあなたのお父様が心配するわ。私のせいにされてまた怒られてしまうもの、お願いだから帰りましょう？」

プリムローズは私を見ると、たちまち真っ赤になり、いつものかんしゃくを起こした。

「そうよ！　何もかもぜんぶおねえさまが悪いの！　おとうさまに言いつけてやる！」

決めゼリフのコンボ、いただきましたー。

私はその言葉を無視し、周りにニッコリと笑い優雅に挨拶《あいさつ》して、さっさと場から離れた。

——後に知ったがこのお茶会、本来親同伴であったところを、アヤツが侍女兼親代わりとして私に押しつけたということだ。最低。

ただ、先日の一件で懲りたプリムローズがお茶会を拒否するようになったのと、私の語った醜聞がうまいこと広まって、アヤツよりもう二度とお茶会には出席させないとお達しがあったのは朗報だ。これで時間の浪費をしなくて済むね。


そうして私は相変わらず日々孤独に鍛錬を行い、プリムローズも変わらず突撃してかんしゃくを起こし去っていく日々を過ごし、一年ほどたった。

通達に従い、厨房には通っていない。ただ、料理人たちは倉庫を片づけ、そこでコッソリと酒や発酵調味料を造ることにしたようだ。だから私もコッソリと便乗させてもらっている。

その倉庫で手に入る酒と調味料が唯一の物資だな。あれきり服も新調してもらっていない。散髪は自分でどうにか切っている。

各種鍛錬は、毎日行ってきたかいがあり、成果が出てきた。

試行錯誤ながら独学でも魔術らしきものが使えるようになったよ！

大気中のふんわりさんに、水のイメージを伝えると水になって、エネルギーを伝えると火になった。……簡単そうに聞こえるだろうけど、ふんわりさんにイメージを伝えるのって相当大変だったんだからね！

――しかし、私の別世界での知識では、魔術ってこう――「ファイヤーボール！」とか唱えると、手のひらから火の玉が飛び出すイメージなんだけどなぁ。

確かに私は、ふんわりさんにイメージを伝えて水を生み出したり火をおこしたりしたけど、呪文を唱えるわけじゃないし、ましてや手のひらから飛び出すワケでもない。いつかこの場所を出て魔術が使える人に出会ったら、魔術の正しい使い方を教えてもらおう。

物理攻撃に関しては――どうなんだろう？　闘ったこともなければ闘いを見たこともないので、自分のレベルがどの程度なのかわからない。

今の私のレベルは――木剣で岩が切れたりする。あ、手刀でもだった。

別世界基準では人間離れしすぎているのだけど、この世界基準だとこれでもまだまだなのかもしれないし……。腕試しに闘ってみたいけど、そう都合よく機会が訪れるわけないよな。

今鍛練している場所って屋敷の裏にある山林でうちの敷地だから、明らかに敵っぽい人とか、倒していい獣が現れたりなんて、そうそうあるわけがない。

――それが別世界でいう〝フラグ〟だと気がついたのは、稽古《けいこ》を終えて一息ついたところに、知らないおっさんが現れたときだった。

二章

俺はソード。冒険者をやっている。

冒険者ってのは、『冒険者ギルド』ってところに登録している連中のことだ。

で、冒険者ギルドってのは依頼の仲介屋だ。

冒険者ギルドはいろんな連中から依頼を募る。そして、受領した依頼を冒険者に提示する。冒険者はこなせそうな依頼を受けて、やり遂げたらギルドに証拠品と共に報告し報奨金を受け取る。

ちなみに『ギルド』ってのは、冒険者ギルドだけじゃねぇ。商人ギルドや職人ギルド、派遣者ギルドってのもあったりするし、特殊なのだと魔術師ギルドや魔導師ギルドなんてのもあったりする。

また、おのおののギルドによって運営や方針はまったく違ってくる。

それぞれの町に必ず全てのギルドがあるわけじゃねーが、冒険者ギルドに関して言えば、必ずどの町にも存在する。どんな場所でも絶対に依頼があるからだ。冒険者によっては活動拠点を一か所に決めて、その町でのみ依頼を受けるやつもいるが、俺は拠点を決めずにあちこち放浪している。

今回は、昔は栄えていたらしいが、今ではすっかり廃れちまったという貴族領地にやってきた。

ギルドマスターの依頼によると、なんでも山林からものすげー音が聞こえてきたり、時には地響きまであるという。強力な魔物が出現したかもしれないので、調査にきたってわけなんだが……。

「……確かに、かなりの魔物が潜んでそうな気配がするな」

人気《ひとけ》のない山林には、小さな魔物がまったく見当たらない。それは、強力な魔物が潜む兆候だ。

山林の奥に進むと、ヤベェ気配がかなり濃くなってきた。俺は用心しつつ進み……。

そこで見たものに驚いた。貴族みたいに真っ白い肌で綺麗《きれい》な顔をした、なのにみすぼらしい格好の女みたいにきゃしゃな小僧が、木陰からそっと俺をのぞいていたからだ。

見た目だけならそうとうかわいらしい。

はかない妖精《ようせい》が、現れた人間に驚く、そんなしぐさだった。

だが……その見た目だけはかわいい何かは、『魔素』っつー魔力の瘴気《しょうき》のようなものを、ヤバめの魔物並みにまとっているのが見えた。

しかも、俺に気付いて驚いたからか、警戒心をむき出しにしてきた。ついでに、敵意もだな。

……まいったな。人なのか魔物なのか判断出来ねぇ。まず、会話出来るか試してみるか。

「……お前は、人の子か？　こんなところで何してんだよ？」

さーて。俺の言葉は通じるか？

ソイツは首を、コテン、と倒した。

「……それはこちらのセリフだ。ここはうちの敷地だぞ？　お前、関係者なのか？」

お、通じたらしい。返答がきた。

「関係者じゃねーけどよ……」

まいったな。言葉は通じたけど、人か魔物かの判断がつかねぇ。

しかも、返答はさほど物騒じゃないんだが、魔素がすんげー濃くなってきて、警戒心がワンランクアップしやがった。

ガキの頃の俺みたいにヤバそうな雰囲気だな……。

俺は息を吐き、テイマー《魔物使い》になった気分で挑むことに決めた。

——コイツは、きっと人だ。でもって、ひどく荒《すさ》んでる。

*

いきなり、屋敷の住人以外の人間が現れて私は驚いた。向こうも驚いている。

……これはフラグ回収というヤツか？　いらんことを考えなければ良かった。

目の前に現れた男は、アヤツよりは若いおっさんだった。ぱっと見の印象は『気ままな旅人』。

見事な白髪は、洗っていないのか濁ったクリーム色になっている。瞳はシアンがかった薄いグリーンだ。

最後に、男が剣を腰に下げているのを確認して警戒を強めた。「敵が現れるワケがない」と考えたフラグ回収かもしれないぞ。そう予測していたら、男が話しかけてきた。

……こんなところで何してるのかって……そっくりそのままお返ししたい。

一応関係者なのかを確認した（関係者だったとして、ここで鍛錬しているのが屋敷の連中にバレたらめんどくさいことになるかもしれない、だったら不意打ちで殺そうと考えた）ら、否定された。

うーむ。（殺そうか）どうしようかと悩んでいると、男は、私をちょっと悲しそうな顔で見つめてきた。うむむ？　なんだその表情？

「……ま、落ち着け」

って、私の考えを読んだかのように、男が手で制してきた。

「俺はソード。冒険者だ」

名乗られたし。

その冒険者が何の用？　って顔をしていたら次に言われた言葉に自失した。

「……念のためもう一度聞くが、お前は人で合ってるよな？」

人じゃない扱いされた！　私のどこら辺に人以外の要素があるんだ⁉

冒険者は私をなだめつつ、この山林ですさまじい音や地響きが聞こえてくることがあり、調査依頼を受けた、と説明した。

心当たりがあるような、ないような？

特訓中に岩を砕いてしまったことがあったり、突然山崩れしたりがあったけど、そんなに響くほどだったのかな？　屋敷の連中は特に騒いでいなかった気がするけどなぁ。まぁ、屋敷の連中とは会話はおろか顔を合わせることすらめったにないけどさ。

逆側に首をかしげたら、それを見た冒険者が苦笑した。

「……小僧、何か異変があったら教えてくれ。また様子を見に来るからな」

え。また来るの？　別にいいけどさ……うん？　いいのかな？　良くないかも。

冒険者は、考え事に夢中で油断していた私に一瞬で近寄ると、頭をポン、とたたいてきた。

……そんなふうに誰かに触られた記憶がないので、すごくびっくりした。

*

なんだか放っておけない雰囲気の小僧だった。

浮き世離れしてるっつーか、地に足をつけてない、っつーか。見るからに危なっかしい。

警戒しているくせに反応が鈍い、あの感じには、覚えがある。周りの大人たちとうまくいっていなくて放っておかれている、ひとりぼっちの小僧《ガキ》だ。……俺もそうだったから、わかった。

魔物を落ち着かせるみたく頭を軽くなでたら、驚いた顔をした後うれしそうな、くすぐったそうな表情をして簡単に敵意を解いた。今まで誰からもされたことがなかったからだろうけどよ……チヨロすぎだぞオイ。

——しかたねぇな、調査ついでに様子をみてやるか。

翌日、小僧の顔を見に行ったら、やっぱり木陰からそっとのぞいてきた。

昨日とは違い、敵意は感じず、魔素も昨日ほど濃くはない。

話しかけると身構えることもなく近付いてきた。……ホントに危なっかしいな。ちょっと話して頭をなでられたってだけで敵意を解くなよな。もっと警戒しろ。

「お前、この辺りで魔物を見てないか？」

小僧は首を横に振って否定した。

「動くモノを見たことがない」

そっか。そんな気がした。

「小僧、お前はずっとここにいるのか？」

それには首を横に振ったあと、うなずいた。どっちだよ。

「毎日ここに来ているが、日中だけだ」

小僧の返答に納得した。俺は頭をかくと、次の質問をした。

「この山林にずっといるなら、ものすげー音がしてる、ってのに心当たりあるんじゃねーか？」

今度はコテン、と首をかしげる。

「山崩れならたまにあるぞ。あと、たまに岩が砕ける」

……なんだそりゃ。

「魔物が暴れてる、とかじゃねーんだな？」

小僧はうなずいた。

――この、あまりにも人馴れしてねぇ小僧が心配になってつい、毎日顔を見に行った。……どんどん警戒を解いてくんだけどよ……。特に、頭をなでられるのがうれしいらしく、なでるとニヤけるのを我慢したような顔になる。人に馴れてないから、話しかけたりなでたりする俺に懐くのか？

……まったく。俺がならず者だったらお前、さらわれて売り飛ばされてたぞ。

＊

冒険者の男は、頻繁に山林を訪れる。

最初の頃は私も、男の気配を感じたら鍛錬をやめて様子をうかがっていたが、すぐにめんどうくさくなってやめた。この『冒険者』と名乗っているおっさんが実際何者なのかなんてどうでもいいし、そんなことよりこのおっさんから外の世界の情報を引き出そうと思ったのだ。

信用しているワケではない。決して、頭をポンとたたかれたのがうれしかったという理由ではない。断じてない。ないったらない。私は利用しているんだ！

おっさんに、外にはどんな職業があるのか、いくつから働けるのか、そういったことを尋ねた。

結果、冒険者ならこき使われることなくいくつからでも働けることがわかった。

冒険者か……なかなかいい響きだな。盗賊が財宝を隠した洞窟《どうくつ》を探したりするんだよな。ワクワクするな！

考え込んでいる私を見て、おっさんが笑って頭をなで繰り回す。

「なんだ？　小僧は、冒険者になる気か？」

「候補に入れている」

どうでもいいけど、なんでこのおっさん、私を小僧って呼ぶんだろう？　――あと、やたらに頭をなで繰り回すのをやめてほしい。大きな手だな、とか安心するな、などと思ってない。絶対ない。

「小僧は、どこの子だ？」

おっさんに聞かれて、私は正直に答えるべきか悩み、あいまいに濁した。

「……この山林の持ち主の、関係者かな」

そう答えたらおっさんが驚いた。

「この山林の持ち主って、人か？」

「当たり前だろうが」

山神様が持ち主です、とでも思っているのか。

というか、貴族以外の持ち主がいるのだろうか。

「お前は調査でここに訪れているのだろう？　山林の持ち主くらい、簡単に調べがついたりしないのか？」

もしも貴族以外の持ち主がいるのなら、別世界で言う役所とかで管理してないのかな？

私が聞いたら、おっさんは眉間《みけん》にしわを寄せて考え込んだ。

「……ギルマス……雇い主から聞いてねーんだよ。普通はギルドで把握してるはずなのによ……」

独り言のように言ってから、私に確認した。

「で？　小僧は関係者なのか。名前は？」

私はしぶしぶ答えた。

「………インドラだ」

＊

俺はインドラから聞いた、山林の持ち主のことをギルマスに追及した。するとギルマスが挙動不審になったので、さらに問い詰めたら吐いた。

「……お貴族サマの所有だぁ⁉　なんで言わなかったんだよ⁉」

――貴族は、国から割り当てられた土地の管理を任されている。それが領地だ。領地内の屋敷の他、鉱山みたいに金になる場所は領地の貴族当主が所有していて、当たり前だが立入禁止だ。

……つまりは、貴族の所有地にズカズカ入り込んでいるところを見つかったら、捕まって殺されても文句言えねぇってことだよ！

問い詰めたらギルマスが、ヤケクソのように話し始めた。

「しかたないだろう⁉　お前さんが調査に入ってから音はやんだが、それまではすさまじい破壊音が毎日山林から聞こえてたんだからな⁉　ドラゴンが巣作りしてるって言われたって納得する、ってくらいだったんだぞ！」

「それが俺に話さなかった理由になるってか？」

「Sランク冒険者【迅雷《じんらい》白牙《はくが》】なら、簡単に片づくだろうって思ったんだよ！」

俺はぐっと詰まった。……実際、俺も簡単に片づくと思ってたよ。

山崩れの形跡もあったし、砕けた岩もあった。他にもひどく陥没した地面や、爆発したって様相の大木もあった。でも、とにかく魔物の気配がないんだよ。……一人を除いてな。

「で？　原因は何だったんだ？」

「あー……。その前に、『インドラ』って名前の小僧に心当たりあるか？」

聞いたらギルマスが硬直したので、俺は目を細めた。

「知ってるんだな？　ソイツ、何者だ？」

ギルマスの硬直が解けて、困ったような、不審なような顔つきになった。

「……知ってるも何も……小僧？　って言ったのか？　インドラ・スプリンコート様は、その山林の持ち主、スプリンコート伯爵家の第一令嬢だぞ」

今度は俺が硬直した。

*

おっさんは、来るたび私に土産《みやげ》を持ってきてくれる。主に食べ物関係。

そのくせ、受け取った私がその場に座って食べ始めると、妙な顔つきをして説教するのだ。

「……お前、最初のときの警戒心はどこにやったんだよ？　知らない男から簡単にものを受け取るな。あと、その場で食うな」

ふむん？　そういうものなの？

おっさんが頭をかくと私の隣に座り込んだ。

「……ホント、お前は危なっかしくて見てらんねーよな」

とか言われたぞ。心外な！

「そんなことはない！　私は独りで何でも出来るぞ」

胸を張って答えた。

「何を出来るつもりでいるんだよ？　チビッコがよ」

「料理は出来るし、一応格闘術も出来る、はずだ。他にもいろいろ出来る」

私が答えたらおっさんが目を細め尋ねてきた。

「お前、本気で冒険者を目指してるのか？」

「まだわからん。だが、他人を頼らず、いくつからでもなれる職業はそれしかないのだろう？」

私の答えにおっさんはちょっと目をみはった後、ある提案をした。

「……なら、適性があるか見てやろうか？」

私が首をかしげると、おっさんが私の頭をワシワシなでてくる。

「つまり小僧、お前は自主鍛錬のようなマネをしてるんでここにいるんだろ？　見てやるからかかってこいよ。その、腰に下げてる木剣でよ。俺は、そこらの棒で相手してやるから」

……チャンバラごっこデスカ？

でも、本当に冒険者なら、私がどのくらいのレベルなのかを見てもらえるのは助かるな。

うなずいて立ち上がるとおっさんも立ち上がる。

おっさんは手ごろそうな木の枝を拾うと、私に気楽に構えてきた。

＊

小僧は、構えたと思ったら驚くほどの速さで手首を狙ってきやがった。……確かになめていたが、Sランクの俺ならなめてようがあくびしてようが余裕のはずなのに、危うく防御が間に合わないところだった。このスピードでコイツがギルマスの言う『令嬢』じゃないってのはわかったが、じゃあ何だって話だ。

パワーを見るためにわざとつばぜり合いに持っていったら、俺と互角に渡り合ってきやがる！　しかもだ、魔素が膨れ上がりやがった！　コイツ、絶対に人じゃねぇ！

もしかして魔物の狩猟本能を目覚めさせたか？　ヤバいことになったかもしれないので、俺は素早く身体能力を上げる詠唱をし、小僧を跳ね飛ばす。小僧の体が宙に浮き、跳ね飛ばされた反動で手が上がり胴ががら空きになる。そこをなぎ払おうと棒を水平に振った瞬間。

絶妙のタイミングで手首を蹴《け》り上げられた！

「ぐっ⁉」

……ヤベェ、骨がイッたかもしんねーな。小僧はたたらを踏みつつも着地し、すぐさま間合いを詰めてきたので、「待った、降参。これで終わりだ」と声をかけた。それで止まるかはわからなかったが、隙を見て素早く回復薬を飲んで追撃に備え身構えた俺に、小僧は言った。

「そうか、もう終わりか。それで、私は冒険者になれそうか？　それとも無理そうか？」

何事もなかったかのようなのんきな声だよ……。俺は力が抜け、息を吐くと小僧に説教した。

「最初に伝えることはだ。——お前は、規格外の度が、すぎる‼」

小僧は面食らった顔をし、気の抜けた声を上げた。

「えぇー……それって、最初に力いっぱい言うことか？」

「言いたくもなるんだよ！　いっくら一人で練習してました、誰にも見てもらってません、そうは言ってもな、モノには限度ってモンがあるだろ‼　スピード、パワー、どれをとっても大の大人にだっていやしねーよ‼」

小僧は合点がいったような顔をして言った。

「……薄々は、おかしい気がしてた」

「薄々かよ⁉」

まったくよ……俺は重いため息をついて、以前尋ねたセリフを繰り返した。

「……もう一度聞くが、お前は人で合ってるよな？」

小僧は肩をすくめる。

「私を産んだ女はおそらく人間だな。男の方はなぁ……候補らしきやつは人間と確定している」

淡々と話す小僧に俺はもう一度重いため息をついた。

「……わかった。かなりの実力者だってことで納得しとくよ。で、次にだ——お前には、常識が欠《かけ》片《ら》もねぇ！」

そう言ったら、小僧はなぜか胸を張って言った。

「常識は、人と接しなければ大丈夫だ！　じゃあ、私は冒険者になれそうなんだな？」

「冒険者が人と接しなくていいなんて考えてんのがもう、常識がねぇ証拠だよ」

すぐさま切り返すと小僧が考え込む。……ったく……。俺は頭をかき、吹っ切れたように言った。

「しかたねぇ、これも何かの縁だ。冒険者になりたいってんなら、もうちょい稽古《けいこ》を見てやるよ。俺もいい練習相手が出来そうだしな」

それを聞いた小僧が顔を上げ、天真らん漫な笑顔で俺に言った。

「お前って、うさんくさいやつかと思ってたけどいいやつなんだな！　殺さなくて良かった！」

………やっぱ、めんどうみるのやめるか？


小僧が「稽古を見てくれる礼に、料理を振る舞ってやる。ただし、食材と調理用具は提供してくれ」と言ったので、その翌日に、町で買い出しして向かった。

……いつも行く時刻よりもちょっと遅れたかな。時計の魔導具をチラッと確認し山林を進むと、水しぶきのような音が聞こえてきた。

なんだ？　俺は音のする方へ向かい、目に飛び込んできた光景に固まった。

――まず、晴れているのに、そこだけ雨が降ってやがる。

――その雨は湯らしく、湯気が立っている。

――その雨の真下に、小僧が立って水浴びをしている。

――その小僧の、真っ白く細い体には、男にあるべきモノがついていなかった。

「――小僧！　お前、女だったのかよ⁉」

叫んだ俺に、小僧が俺を見て唖然《あぜん》とした。

＊

私はソードの叫びに憤慨した。失敬な！

「見るからに女だろうが⁉　私のどこに男の要素があるのだ‼」

自分で言うのもなんだが、私ってなかなかの美幼女だぞ！

色白で、きゃしゃな体にお目々ぱっちり、細面の面構え、どこをとっても女の子じゃないか！

「お前、もしかして、伯爵令嬢のインドラ本人なのか⁉」

「当たり前だろうが！」

コイツ、今まで私が偽名を使っている少年だと思って話していたのかよ⁉

「なんで貴族がそんな髪型してんだよ！　貴族じゃなくたってそんなに短い髪の女、いねーよ！」

ソードはそう言い放ってから、ハッとした。

「……お前、まさかソレ、誰かに切られたとか言わないよな？」

「自分で切った」

ソードに絶句される。

「確かに私はインドラ・スプリンコート伯爵令嬢だ。だが、当主のクズーノ・スプリンコート伯爵は、私を毛嫌いしていてな、とにかく私には金をかけないし、側付きもいないため用を言いつけるのも一苦労なのだ。持っている服はこれくらいで、散髪も、自ら行うしか手立てがない」

ソードは絶句したまま私を凝視している。

私はソードの勘違いに合点がいったのでポン、と手をたたいた。

「あぁそうか。髪が短かったから男と勘違いしたのか。それならしかたない」

我に返ったソードが、モニョモニョ言った。

「……あぁ……ま……そうかもな。なんか、幼女っつーよか小僧、っつー雰囲気なのは、髪型のせいかもな」

私はうなずいた。ソードが気を取り直し私に近付くと、シャワーに手をかざした。

「この山林、ここだけおかしなことになってんのか？」

って聞かれたんだけど。むしろ何かおかしいの？

「どういうことだ？」

「なんでここだけ湯の雨が降ってるんだ？　小僧……じゃねーな、あー……インドラは変だって思わねーのかよ？」

「変に思うわけないだろう。私が降らせてるんだから」

ソード、私の返答を聞いて、顎《あご》を外すんじゃないかってくらい大口を開けた。

互いに見つめ合う。しばらくして気が済んだのか、ソードが怒鳴りだした。

「お前、魔術が使えるのかよ⁉　しかも、この魔術どーやってんだよ⁉」

私は首をかしげる。

「やはりこれは魔術なのか？　私は誰かに習ったわけではないのだ。魔術の本を読んだが概念のようなことしか書いてなかったので独学で試行錯誤していたら、これが出来るようになった」

ソードがまた口を開けた。が、今回は早めに復活した。

「……インドラ。お前、本当に人で合ってるのか？」

四度目だね。私はソードを見据えてキッパリ言った。

「貴族が人でないのならば、私は人ではない。私は、公爵令嬢と伯爵の間に出来た子だからな」

「……そっか、わかった。しつこかったな」

ソードが頭をかいて謝った。

私がシャワーを浴び終わり、体を拭《ふ》いて着替え終わると、ソードが袋を私に見せた。

「言われたとおり、食材と調理器具を持ってきたぜ。これで作れるんだろ？」

私はうなずき、さっきまで作っていた調理場へ移動する。

ついてきたソードが驚いた。

「昨日まではこんな場所なかったよな？」

「さっき作った。これを作っていて汚れてしまったので湯あみをしていたのだ」

「なるほどね」

ソードは相づちを打つと、キョロキョロと辺りを見回す。

私はソードからもらった食材やら調理器具やらを取り出して、料理を作り始めた。

そうしたら、ソードがとってもうるさい。

「……手際が良いってモンじゃねーな。料理人よかすごくねーか？」

うん、これね、たぶん魔術が発動してるらしいよ？　こんなに素早く切れないよね、ファンタジーな料理マンガみたいだもんね、って自分でも思う。

火を点《つ》けて炒《いた》めたら「……お前、サラッと火魔術を使ってくるよな。つか、なんで無詠唱なんだよ？」とかいちいち聞いてくるし、途中で酒を振ったらさらに身を乗り出してきた。

「インドラ！　ソレなんだ⁉」

「酒だ」

「？！！？　バカヤロウ、酒を料理なんかに使うな‼」

「むしろ料理に使うものだろう」

「何言ってんだこの非常識小僧！　もったいないだろうが！　よこせ！　俺が飲む‼」

「やなこった。この酒は料理用だ。第一、これは苦労して造ったんだ。簡単にやれるか」

ソードの目が飛び出さんばかりに見開かれた。

「？！！！！！？　インドラ、お前……酒が造れるのか？」

「自家製はな——うん？　酒は、やっぱり資格を持ってるやつじゃないと造れないのか？」

「資格なんざ必要ねーよ！　造り方が秘匿されてるだけだよ！」

なんと。ソードが生唾《なまつば》を飲んだ。

「……お前は、酒の造り方を知ってるんだな？」

「知識はあったが、一度で成功したわけじゃない。そのために大分、魔術が上達したぞ」

聞いた男がガックリと肩を落とした。なんだなんだ？

「それは、お前の魔術を駆使しねーと造れねーってことか？」

「魔術を使わなくても出来るぞ。ただ、失敗率が高くなるんだ」

発酵と腐敗は紙一重だからね。魔術で殺菌やこまめに温度調整をした方が成功しやすいね。

「……なるほどな」

それから何やら考え始めたのかソードが静かになった。

ようやく邪魔されなくなったので料理が出来た。ソードの持ち込んだ謎肉と野菜の炒め物だ。

ソードは、出来上がった料理をものすごい勢いで食べる。良かった、やっぱり大食いだ。

まだ厨房《ちゅうぼう》通いが止められていなかった頃料理を振る舞ったら、料理人たちに味見と称して大量に平らげられたので、今日は多めに作ったのだ。私、学習する女。

――と、ソードが顔を上げた。

「酒もくれ」

うん？　何を言ってるんでしょうかねこのおっさんは。

「酒に含まれる〝アルコール〟という成分は、依存症にかかりやすい」

「チビッコが小難しいこと抜かすんじゃねーよ！　俺はならねーから出せ‼」

渋々、コップについで渡してやる。

「言っとくけど、これを作るのに大変な労力とたゆまぬ努力がかかってんの、わかってる？」

ブツブツと文句を言っていたら力いっぱい宣言された。

「わかった、お前のために冒険者に必要な道具をすべて用意してやる」

「どうぞお納めください」

瓶ごと渡した。


食事が終わった後、ソードにキリ！　とした真顔で言われた。

「インドラ。お前は料理人になれ。酒も造って売れ」

私は呆《あき》れたような表情で肩をすくめる。

「小娘には無理。大人になるまで生きてたら考える」

「小娘っつーか幼女《ガキ》だな。でも、冒険者なんざもったいねーだろ、こんなスキルを持っててよ」

「客商売は職業の選択肢に入れてない。常識のない私だって、世の中がお前みたいな人間だらけじゃないのはわかってる」

そう言うとソードが硬直し、その後あごに手を当てて思案した。

しばらくしてソードが顔を上げると、真剣な顔つきで迫ってきた。

「取り引きだ。お前が造り出す酒を俺に売ってくれ。言い値で買ってやるから」

「無理だ。酒に関して今はほとんどうちの料理人たちがやっている。私はかかわってはいるが、特に材料や場所は料理人たちが用意しているのだ。私が勝手に持ち出して売ることは出来ない」

即断ると、ソードはさらに身を乗り出して迫った。

「わかった、今からそいつらのところに俺を連れてけ。常識外れのお前よりそいつらの方が話が通じるだろ」

「やめろ！　私が困るだろうが！　……わかった。少しだけならどうにか融通してやる。あとな、酒っていうのは生き物だ。一瞬で出来上がることはない。年月が必要で、年月をかければかけるほどうまくなる傾向にある。一概には言えないが、大方そうだ」

「え？」

ソードが体を戻してポカンとした。

「最低でも一年だ。……初期のかなり未熟なヤツは、料理に使ってる。料理なら香りが弱くて味が劣ってもアルコールが入っていればいいからな」

ソードが生唾を飲んだ。

「……お前、さっき俺に渡したよな？　あの酒がそうなのか？」

私がうなずくと、ソードが再びキリ！　と真顔になった。

「駄作でいいから売ってくれ。代わりにお前に常識を教えて冒険者になる手助けをしてやる。それで一年後にその成功作を俺にも譲ってくれ。あるいはそれの製造にかませろ」

「お前が屋敷に来たらややこしいことになるから来るな。……わかった、交換条件てやつだな。私分に確保するヤツを売ってやるから、お前は屋敷には絶対、来るな」

仕方ない。屋敷を出る算段がつくのなら、どうにか私の分を確保して売りつけよう。人生はギブアンドテイク。

　私はソードに向かってうなずいた。

＊

　インドラが、しげしげとマジックバッグを見た。俺は笑って頭をなでてやる。

「珍しいか？　それは『マジックバッグ』っつー魔導具だ。袋の中が魔術で拡張されてて、見た目よか荷物がたくさん入れられるんだよ。お貴族サマは自分で荷物を持つことはないから知らねーだろうけど、時計は知ってるだろ？　アレみたいなモンだな。それは時計と違って魔力を使うんだけどな」

「ふむん？　……そういえば、時計は存在するんだったな。見たことはないが」

　俺は思わず言葉に詰まっちまった。……そうだった。コイツは親から邪険にされてたんだったな。お貴族サマなら大抵持っている時計も、持っているワケがなかったか。

　俺は袋から時計を取り出すと、インドラの手に載せてやった。

「……これは……」

「今日の、メシと酒の礼だ」

　インドラは目を輝かせ、時計を物珍しそうにためつすがめつしている。

……かわいいとこあんじゃねーかよって考えた俺に、インドラがのたまった。

「ソード！　お前って小汚くて臭いおっさんだけど、いいやつだな！」

俺は、思いっきり小僧に拳固《げんこ》を落とした。

「いたい！」

ぶたれた頭をなでているインドラに、俺は不意をつくように聞いた。

「でよ。インドラ、お前がこの山林のごう音の元凶ってことでいいんだな？」

インドラが俺を見た。

「元凶とは人聞きが悪いな。私は単に鍛錬をしていただけだ。その過程で、たまたま岩が砕けてしまったり、なぜか山崩れがあったり、地面が陥没したり、大木が砕け散ったりしたことがあるが、わざと音を出しているわけじゃない。それに、お前が来てから気をつけて音を出さないようにしているんだぞ！　どうだ、すごいだろう！」

フンス、と音を立てて鼻で息を吐きふんぞり返るインドラ。

……なんかよ……。最初出会った妖精《ようせい》みてーなかわいらしさが消えたんだけどよ、なんでなんだろうな？　俺、コイツが残念な小僧にしか見えなくなってきたぞ。

*

ソードと出会ってから、一年がたった。あんなことこんなことがあった。

卒業時に歌う思い出の歌みたいだが、本当にいろいろあった。一番は、アヤツに酒造がバレそうになったことかな。何度もヒヤヒヤした。それもこれもソードのせいだ！　あれほど譲ってやるから来るなと言ったのに、乗り込んできて料理人たちを懐柔して首を突っ込んできたのだ！

だけど、ずっと私を気にかけて、稽古《けいこ》をつけてくれたのには感謝している。

ただ、なんというか……ソードの剣術や拳闘《けんとう》術は、理論的じゃない。一定の型がないので手本にはならなかった。でも、模擬戦闘を何度もやってくれた。

　互角だったのは最初だけで、それもソードが油断していたからだそうだ。油断していないソードは強かった。全然勝てないんだもん。どこに攻撃がくるかが読まれて完璧《かんぺき》に防がれるんだよね。隠れてもすぐ見つかるし。心眼とか持ってるの？　真の達人は目をつむっても敵の攻撃が防げるとかいうアレなのだろうか。ちょっとだけ、尊敬してる。

　剣術だけじゃなく魔術も使えるというので、正しい魔術を教わろうとしたけど……私の使っている魔術とソードの使っている魔術は、まったくの別モノだった。

　この世界の全ての者は『魔力』という、魔術を使うためのエネルギーを持っているらしい。ただし保持量は人によって多寡《たか》がある。魔術を使えるほどに魔力が大きければ、呪文を詠唱することにより体内の魔力を外に放出し、一時的な具現化が出来るそうだ。だけど私の使う魔術は——魔術と言って良いのかわからないけど——魔力を使っているわけではない。大気中のふんわりさん（ソードいわくそれは『魔素』と呼ばれる、超常現象を起こす不思議成分だそう）をどうこうしている。

　試しにソードから教わった呪文を詠唱してみたけどウンともスンとも言わなかったので、魔術に関しては今まで通りで行くよ！

その、強いけどトラブルメーカーなソードが、最近しきりに「そろそろ酒が出来る頃合いか？」と催促をするようになった。

しかたないので、もう少し寝かせたかった酒を諦《あきら》めて瓶詰めして渡した、その翌日だった。

「俺、そろそろ行くわ」と唐突に言われた。

「……行くってのは、この町から出るって解釈でいいのか？」

「そうだ」

そういえばソードは冒険者だったな。冒険しているところを見たことがなかったけど。

「で、だ。インドラ。俺と一緒に行かないか？」

再び唐突に言ってきたので、私は目をパチクリさせる。

「お前、屋敷を出るつもりなんだろ？　だったら、俺と一緒に行くか？　これでも俺はそこそこの冒険者だからな。一緒に行くなら心得を教えてやる」

「……私の予定より三年ほど早いんだけどな」

社交界デビューや、王都の学園に入学する直前に家を出ようと思っていたのだ。まだ七歳なので出立はもう少し先のつもりだった。

「計画にズレってのはつきものだろ。どうする？　行くか？」

ふむふむ。確かに一人で行くよりはナビがついている方が安心か。ソードは強いし当てに出来る。

「わかった、行こう」

まっすぐ見てうなずくと、ソードが笑った。

「相変わらず女っ気がねぇし、男気の方がある幼女《ガキ》だよな。じゃあ、行こうぜ」

手を出されたが、たたき返した。

「でっ！」

「今すぐ行けるわけないだろう！　いくら居候同然でも、それなりに準備があるんだよ！」

……しかたない。準備期間があまりにも足らないが、それでもソードとならなんとかなるだろう。

めぼしい物をソードからもらったマジックバッグという素晴らしい魔導具に放り込んでいく。

その後訪れたのは厨房だ。出禁の私が現れたことに料理人たちは驚いて、手を止め集まってきた。

「悪いな、酒造りはこれで終了だ。私はソードについてこの屋敷を出ることにした」

「……左様でございますか。今まで、インドラお嬢様の素晴らしき英知で私どもにも恩恵を授かりましたこと、感謝申し上げます。残った酒はいかがいたしましょうか？」

「お前たちの酒だ、好きにしろ。酒造りも、別に止めはしない。お前たちは、ソードと同じで寝かせてうまいものを目指すより、そこそこでいいからすぐ飲みたいようだからな」

料理人は笑い、もう一度頭を下げた。

「……？　なんだ？　ばかにあっさり納得して引き下がったな？」

いぶかしげに問う私に、料理人が苦笑した。

「以前にソード様からお申し出がありました。いずれインドラお嬢様を連れて行く、その後のことはこちらで考えておけ、と」

え。そうだったの？　意外と無計画なやつじゃなかったのか。

「そうか。事前に話があったのなら既に考えているな。製法は秘匿しろ、ただし造ることも成果も好きにして構わない。私からは以上だ」

「……お嬢様。末永くお元気で、お幸せにお過ごしください」

「末永くかはわからない。ソードのような人間はまれだろうからな」

絶句した料理人に、私はヒラヒラと手を振った。

あとはラスボスである屋敷の主《あるじ》だ。……お、執事のハンニバルを発見。当主の居場所を聞く。

「旦那《だんな》様は執務室でございます」

「ハンニバル、私はこれからアヤツに出立の挨拶《あいさつ》をする」

執事が目を見開き、その後深く礼をした。執務室まで案内され、執事がノックをし用件を伝える。

「インドラお嬢様が、お別れの挨拶にいらっしゃったそうです」

「………何？」

けげんな顔で振り向いた男に冷笑し、私は部屋に踏み込んだ。

「ごきげんよう、スプリンコート伯爵。耄碌《もうろく》したとはいえまだ御生存あらせられたとは重畳。この度、私インドラは、晴れてこの屋敷からオサラバすることを決意いたしました。その祝いとして、少しばかりの心付けを頂きに参りました」

アヤツは私を見て唖然《あぜん》としている。

「……お前は、誰だ？」と聞かれ、やれやれ、とため息をついた。

「健忘症がかなり進行しているようですね。たった今も名乗りましたがインドラと申します」

「……お前‼　その髪はどうした⁉」

何を今更言ってるんだろう。……あれ、そういえば最後に顔を合わせたのっていつだっけ。

「そんなことはどうでもいい。それより今まで私に使わなかった養育費と私を産んだ女の遺産を今すぐよこせ。それでアンタとの関係は終わりだ。縁が切れてうれしいだろう？　とっとと支払え」

そう言ったらますます唖然とされた。

「……お……お前……。お前は……男だったのか」

さっきからなにを言っているんだ。私は息を吸って、ハッキリ言った。

「『金　を　よ　こ　せ』——聞こえたか？」

アヤツはハッと我に返ったように怒鳴りだした。

「渡すわけないだろう⁉　第一、お前のような者がここを出たところでやっていけるわけ……」って語尾が尻《しり》すぼみになっていったのは、やっていけるかもって考えたんだろうね。

何をどう言おうと、私の返答はただ一つ。

「そんなことお前の知ったことではない」

「許さん！」

私は見下すように言った。

「お前の許可など必要ない」

「なんだと……⁉」

「私が公爵令嬢だった女から産まれたのはハッキリしているが、お前は以前『自分が父親かどうかなんてわからない』と言ったな。父親ではない男に、なぜ私が従う必要がある？」

「……お前……」

ギリギリと歯噛みしてアヤツは悔しがっている。

「お前が父親ではない方がこちらも都合が良い。ただ、お前は公爵令嬢だった女が死に、娘の私に渡るはずだった金や貴金属を着服しただろう？　それを返せと言っている」

私の言いぐさにアヤツは絶句した。思考が停止したらしく、固まっている――と、いつの間にかどこかに行っていた執事が戻ってきて、一礼した。

「こちら、インドラお嬢様がお受け取りになるはずだった遺産と与えられるべき養育費、そして奥様の貴金属類でございます」

「ハンニバル‼」

「旦那様」

鬼気迫る形相の執事が、怒鳴るアヤツを見て言った。

「インドラお嬢様は、奥様と旦那様の仕打ちに耐えられず心身共に衰弱してお倒れになったものの、奇跡的に回復し、その後、ご自身の力でここを出たいとお考えになりました。――旦那様が出来ることは、快く送り出すことのみ。……ご理解いただけるはずですね？」

アヤツは執事をにらみながら怒りに震えていたが、執事が持ってきた袋をつかむと床に放った。

「ほら！　這いつくばって拾え！　拾ってとっとと目の前から消えうせろ！」

私は袋に歩み寄ると、蹴《け》り上げてアヤツの顎《あご》にぶつけ、跳ね返らせて自分の手元に収めた。

「何度でも落とせばいい。全部お前にぶつけてから、私の手に戻るようにしてやる」

冷たく言ってみたけれど、痛すぎたらしくアヤツは黙ってもん絶してる。私はさっさと前を辞して、残りの金を執事から受け取った。その袋をマジックバッグに入れて、歩き出そうとしたとき。

「おねえさま！　出て行っちゃうってホント⁉」

部屋に飛び込んできたのはプリムローズだ。

「あぁそうだ。せいぜい貴族マナーの勉強を頑張るのだな。サヨナラ」

「出てっちゃダメ！　いなくなったらおねえさまのせいに出来なくなるじゃない！」

ワーヲ。相変わらずだな。

「お前が父親と一緒にこの屋敷から消えてくれるのなら、考え直してやってもいいぞ」

ハッキリ言ったらプリムローズは真っ赤になってぶるぶる震え「おねえさまが出てけ！」と叫んで走っていった。よーし、出発だ。

いつもの場所に行ったら、ソードはもう来ていた。

「意外と早かったな」

「そうだな、すんなりといった。お前のおかげだ」

一応、感謝する。一応ね。

そういや途中メイド長に捕まるアクシデントがあったな。なんか、餞別《せんべつ》をもらった。

「じゃ、行くか。……今度はたたくなよ？」

ソードにまた手を差し出された。しょうがないので渋々握る。

「確かに私は幼女だが……レディの教育は受けているのだぞ？　なんで手つなぎなんだよ？」

「大人ぶった発言すな。第一、淑女キャラじゃねーだろ」

ならどんなキャラだと思ってるんだよ。ジト目で見たら、笑って頭をなでられた。

その手に、ちょっとだけ安心を覚えた。

三章

「見えてきたな」

「やったー‼　町だー‼」

出立してから一ヶ月。野良修業みたいに山を登り下り、道なき道をかき分け、ようやく人が集い住む場所にやってきた。うん、なんかもうね、このまま山で暮らしていけるかも？　とか思い始めちゃったよ！　だけど目指しているのはソコじゃない。ビバ諸国漫遊《しょこくまんゆう》！　そのためにせっかく金貨をザクザクいただいてきたのに、それこそ宝の持ち腐れじゃんかよー。

「とりあえずギルドに行って冒険者登録をしよう。先の話はそれからだ」

「……？　どうかしたのか？」

私の頭をグリグリなでていたソードが、急になんとも言えない顔で私を見たのだ。

「いや？　……数十日ぶりの人里だってのに、俺たちなかなか小綺麗《こぎれい》なもんだよな」

「当たり前だろ。不潔は敵だ」

私は毎日必ずシャワーを浴びた。もしもどこか住む場所が得られたら、念願の風呂《ふろ》に入りたい。

「お前、俺にも強制してきたよな」

「臭いおっさんは嫌われるぞ」

「……。お前、相変わらずかわいくねぇ！」

頭をつかまれた。アイアンクローだ！

「ぎゃー！　お前こそ、レディに何てことするー！」

「あァ!?　どこにレディがいんだよ!?　レディは紳士に向かって『臭いおっさん』なんざ言わねーんだよ！」

ひどい！　ここにいるじゃんか！

ギャーギャー言い合いながら関所らしきところまでやってくると、ソードが役人に宝石をはめ込んだ銀色の板を見せる。

役人が目をむき、何度もソードと板を見比べた後、敬礼した。

「コイツは連れだ。身元は保証する。ギルドで冒険者登録する予定だから、よろしくな」

「は、はいぃ！」

私は思わずソードと役人を見比べたよ。

「私に今の常識を教えてくれ」

「大体町の入り口には、犯罪者が入り込むのを防ぐためと、いざって時のために関所が設けられてる。で、どこの誰で、何しにここに来て、いつ出立予定かってのを検問されるんだ。ギルドが発行してる冒険者カードは、身元保証も兼ねてるから、見せりゃ大体通してもらえるって寸法だ」

なるほどね。今のやり取りをわかりやすく語られた。

関所を通り抜けると、そこはまさにファンタジーな世界。

――おぉ！　別世界の、有名な観光スポットを訪れたみたいだぞ！

土壁の四角い似たような建物ばかりが並び、ファンタジーな雰囲気を醸《かも》し出している。

「ボーッとしてると迷子になるぞ」とさっそくソードに頭をたたかれた。

「問題ない。迷っても冒険者ギルドに行けばいいんだろう？」

そう答えたら、ソードにすっごい目を細めて見られたぞ。

「お前のその子どもらしさの欠片《かけら》もねぇ冷静さには、ホンット頭が下がるわ」

普通だと思う。

そのままギルドと書いてある建物に行って、冒険者登録をした。冒険者が付き添いにいるとスムーズに発行してもらえるらしい。これで私も今日から冒険者……だよな？

「お前の持ってるカードと違う？」

私は発行されたばかりの自分のカードとソードのカードを見比べた。

「当たり前だろ。俺と登録したての冒険者が同じなワケねーだろがコラ」

会話を聞いた周りが笑っている。

「その当たり前を知らないのだから、お前がちゃんと説明しろ」

言い返したら今度は周りが唖然とし、ソードが肩をすくめた。

「基本の冒険者カードはお前が持ってるヤツだよ。俺のは特別製」

え。私はぷるぷる震える指でソードをさした。

「……お前、罪を犯してそれで……」

「そんなワケあるかコラ！　この世間知らず！」

「ぎゃー！　冗談に決まってるだろー！」

またアイアンクローだ！　なんでだ⁉

＊

インドラとじゃれ合いながら、俺はひそかに深呼吸をした。

……これを言ったら、恨まれるだろう。だが、このままではコイツのためによくない。変に世の中を悟りきっているし、天才といってもおかしくないだけの才能もあるが、まだ七歳の幼女《ガキ》だ。大人ばかりと接していたら、年の近い友人も出来ずますます孤立してしまうだろう。せっかくあの環境から抜け出せたのだから、冒険者としてこれから様々な経験を積み、信頼し合える仲間を見つけるべきだ。——俺と同じような道を歩ませたくない。

俺は手を離すと、一歩離れてインドラに向き合って言った。

「じゃあなインドラ。ここで俺とはお別れだ。こう見えても俺は偉いんでな、登録したてのお前とは天と地ほどの差があって、これ以上お前の相手をしてらんねーんだ。お前はお前に見合った新たな仲間を探してパーティを作り、最低でもCランクになるまで俺に顔を見せるな」

気楽な口調に聞こえるように言ったつもりだ。だが……案の定、彼女の表情はみるみるこわ張り、硬直した。意味がわからなかったのか、しばらく俺を見つめた後、急激に目の光を強くし前髪をかき上げて笑い出す。おまけに、インドラのまとっている魔素がグンと濃くなった。

こりゃ相当怒っているな。さて、なんと怒鳴ってくるか。コイツが泣くとは思えないが、泣かれたらさすがに俺の決心も揺らぎそうだ。

「……なるほどな」

出てきた最初のセリフはそれだった。

「やはり、この世界の人間は誰も信用ならないな」

そうつぶやくと、急速に表情を消し踵《きびす》を返した。拍子抜けするほどあっさりと去っていく。

──『恨まれる』以上に『軽蔑《けいべつ》される』ってのがあったか。振り返ることもなく遠ざかる、まっすぐ伸びた小さな背中を見送りながら、俺はそう考えた。

*

わかっていたじゃないか。私は自嘲《じちょう》した。

この世界の人間は、基本、他者に対しての配慮がまったくない。

例えば、乞《こ》われるまま努力し言われたとおりにこなしても、褒め言葉一つ言わず鞭《むち》を振るい、夫が帰ってこないのを子どものせいにして責め続ける母親。

例えば、妻をいとって他所《よそ》に子を作り、妻が死んだらノコノコ現れ、妻の産んだ娘に心ない言葉を浴びせ続ける父親。

例えば、自分だけに愛情を注《そそ》がれるのを当然だと思い、全て都合の悪いことを腹違いの姉のせいにする妹。

例えば、両親に虐待されている幼児を目の前にして、なんの関心も示さなかった使用人たち。

自分に利がなければ指一本動かさないこの世界の人間。

共に行こうと言った男も、何も知らない世間知らずの貴族令嬢が、遠い町に連れて来られてすぐさま放り出されたらどうなるかなんて、考えたこともないんだろう。ならばあと三年屋敷にいて、まず近場の町で情報を得たり経験を積んだりと自ら準備を整えて出て行った方がマシだった。

……失敗したな。舌打ちした後、私は営業スマイルを浮かべて受付にいた女性に声をかけた。

「綺麗《きれい》なお姉さん。少し教えてほしいんだけど、いいかな？」

あどけない感じを出して、お姉さんに『冒険者とは』や、『とりあえずはどうすればいいの？』という話を聞いた。

「……つまり、私のランクはGだから、Gランクに来た依頼を受けられるのか。依頼の品以外でもギルドは査定して買い取ってくれる」

ふむふむ、テンプレ。Gランクだと常設依頼（常に依頼を募集している）の薬草採取、もしくはゴミ拾いか掃除しかない。掃除は魔術で簡単にやれるので得意だが、この世界の人間に喜ばれるような仕事は絶対に嫌。クレーム言われて殺したくなっても困るし。

「薬草採取の依頼を受けます。常設依頼だと、達成期間がないんですよね？」

「そうよ。でも、あんまり時間がかかっちゃうと、採取した薬草の鮮度が下がっちゃうから依頼失敗になるかもしれないわ」

「わかりました。薬草はつみたてがいいんですね！」

「えぇ！」

笑顔を大サービスしたら、お姉さんも大サービス！

「……良かったら、私の知っているいいパーティを紹介しようか？」

そう言ってきたので驚いた。

なんだろうその現地ガイドの「オススメの店紹介するよ」的声がけは……。

「お断りします。この世界の人間は信用ならないので、絶対に組みません！」

ビシ！　と、ハッキリ言い切った。

「え……でも……」

お姉さんがチラッと横の方を見た。……なるほどな。

「お姉さん、ありがとう。もういいや」

「え？　ちょ、ちょっと！」

笑顔を消して冷めた声で礼を言ってその場を後にした。――つまりは、紹介するグループがもうそこに待ち受けているということだろう。そんな怪しい勧誘は受けたくない。

ギルドを出て、もと来た道を引き返し、関所に出た。

「おぉ？　小僧は……」

小僧じゃねぇ。

「私はインドラって名前だ。……ハイコレ、冒険者カード。外に出たい。明日には帰ってくる」

役人は戸惑いながらキョトキョトしている。

「え？　外？　で、戻りは明日？　って？」

「薬草をつんでくるから」

「いやあの、夜には門が閉まって入れなくなるから、やめておいた方がいいぞ？　今からだと戻ってくるのは難しいだろう？」

「町で寝るなんて、この世界の人間に何されるか怖くて絶対出来ないよ」

朗らかに言ったら、役人が呆気《あっけ》にとられていた。

*

受付嬢が現れた俺に申し訳なさそうに頭を下げた。

「ソードさんすみません、失敗しました」

「ちょっと性急だったな」

「ソード、お前の言い方が悪かったせいだろ」

渋面になる俺を、旧知のギルマス、サンガがバッサリ切った。

「……ちょっとへこませたくらいの方が、はい上がってくるんだよ！」

「へこませた、というより、お前が見限られたって感じだったぞ？」

「……ぐっ……」

俺とインドラのやりとりを陰から見ていたサンガの言葉が、俺の心臓にグサ！　……と刺さり、思わず胸を押さえてよろけた。まさしく図星。

「友達を作らせよう、なんて柄にもないことを考えるからだ。友達なんてな、自然と出来るもんなんだよ。自分がボッチで友達の作り方がわからないからだな」

サンガにズケズケと言われて、さらに落ち込んだ。受付嬢にボソボソと尋ねる。

「……で、アイツはどこに行った？」

「採取の依頼を受けて、そのまま出て行きました。何組かのパーティに声がけされたようですが、目もくれませんでした」

受付嬢の返答に、サンガがまたよけいな一言を言ってきた。

「そりゃー、ここに連れて来られるまで頼っていた男に『俺は偉いからここでお別れだ』なんて言われてすぐ別のやつと仲良く出来るわけないよな」

「いちいちうるせぇよ‼」

サンガが、怒鳴った俺をなじるようにつぶやいた。

「あーあ、あの子かわいそう。メンタル弱いやつならそのまま自殺しちゃいそうだよなぁ」

それを聞いた俺は、何気なさを装いつつギルドを飛び出してアイツを捜すが、見当たらない。依頼を受けたってことは、町の外に出たのか？　門番に聞いたら、やはり出て行ったとのことだった。

「……もう日が暮れるし、夜は門を閉めるから止めたのですが……。町で寝泊まりするなんて、この世界の人間に何をされるか怖くて絶対出来ない、って……」

ヤベェ。思ったよりも深刻な事態になった。『軽蔑』を通り越して『人間不信』になっちまったらしい。

友達を作らせるどころじゃねぇ、人を信じさせるってところから始めないといけなくなったぞ。

インドラのあとを追うと、ものすげーデッカい魔素の反応を見つけた。魔物が出てもおかしくない森の中に、だ。慎重に歩を進めていくと……大きな木の下に、大の字になって寝てるバカがいた。

なに考えてんだよ……。俺はガクリと肩を落とした。結界魔術すら使ってねぇ。ただ、寝てる。なんで襲われてねーのか不思議なくらいだ。

頭にきて怒鳴ろうとして、なんとか思いとどまった。

チッ。仕方ねぇから陰から見張ってやるけど——魔物に襲われても、すぐには助けねぇぞ！

……無表情に寝ているインドラは、ピクリとも動かねぇ。実は死んでるとかねーよな？　インドラの安否を確かめるかずっと悩んでいたら、いつの間にかうっすらと空が明るくなってきた。

——結局、魔物は一匹たりとも現れない。この辺には夜間にウロつく魔物もいたはずなんだが……生態系が変わったか？　眠気をかみ殺して考えていると、アイツが目を覚ました。俺の心配をよそに、のんきに伸びをすると敷いていた布を片し、ブラブラ歩き出す。

薬草の場所はわかっていたらしい。ためらいもなくそこに行くと、採取し、町に戻っていった。

そうして、誰とも目を合わせず、口を利かず、一切を無視してギルドの受付に納品してまたすぐ去っていった。

俺は、インドラの心の傷を甘く見積もっていたと思い知った。

インドラの身の上話は料理人たちから聞いていたが、よくある貴族の話だ、くらいにしか思っていなかったし、俺に対してはそこまで感じさせるほどじゃなかった。だが、アイツは実のところ人間不信気味で、ようやくそこから抜け出せたと思ったところに、俺がトドメを刺しちまったらしい。

――俺が本当にやりたかったのは、アイツに年の近い友達を作らせることだったんだ。

ここのギルマスは一時期パーティを組んだこともある仲で気安い。だからわざわざここに来て登録させたんだし、アイツの入る予定だったパーティも選別しておいた。インドラの実力はCランクどころじゃねぇが、登録したてじゃCランクの連中とは組めねーから、Eランクの少女たちのパーティに入って経験を積み、ついでに俺には出来なかった『仲間』ってやつが出来るはずだったんだ。

ところがだ。完ッ壁に失敗した。もはやアイツは誰に何を言われようと完全無視で用件のみやり取りし、森に住み着いている。

どうやらFランクに上がったらここを出るつもりらしい、ってのは別の受付嬢が聞き出してくれた。最初に応対した娘は警戒されて避けられているらしく、俺は半泣きでなじられた。

「あんなかわいい子に嫌われちゃったじゃないですか‼　別の子としゃべってる時は笑顔なのに、私を見た途端無表情になるんですよ⁉　それがどんなにつらいかわかります⁉」

聞こえないフリをした。

……まだ、目を合わせてもらえるだけありがたいと思えよ。俺なんか、存在、空気だぜ？　目も合わないんだぜ？　どうやったらそうなるんだよ、ってくらい空気なんだぜ？　はぁ……。

もう謝って許してもらおうか、とすら思っているが、存在空気の俺が謝っても絶対相手にしてもらえない。間違いなく謝っている最中に歩き去られるな！

つーわけでサンガに取りなすように頼み込み、サンガが嫌々インドラに話しかけた。

「……ソードを許してやってくれないか？　アイツも不器用で、お前さんのためを思って行動したことが裏目に出て、悔やんでる」

「は？　ソレ、誰でしたっけ？　――あぁ、自称『偉い人』か。いましたね、そんな人。もう忘れてました。ところで『許す』って何をですか？　そんな覚えは特になかったと思いますけど」

「……そうスッパリ言われると、俺の心にすらくるものがあるんだが……。覚えがないのなら、もう普通に接してやってくれないか。アイツも反省して……」

「いや、普通に接してますよ？　『決して信用してはいけないこの世界の人間』として普通に接してます。――まぁ、この世界の人間は平等に信用してませんが。利用価値があるなら視界に入れますが、そんな価値もない人間は音も知覚しないようにしてます」

インドラは冷たい目でサンガを見て、言い切った。

「まぁ、こんな人間のはびこる世界じゃ私なんてすぐ死ぬと思いますけどね。……この世界って、本当、なんの価値もない世界ですよね」

――会話を終えて戻ってきたサンガに、俺はギロリとにらまれた。

「……お前、あそこまで闇を抱えてる子に、何てことをしたんだよ？　完全に病んでるだろ、アレ。あそこまでいってる子を説得するのは俺には無理だよ」

「……じゃあ、どうすりゃいいんだよ⁉」

「どうしようもねーな！　そもそもが、世間知らずの貴族令嬢を平民の町に連れ出しておきながらその場で『これでオサラバだ』なーんて言ったのをへこます程度にしか考えてないお前の感覚がわからないね！　……お前って昔ッから無神経を軽く通り越すようなセリフを吐いて嫌われるよな。あ、今回は嫌われるどころじゃなかったか。病んで死にそうになってるな」

俺は完全に心折られた。


数日後、インドラがようやく魔物とエンカウントした。しかも、かなりの魔物だった。ジャイアントウルフと呼ばれている、脅威度Bランクのデカいオオカミ型の魔物だ。ピンチになったら颯爽《さっそう》と助けてやろうと……うん、瞬殺だな。知ってた。

インドラのやつ、「……そっちから向かってこなければ、わざわざ殺しはしないぞ？」とか、魔物相手にかっこつけて抜かしやがったし。

当然、魔物は無視して襲いかかり、首チョンパ。終了。

ちなみにインドラが使っている武器は、自身お手製の木剣だ。〝ボクトー〟とか名前をつけていた。細身の片刃……そもそも木剣の刃なんて切れ味皆無だが、なんでか知らねーがアイツのはスパスパ切れる。どうなってんだよ。

インドラは殺した魔物をマジックバッグに放り込み、町に戻ってギルドに持ち込む。

そんなアイツに皆がひそかに注目している。俺と連れ立って現れたからな。

……言いたかねーが俺はな、皆の憧《あこが》れ、この国に三人しかいないSランク冒険者のトップ【迅雷白牙】のソード様なんだよ！　なのに自称『偉い人』って、ヒドくない⁉　世間知らずのアイツは知らないだろうけどよ……。

だけど、インドラ以外は俺を知っているからな。アイツに興味を持ったパーティ勧誘から指導という名の喧嘩《けんか》までいろいろ声をかけられたが、それをアイツは全無視。無視された連中は面白くねぇからさらに絡むがそれも無視。Gランク相手にそれよか上の連中が理由なく手を出すのはギルドの規約違反となるため、ギルド職員がにらみを利かせてかろうじて問題が起こらなかったのに……。

「Gランクのテメーが高ランクの魔物を狩った、なんつー話が通じるワケねぇだろ。テメェ、俺の狩った獲物をかっぱらってきたんだろうが！」

インドラにテンプレで絡むやつが出た。

ギルド職員がすぐにたしなめようとしたんだが、俺は職員を手で制す。

ここで俺が助ければ好感度が上がるからな！　仲直りのチャンスだぜ！

インドラは無視して歩き去ろうとしたが、相手に立ち塞《ふさ》がられてようやく嫌そうに顔を上げた。

「その金、俺によこせ。テメェは、俺が始末した獲物をちゃっかり持って帰って売ったドロボーだよ、お嬢ちゃん？」

最後のお嬢ちゃんは揶揄《やゆ》したつもりだろうが、アイツは正真正銘のお嬢様なんだがな。

他の冒険者は面白そうに見ている。煽《あお》る連中もいた。

そろそろかな、と俺が踏み出そうとしたとき。

「わかった。つまり、お前の首を斬り飛ばし、その斬り口とさっき売った魔物の斬り口を見せて同じかどうかを証明しろ、ってことだな」

インドラからヤベェ発言が飛び出した。――まずい。アイツの魔素が膨れ上がる。

「あ？　大体テメェ、そんな棒きれ振り回して斬り口がどうとか……」

絡む男が一歩進んだ瞬間。俺は手近にあったテーブルをつかみ男に投げつけた。男はそのテーブルにぶち当たって吹っ飛び、瞬《まばた》きする間もなくインドラの抜き放った剣がテーブルを両断した。

俺は剣を抜きながらその間に割り込む。直後、俺の首目がけてアイツの剣が走った。……マジで殺《や》りにきやがった‼　剣でなんとか防いだが、インドラの殺意をモロに浴びる。

「この……！」

押し返そうとしたら目が合った。ずっと合っていなかった目が。

その、怒りも悲しみもない静かで空っぽな目を見て、このままいったら世界に名だたる冷酷な殺人鬼になるな、と思った。そしてそれは、俺のせいだ。

小声で呪文を唱え始めた俺に警戒したのかインドラはいったん距離を取る。

俺が身体強化呪文を唱え終えた直後、インドラの怒とうの攻撃が始まった。

……インドラの攻撃は見切ればわかりやすかったんで、稽古《けいこ》の時は油断しなきゃ余裕だった。互いに本気じゃなかったしよ。

だけど、今は本気で俺を殺しにかかっている。

稽古の時とは比べものにならねー速度で、剣で斬り、足で蹴《け》り、肘《ひじ》で打つ。

――俺は、俺を殺そうとするインドラを止める手立てがない。俺は、俺のせいでこうなったインドラに本気を出せない。

「――お前ら！　それ以上続けるなら、違反で罰金を支払ってもらうぞ！」

どうしようもないまま防戦一方になっていた俺を見て、サンガが怒鳴った。

途端にインドラの攻撃がピタッと止まり、舌打ちと共に床を蹴って離れる。

俺は思わず息を大きく吐き出した。……正直、止まるとは思わなかったぜ。

「罰金はあの男とその男だけだよな？　私は『私が本当にその魔物を狩った』という証明をしてみせようとしただけだ。要望を出したその男と、邪魔をしたその男に払わせろ」

冷静にサンガに向かって言い放つ。

「わかったわかった、お前は悪くない。特にギルドの備品を投げて壊したその男が一番悪い。だからこれ以上暴れるな」

その言葉で、ようやくインドラは剣を収めた。木剣だけどな。

無表情でギルドを出て行くアイツを見て、冒険者たちがビビりつつ後ずさりながら道を空ける。

アイツが相当の実力者なのが今のでようやくわかったらしい。俺が連れてきた時点で察しろよ……。

「おい、大丈夫か？　まさかと思うが随分おされてなかったか？」

サンガが声をかけてきた。

「まさかじゃなくてピンチだったよ」

ザワッと周りがざわめいた。

「……スピードはまだ俺の方があるが、パワーは互角……にしておくか。魔術に関しちゃ、アイツは無詠唱だからな。誰にも勝ち目はねーな」

聞いていた連中全員が凍りつき、サンガは眉根《まゆね》を寄せて聞いてきた。

「……人なのか？」

「俺も再三アイツに尋ねたよ。産んだ母親は公爵令嬢だそうだから、人だろ」

サンガが呆気《あっけ》にとられた後、めちゃくちゃ怒鳴ってきやがった。

「……お前……そんなやつを突き放したのかよ！　なんかしでかしても、物理的にも権力的にも止められねーだろうが！　むしろ、Sランクのお前が首に縄つけてでも管理しとけ、このバカ‼」

……まったくその通りで反論出来ねーな。

*

「インドラ、今日も採取か？」

と、顔なじみになった役人が聞いてきた。

「いや、町を出ることにした」

「……そうか。ま、冒険者ってのはそうだよな。ちょっと早いかとは思うが……。気をつけろよ、お前は見た目女の子みたいにかわいらしいんだから」

……女の子みたいってなんだろね。首をかしげた。

「……まぁいいや。おすすめの方角ある？」

「そうだな……あっちの方角にある【ラール】って町は、栄えてる。ギルドの依頼も多いぞ」

「そうか、ありがとう」

歩き出した私に役人が慌てて声をかけた。

「おい⁉　そっちは反対方向だっての！」

「だからさ。……この世界の人間のおすすめと、反対のことをするのが正解なんだ」

私は振り向いて役人に笑いかけ、あとはもう振り返らずに歩いた。

しばらく歩いていると、急に足元が固まった。どうやら魔術がかけられたらしい。だけどこんなの一瞬で砕ける――と思ったら何かが足元に転がった。

「……俺が悪かった！　頼む！　許してくれ！　頼むから！　……ごめんなさい……！」

私は驚いて、口を開けて呆《ほう》けた。

……この世界にも土下座は存在したらしい。……あ、違う。足にすがりつかれてる。

しかも……大の男が泣いているんですけど。ドン引きだ。

泣いている男が恐る恐る顔を上げてきて、はい上がってくる感じで上に上にすがってくる。

まさに、ゾンビが足元からはい上がるホラーな感じだ。怖い。

「ごめんなさい……！」

背中がゾワッとして、私は思わず相手の顔面を平手打ちした。

「キモい！」

泣いていたソードが唖然《あぜん》とした顔になった。

「……人が泣いて謝ってんのに『キモい！』はないだろ！」

「キモいから離れて」

顔を背けてなるべく離れようとしたけど、ソードは私の腰をガッチリつかんできて押してもまとわりついてくる。ゾンビにまとわりつかれたら、まさにこんな感じなんだろう。

「キモい……」

「連呼すな！　許してくれたら離れてやる！」

「…………何を許せばいいんだよ？　私は」

「だから……！　違うんだ、弁解させてくれ。俺はお前を裏切ったワケじゃない！　町に来て放り出すつもりなんざなかった！　ただ、俺はSランクだし、冒険者になりたてのお前と組んでも冒険のイロハを教えられないと思ったんだよ！」

「あぁ、自称『偉い人』だっけ」

「自称じゃねえ！　痛い人みたいに言うな！　Sランクってのはお前は知らないだろうが……」

「想像としては、Aランクの中でも実績と実力を認められた者が得るランク、か？」

「その通りだよ！」

ふーん、やっぱこの世界にもあるのかSランク。

「……まずは近いランクのやつと組んで、冒険者ってのはどういうものか、っていうのを勉強してほしかったんだ。この町のギルマスは気安い仲だからある程度融通が利く。お前のために根回しし

といたんだよ！」

　なんと。

　ここに連れてくる　↓

いったん別れてギルド推薦の年の近い女の子たちとパーティを組む　↓

キャッキャウフフしつつ初心者ならではの失敗を重ねて依頼をこなす　↓

場数を踏んだらソードと組み直す、という計画だったとソードに説明された。

「……それにお前、大人ばっかりに囲まれてたからとにかく生意気で、変に大人ぶってるだろ？　ついでに同年代の友達なんかも作れるだろうし、って、俺なりに考えてのアレだったんだ！」

…………何から言えばいいのだろうか。

「……最初にツッコむとだな。まず、友達というのは、自然と『なる』ものなんだ。自分がボッチで友達がいないからと、テキトーにあてがわれても気が合うかどうかわからないだろう」

「お前まで『ボッチ』言うな‼」

　ソードが怒鳴ってきた。すでに誰かに言われていたみたい。

「あとだな、それならなぜそう言わない？　お前がやったことは、何も知らない貴族令嬢を、言葉巧みにかどわかして置き去りにしただけだ。それなら三年かけて下調べして万全の態勢を整えてから一人で出立した方が、ずいぶんマシな結果になったと思わないか？」

「だからギルマスにも怒られて反省したし、俺が全面的に悪かった！　ごめんなさい！」

　なるほど、それで「許してやれ」だの「反省してる」だのという話が出たのか。その事情を知らないのにどうしろというのだ。

「そもそも私を気遣っているなら、なんでお前は『知人がギルドマスターをやっているギルドに行く。そこで紹介された子たちとパーティを組んで、冒険のイロハを教わりなさい。先方に話を通してあるから大丈夫。年の近い女の子たちだから友達になれるかも』って言わなかったんだ？」

私のド正論に、ソードはぐっと詰まった。

「………テンパったんだ！」

はぁ？　呆《あき》れていたら、再び抱きついてきた。

「……俺だってなぁ、お前のことを案外気に入ってんだよ！　言わせんな！　……なんで初歩の初歩教えるためにお前を低レベルのパーティに入れなきゃなんねーんだよ！　お前がそんなレベルなワケねーだろ！　なのにサンガが『俺がいざいなくなったときにその子一人でやってけるのか』ってこぼしたから、しょーがねーから一芝居打ったんだよ！　で、何て切り出していいかわかんなくなって、とりあえず突き放しちまったんだよ！」

何だソレ？　意味がわからない。私、言葉の解釈を間違えただろうか。

抱きついたままのソードがつぶやいた。

「……やっぱ俺が面倒を見る」

「元々誰にも見られてない」

「今まで俺が見てただろうが！　俺はお前の師匠だろうが！」

「何を言ってるんだよ？　私は交換条件でいろいろ教えろと言ったが、弟子にしてくれなんて頼んだことは一度もないし師匠だとも思っていない。私の武術も魔術も全て我流だろ。大体お前は私の何の師匠のつもりだったんだ？　気の利かなさか？」

「お前！　ヒドイ！」

そう言いながらぎゅうぎゅう抱きついてくる。いい年したおっさんが……子どもか。

「わかったわかった。ちゃんとした理由があって、放り出したわけじゃない、作戦がうまく行かなかったから、反省したお前が私のナビをする、そういうことだな？」

「……そうだ」

「理由がわかったから、これからその女の子のパーティに入ってキャッキャウフフしながら教えてもらってもいいぞ。たとえ利己的な性格であっても少女の方がおっさんよりもまだ許せる」

「お前！　ホントヒドイ！」

また言われた。

＊

「もう町を出ようと思っていたんだが……」

嫌がるインドラを引っ張って、俺たちはいったん町に戻った。

「観光したいっつってただろーが。どこも行かずに森ばっかりで暮らしてるんじゃねぇ」

「この世界の人間がうじゃうじゃいるような場所で眠れるワケないだろう」

「お前、人を信用しなすぎ！　……半分くらいは俺のせいだけどよ……。でも、俺は！　お前のためを思ってやったんだぞ⁉」

「だから、わかった。ただ、この世界の人間は利己的で他者に対する配慮が足りなすぎるのは確かなんだよ。さっきだってそれで絡まれたし、周りははやし立ててたじゃないか」

……毎回インドラと話していて思う。

「お前の言う『この世界』って一体どういう意味だよ？　まるで別の世界から来たみたいな……」

「…………」

……オイオイ、ホントにそういうことなのかよ？　いや、でもコイツ、出生は確かだよな？　顔だって、チラッと見かけた父親に似ていた。

……でも、待てよ、一度死にかけた、っつってたよな。死にかけた、っつーか、死んだんじゃねーか？　それで別の世界からやってきたコイツが、この体を乗っ取ったんじゃねーか？　突拍子もない考えだが、実際なくもねー話。死体憑《つ》きってのがそうだ。それだとコイツは……。

俺の反応を見て、インドラはため息をついた。

「……まぁ、それに近い。私は別世界での体験と知識が記憶にある。五歳のとき死にかけて、その記憶を夢に見たんだ」

……マジかよ。

「別世界の知識をもった私から見たこの世界は、ひどく利己的で酷薄な人間ばかりの世界だ。本当にひどい。……別世界の私がいた所は、困っている人間を見かけたら何の見返りも期待せず無償で手を貸せる人間が多くいた。この世界には、いないよな」

遠い目で話をした後、インドラは荒《すさ》んだ笑いを浮かべた。

「私が死ぬときは、二度とこの世界に生まれ落ちないよう、この世界を滅ぼしてから死にたい」

病んでる。ヤベェ、ここまで病んでるとは思わなかった。

「……ほ、他になんかねーのか？　ここの感想は……」

「不潔だな」

すっげー言葉が出た。……なるほど、コイツのこの潔癖さは、別世界の常識なのかよ。

「私は別世界でトップランクの清潔さ安全さを誇る国の生まれだったんだ。その国は身分に差がなく、清潔で安全。そこでの私はこの世界で言う平民だったが、この世界の貴族より清潔だったぞ」

「うわー……。だからお前、やたらめったら湯あみするのかよ」

あと、もう一つわかった。

「お前が妙に年寄りじみてて子どもとは思えない冷静さを持つのは、その別世界で生きた年齢からくるのか。そこでは幾つだったんだ？」

インドラが横に首を振った。

「『断片的に知識がある』という表現が正しくて、名前や顔や年齢など自分を特定する要素は覚えていないんだ。ただ、友達も恋人もいたのは覚えてる」

「うるせぇよ‼」

俺にはどっちもいねーよ悪かったな‼

「子どもらしさがないのは私だけでなく、どの貴族の子も同じだぞ。アヤツの連れ子は平民上がりで実に子どもらしかったが、お茶会に行ったときは貴族の子たちにドン引きされてたぞ？　私の方がスタンダードだった」

「あぁ……。お貴族サマはそんな感じか。ま、そんなこたいいんだ」

……俺は手を引っ張ってインドラを抱きしめた。

「……この世界を俺がお前に案内してやる。俺がお前にこの世界の常識を教えてやる。だから、もう大丈夫だ。安心しとけ」

「…………。あのな」

力強く押し返され振りほどかれた。え？　何？　何で？

「今言ったセリフ、今ならまだ聞かなかったことにしてやる。そしてこのまま私の前から立ち去れ。だが、取り消さず立ち去らないというなら、次に今回と同じようなことをやったとき『別世界で禁呪になった大魔術』でお前を殺すぞ」

突き放したあの時と同じ、強い光を帯びた目でインドラは俺を直視した。

「……あぁ、いいぜ」

「いいのか！」

俺の即答にインドラが目を丸くするから、思わず笑っちまった。

——やっぱコイツ、俺に突き放されて怒ってたのかよ。

それでももう一度、俺を信じてくれる気になったのか……？

「んじゃ、行こうぜ」

俺はもう一度、インドラの手をつかんで引っ張った。

「……今日はもう観光気分ではないんだが。森の方が安全だし、森で野宿しないか？」

「あの森を安全だっつーお前の思考がおかしいんだよ。あの森、かなりの数の魔物が生息してるんだぜ？　たまたま無事だったからって安全だなんて勘違いすんじゃねぇ」

そうしたら、わかってないな、って感じでインドラが首を横に振った。

「基本、魔物は臆病《おくびょう》だし、気配を察知する感覚が人間より鋭い。強者がいたら、そこには近付かない。強者の判別もつかないバカな人間とは違う」

俺は振り返って思わずインドラを見た。

「というのが、ここ数日森に寝泊まりしてわかったぞ」

――だからコイツと一緒にいると、滅多に敵に出遭わなかったのかよ！

*

まずギルドに報告する、ってソードに言われて連れて来られた。そして入る前に念を押された。

「強者がわからないバカがいても殺すなよ？」

だったら連れて来なければいいじゃないか。音波光波遮断魔術使って存在を認識しないようにしていたけど、気配で絡んできていたのはわかったぞ。この世界の人間は、魔物よりバカ。

「ようやく仲直りしたか」

　ギルドマスターが私たちの許《もと》にやってきた。

「なんで『許してやれ』とか『反省してる』とか言ってたのかわかった。あと、急に『いいパートナーを紹介しようか？』とか言い出したのかもわかった。怪しげな冒険者に袖《そで》の下をもらって何も知らないなりたて冒険者をカモにしてるのかって勘ぐってたけど、そういうことだったのか」

　私が言ったらギルドマスターは「そこからわかってなかったのかよ……」と天を仰ぎ、受付のお姉さんは「そんなひどい人って思われてたなんてぇ～！　言われたとおりにしただけなのにぃ～」とギャン泣きした。

「……お前、いくら荒《すさ》んでた時だからってよ、ひどい人間扱いしすぎじゃないか？」

　ソードが呆れた声で言ったので、私は即座に返した。

「この世界の人間、それくらい朝飯前にするだろう？」

「ギルドの人間はそこまで……まぁ、警戒するに越したことはないが。仕方がないな」

　途端に受付のお姉さんが素早い動きでソードに短剣を投げつけた！　すごいぞお姉さん。

「インドラ君から離れろ！　ろくなこと教えないアンタはパートナー失格！」

　わーお。自称偉い人、受付のお姉さんから命令されてるよ。

「お、そうだ。さっき、お前さんに絡んで首を斬り落とされそうになった男、アイツの冒険者ライセンスを剝奪した。以降、二度と冒険者として活動出来ない」

　ギルドマスターがさっきの顚末《てんまつ》を説明してくれる。私はギルドマスターに首をかしげてみせた。

「そう言われても、ここではだろう？　他所《よそ》に行って登録し直せば……」

「ギルドをナメんな。ライセンス剝奪されたらギルド専用の魔導具が、全ギルドに同時にお知らせすんだよ」

私の言葉を遮って自称偉い人がのたまった。それを聞いてびっくり仰天。

「〝専用線ネットワークシステム〟か！　そこは結構発展してるんだな！」

「「は？」」

思わずつぶやいたら二人同時に聞き返された。

「気にするな、独り言だ。でも、変装したり偽名を使われたりしたらどうするんだ？」

「いや、姿形を変えようと名前を変えようと、お前はお前、俺は俺だろ？　冒険者カードは魔導具で、何が変わろうとも本人と認識するし、ギルドの魔導具もそうだ」

再びソードに説明された。

「〝生体認証〟か！」

なんでここで最先端⁉

「また謎の言葉を……お貴族サマはこんなカードなんて作らなくてもいいんだろうが、平民は必須《ひっす》なんだ。自分を証明する大事な大事なもので、ライセンス剝奪どころか犯罪者として登録されたら、関所や詰め所、騎士団にも情報がいく。そうじゃないと捕まえられないだろう？　このカードを持ってないのは、お貴族サマか盗賊の子に生まれついたやつしかいない」

ギルドマスターが説明してくれた。

わぁ。この世界って、貴族と盗賊同類らしいよ？　ノーブレスオブリージュとかいう言葉って存在しないみたーい。

「理解した。……生体認証が当たり前の世界か……。それは素晴らしいな」

私のつぶやきを聞いたソードが満足そうにうなずいた。

「ようやくこの世界にも見所があったか」

「貴族と盗賊が同類で扱われるところで絶望的だけどな。……それはそうと、例の件、頼んでくれよ。お前、自称『偉い人』なんだろう？」

ギルドマスターと受付のお姉さんたちが噴いた。

「自称じゃねーっつってんだろ！　……おい、サンガ！　コイツに『魔導液』を渡してやれ！」

「は？」

——魔導具には、必ず魔法陣が描かれている。この魔法陣は、こすっても洗っても落ちない優れもので、魔導液というもので描かれているとソードが教えてくれた。

私が見るに、魔導具とは、別世界で言う電子機械みたいなもの。魔法陣とは、魔導具を動かすプログラム。ということは、プログラミング言語、つまり魔法陣に描かれている記号の辞書と魔導液があれば私にも魔法陣を描くことが出来るよね！　……と思い至ったのだが、辞書なんてものはなく、普通は魔導師に弟子入りして魔法陣の描き方を教わるのだとか。

ならば別のアプローチ。魔導液というものは、描かれた魔法陣を魔術に変換《コンバート》し、魔素に伝え実行させる媒体、のはず。魔導液の作り方がわかればきっと魔法陣の描き方もわかるはず。

なので魔導液の作り方を知りたいと言ったら「魔導師に弟子入りして」……ってそれもか！

「あのな。魔導具をホイホイ作ろうって発想がおかしいんだよ。時計だけはな、当時作り出した魔導師がこの世界の基準を作り出したい、っつって当時の王を説得して、ばく大な金と時間を掛けて悲願を達成したっつーシロモノで、普及のため作り方が公開されてるし国でも支援してるから割と安値で手に入るけどな。他の魔導具は作ったヤツが売るから、バカみたいに高いのもある」

ご高説のあと、ソードにジロッとにらまれた。

「魔導液が手に入れば、お前、魔導具が作れるとか言い出すんじゃねーよな？」

「まず、魔導液を解析してみないと何とも言えないな」

——そんなやり取りを経た後、ソードが伝手を頼れば手に入るカモ、と言ったことがあって、それで今ココだ。ソードの言葉に唖然《あぜん》としたギルドマスターは、次の瞬間怒鳴りだした。

「簡単に渡せるものじゃないだろうが！」

ソードが冒険者カードを突き出した。

「出せよ」

「……お前ってやつは……！　来い！」

私も憤慨しているギルドマスターについていく。

ギルドマスターは【ギルドマスター】と書かれた部屋に入り、ものものしい棚に施された封印を解いて、黒い液体が詰まった瓶を突き出した。

「これだ。……どうする気だ？」

「解析する。私は、こういう工作が好きだったんだ」

夏休みの工作キットで自動卓上掃除ロボを作ったりしたなぁ。別世界とは違い、ここは専用機材がなくとも魔術でなんでも出来ちゃう世界！　やっふぅ！

受け取ったら、ギルドマスターからしつこく解析してるところを見たいだの、せめて解析結果を教えてくれだの言われてへき易した。

「魔導師に弟子入りしたら教えてもらえるんだろう？　私はいちいち弟子入りするのが嫌だから自力で解析するんだし、そもそも解析出来るかもわからない」

と断った。大事にしまい、気をそらすためマジックバッグから酒を取り出す。

「礼だ。コレをやる」

ギルドマスターに渡すと、ソードがクワッと目を見開いた。

「……お前ェ⁉　それは二年熟成の〝ブランデー〟とか名前つけてた酒じゃ……⁉」

「お？　出奔しても貴族の子だな。酒が礼とは粋な真似をするじゃないか」

ギルドマスターに褒められた。それにしてもこの世界、酒飲みが多いよね。

「ダメダメダメダメだ‼　返せ‼」

「お前のじゃないだろうが」

ソードがギルドマスターから酒を奪おうとする。

私はツッコミを入れたが聞き入れられる様子がなく、ギルドマスターは酒を死守した。

「俺がもらったんだぞソード！」

「サンガ！　お前にはもったいなすぎる！　よこせ！　俺が飲む！」

「ソード！　お前なら酒なんていくらでも手に入るだろうが！　俺はお貴族サマが飲むような酒なんて簡単には手に入らないんだよ！」

「貴族の酒じゃねーよ！　コイツが造ったんだよ！」

ソードのセリフに、今度はギルドマスターがクワッと目を見開いて私を見た。

「……インドラ。お前、酒が、造れるのか？」

「まぁな。簡単なものなら誰でも造れると思うが、渡したソレは魔術を使わないと無理だ」

答えたら、ギルドマスターががく然と私を見る。入れ替わりでソードが迫ってきた。

「お前！　なんでアイツに酒を渡すんだよ⁉」

「コレの礼だって今言っただろう。封印の施された棚から出してきたってことは、手に入れるのが厳しい高価な代物なんだろう？　なら私も相応の品を返すべきだろうが」

「俺に礼は⁉」

「この前の件で相殺してやる」

ショックを受けて立ち尽くすソード。

「つまり、ソードが目の色を変えるくらいうまい酒ってことか。そりゃ、飲むのが楽しみだ」

ニコニコ顔で酒を抱きしめるギルドマスターに別れを告げ、ギルドを出てソードに説教する。

「……私の分の酒を私がどうしようがお前に関係ないじゃないか。そもそもが、当分の間私と離れる気だったんだろう？　その間に私が友達になった連中に酒や調味料を振る舞ったとしたら、お前がまた私と組もうとも、それにありつけることはないだろうが」

　ソードはぐっと詰まって言い返す。

「だから、そんな重要なことも思い浮かばないくらいテンパってたの！　……それで？　お前は何本持ち出してきたんだ？」

「私の分を狙うな。お前の分は屋敷を出る前に渡しただろうが」

「お前が新たに造らなけりゃ、俺の持ち分が尽きたら終わりじゃねーかよ！」

　結構な量を渡したはずなのに、飲み切る心配をしているのか。どうしようもないやつだな。

「当分仕込むつもりはない。拠点がないと無理だ。酒というのは生き物だと言っただろうが。暗く涼しい場所で静かに寝かせておかないとダメなんだ」

　私が料理で使う分なら数年以上は保つし、贈答用も確保している。

「ワインなら料理人たちも造り続けるだろうから、年一で戻って分けてもらえ」

「そのつもりだけどな、宝石みたいに透き通った色の、喉《のど》が焼けるほど濃い酒も好きなんだよ。こっちはお前が魔術を駆使しないとダメじゃんかよ」

　ソードを冷たい目で見て切り捨てた。

「私の確保分を狙っても無駄だ。やらん」

「お前、冷たい！　突き放した俺が悪かったごめんなさい！　だからお酒、ください！」

　なにこのダメオヤジ。ため息が出ちゃう。

　そのダメオヤジに連れられて、本日宿泊予定だという宿屋に着いた。

「高ランク宿にも泊まれるが、お前の教育のために一般的な宿屋にしたぞ」

なんともファンタジー感あふれる宿屋だな。ボロいユースホステルみたいな？　どんなんだろうワクワク。場所を教えられ扉を開けたその部屋は……。

パタン。瞬時に私は扉を閉めた。

*

俺クラスなら高ランク宿に泊まれるけど、コイツの教育に悪いからとりあえず安い宿屋を選んだ。

Gランクが泊まれ……Gランクは泊まれねーな、Dランクなら泊まれるくらいの宿屋だ。

安宿がすぎると俺が泊まりたくない。

Gランクが泊まる宿の部屋は、半地下、もしくは地下で、立ち上がると頭をぶつけるような部屋にすし詰めで雑魚寝《ざこね》だ。もちろん毛布なんて上等なものはなく、飯なんて出ねぇ。宿賃は銅貨一枚からかな。もうちょいいい部屋は、棚みてーな細長い多段ベッドが並ぶ部屋だ。個室じゃねーけどな。これだと銅貨十枚ほどになる。

ちなみに、薬草採取の達成金は質にもよるが銅貨五枚。銅貨一枚だと小さなパンが買える。今日俺たちが泊まる宿屋は銀貨一枚。個室でベッドがある。銀貨は、そうだな……インドラがこないだ狩った魔物の買い取りが銀貨十枚だったか。常識を知らねーインドラに、銀貨払いは銀貨しか使えねーから間違ってても銅貨や金貨を出すなよ、っつったらやっぱ知らなかったらしくて驚いていた。

野宿ばかりで、それなりに興味はあったんだろう、インドラは俺の説明を聞きうなずきつつ、ウキウキした顔で宿屋に入り、ソワソワしながら部屋の扉を開けた。

こういうかわいい反応は年相応……。って開けて閉めたよオイ。

青い顔をしてゆっくり俺を見上げてきた。プルプル震えている。

「……無理だ。絶対、無理。こんな狭くて汚いとこ泊まれない。狭くて汚い、無理」

お前、潔癖にも程があるだろうが！　少女たちとパーティを組んでたら、こんなレベルじゃねぇトコに泊まることになってたんだよ！　って叱ろうとしたら、見る間に涙が膨れ上がった。

え。……マジかよ泣き出しやがった‼

「……森に帰りたい」

「わ、わかった！　宿を替えよう。大丈夫だ、俺はSランクだから、もっと高ランクの宿屋に泊まれる。そこなら大丈夫なはずだ！」

慌てて手を引いて「悪い、キャンセルだ！」って叫んで飛び出した。

えっえっ、と泣いている。……オイオイ、罵倒《ばとう》されようが凶悪魔物と出くわそうがガラの悪い男に絡まれようが泣かなかったのに、部屋が汚いってので泣くのかよ。

呆《あき》れたけど、でも正直、出会ったときの弱々しい幼児みたいに見えてかわいかった。

泣いているコイツを連れて周りにジロジロ見られながら歩き、高ランク宿に着いた。やっぱりジロジロ見られたが、カードを見せて黙らせた。

「一番いい部屋にしてくれ」

「かしこまりました」

で、着いた部屋をそーっと開けた。

「こ、ここなら大丈夫か？」

インドラが、ようやく顔を上げて部屋を見た。恐る恐る近付き……いきなり魔術をぶっ放した。

「インドラお前何してんだ！」

止める間にも次々魔術をぶっ放している。

「消毒、掃除、洗濯、完了。……これなら、なんとか大丈夫」

……貴族サマもビックリの、出来立てみたいな綺麗《きれい》な部屋に仕上がった。

*

私は、疲れたようにベッドに腰掛けたソードの横に座り、腕にすがって必死に説得した。

「……やっぱり、これからは野宿しよう？　こんな部屋にお金を払うのもったいない。道具と魔術を駆使すれば野宿の方がもっと快適に過ごせるよ、そうしよう？」

「わかった、もういいからお前の好きにしろ」

投げやりに言われてしまった。……お金を使わせて泊まらなかったのは悪かったけど、アレは無理。狭いし窓ないし臭いし汚いし絶対に害虫《人類の敵》がいる。アレでお金を取るなんておかしくない？

……って考えていたらソードがニヤニヤしていた。

「どうしたの？」

「ようやく、年相応のお嬢様、って感じが出たな、って思ったんだよ。部屋が汚いくらいで泣いちやって……」

思い出したら怖くてまた泣けてきた。

「わーーーー！　悪かった！　もうからかわない！」

ソードが慌てている。

「汚い狭い、コワイ」

「わかった、わかったから泣くな」

必死で頭をなでられ、その夜は、ソードにヨシヨシされながら寝た。


翌朝、ギルドに行ったらギルドマスターに大歓迎された。

「インドラ、あの酒！　どうやって造ったんだ⁉　お前は造れるんだよな⁉」

「サンガ、うるせーぞ落ち着け。――俺もそのことでお前に相談があるんだよ」

ソードがギルドマスターに声をかけ、部屋に向かった。

「ギルドが管理する倉庫、一個貸してくれ。あるいは、俺が買う倉庫をギルドで管理してくれ」

「……お前、朝っぱらからいきなり難題を突きつけてくるなよ」

「万が一にも中に忍び込まれて盗まれると困る」

ギルドマスターは面倒くさそうに頭をかいた。

「……商人の倉庫じゃまずいのか？」

「酒を造って保管する場所がほしいんだよ。商人に見つかったら、うるせーだろーが」

「よしわかった、手配しよう」

……渋っていた割にすぐ解決したな。って考えていたらソードが私の顔をのぞき込んで聞いた。

「インドラ。お前なら、暗くて静かな場所があれば酒を造れるんだよな？」

「まぁな。ただ、料理人や使用人たちはまめに掃除をしたり品質チェックをしたりしていたぞ？」

「それは俺がやろう」

ギルドマスターがノリノリで引き受けてくれたぞ。

「……私はひどい潔癖症なのだが、本当に任せて平気か？」

大事なことなので、ギルドマスターに念押しで確認した。

「安心しろ、任せておけ」

ギルドマスター、胸をたたいてます。

「……まぁいっか。お前たちの飲む酒だもんな。失敗したってまた造れば良いんだし」

「失敗前提で話を進めるな。俺たちの拠点をここにして、旅に出ても年に数回帰ってきて品質チェックすればいけるだろーよ」

ソードが軽く言ったので、私は人さし指をピッと立てて問題点を指摘した。

「いいか？　この世界の道具は、作りが雑なのだ。酒造りに使用した樽《たる》だって、中身が漏れ出るのが八割あったりしたんだ。そんな世界で、一発で成功するなんて奇跡、成功した実績を持つ料理人たちに頭を下げて高額でワイン買った方が早くて確実だぞ」

「そっちはそっちで手を打ってある」

「うん？」

なんか言い出したぞ？　しかもコイツ、あ、口が滑った、みたいな顔をしたぞ。

「……おいソード。私に世界を滅亡させる大魔術をお披露目されたくなかったら洗いざらい吐け」

ギルドマスターがソードの後頭部をたたいた。

「いっつもお前はトラブルメーカーなんだよ！」

ソードに吐かせたところによると、料理人たちに、自分が出資するから私がいなくなっても酒造りを続け、売りに出さないか、と持ちかけていたらしい。

売れなくとも自分が買うから損はさせないとも言ったそうだ。

結果、料理人を筆頭に、使用人のほぼ全員が賛同した。

但し、「インドラお嬢様の許可があればのお話です」と言われたとのことだ。——うん、去り際に許可した気がするな。

「ほう、つまり、ソードが一枚噛《か》んでる酒蔵に行けば酒が買えるってことだな？」

「残念だが、ギルドマスターに渡した酒は売ってない」

私は期待に満ちた目をしているギルドマスターにキッパリ告げた。

「なんだと⁉」

「アレは魔術がないと無理なのだ。そういう魔導具もしくは器具を作れば出来ないことはないだろうが、最初はトライ&エラーで失敗の連続だろうな」

「……それはお前が完璧《かんぺき》を求めるからだろ？　料理人たちに聞いたら『お嬢様はなぜこれを失敗とおっしゃるのでしょうか？』とか言いながら首をかしげてたぞ？」

ソードがモノマネしながらツッコんできた。わかってないなー。失敗と言ったら失敗なのだよ。

「じゃ、じゃあ、味見のために、その売ってるって酒を飲ませてくれ」

ギルドマスターが興奮気味につっかえながら言った。まぁ……味見程度ならいいけど。

私はしぶしぶ魔術で冷やしている冷蔵マジックバッグから、ワインを取り出した。

「小さいカップで試飲だぞ」

「俺も！」

すかさずソードがかぶせてきたよ。依存症か！　ため息をつきながらコップについだ。

「冷えてると味が変わるな」

ソードが一気飲みしてつぶやく。私はうなずいた。

「香りが弱くなるよな。まぁ、これは料理用で何度か開けてるから、そのせいもあると思うが」

「うまぁあああい‼」

唐突にギルドマスターに叫ばれて、超ビックリした。椅子からぴょーんと跳び上がっちゃったよ。

「冷えてるから飲みやすいし、この香り！　素晴らしい！　これ、葡萄《ぶどう》酒だよな⁉　酒場のとなんでこんなに違うんだ⁉」

ギルドマスターが感激したように言うので、私は両手を広げて肩をすくめた。

「管理が杜撰《ずさん》なんだろ。酒は生き物だ」

それがわかってないのだ。もっと味の変化を研究しろ。その理由も考えろ。

上機嫌で味見を終えたギルドマスターがポン、と手をたたいた。

「お、そうだ、酒で盛り上がりすぎて伝え忘れるところだった」

なんと！　私をDランクに上げてくれるそうだ。さすがにSランクのソードとGランクの私が組むのは問題があるので、ギルドマスター権限で上げられる上限の、Dランクにすると言われた。

「先日のお前らの戦いを見ればSランクの依頼もこなせるのはわかるが……大丈夫か？」

と、ギルドマスターに聞かれて私は首をかしげる。何が大丈夫なの？

ソードが答えた。

「つまり、俺と組むと、お前はSランクの依頼をこなすことになるんだよ。心配ご無用だろうけどな。ちなみにSランクの任務ってのは、どの冒険者もこなせてない滞留案件を片づけるのが主だ」

ふむふむ。なるほどねー。つまり私はDランクの依頼を受けるのではなく、ソードと一緒にSランクの依頼を受けていくのか。

そういうわけで、ソードと一緒にギルドマスターが持ってきた滞留案件の依頼票を見る。

……ムムム、見て思った。

「なんだか、私に冒険者は向いてない気がしてきた」

つぶやいたら「今更か？」って返された。むぅ。違うもん。

「魔物を殺す意味がわからない。この世界の人間の方が無遠慮に襲ってくるじゃないか。魔物のような人間を殺した方が人間以外の生物に優しい気がする」

「魔王みたいな発言するな。お前は襲われないだろうが、他の人間は襲われるんだよ」

「へー！　やっぱりいるのか、魔王」

「ん？　……そうか、知るわけないか。いるよ」

「もしかして勇者とかもいるのか？」

「いるよ」

　いるんだ勇者！　感心した。

　……ん？　待てよ。

「Sランク冒険者と勇者の違いは？」

　ソードが呆れている。なんでだろう。

「……比較対象じゃねぇよ。勇者は、魔王国への侵略を目的に王国が選別した者の代表を指す。Sランクっつーのは、冒険者ギルドが実際に実力と実績を示したことを認定した冒険者のことだよ」

　なんかソードのやつ、含みのある言い方をするなぁ。

「国を滅ぼすような魔物を退治したことがあるのがSランクの冒険者、他所《よそ》様の国に行って国を滅ぼそうとするのが勇者、ってことか」

「お、お前、良いこと言ったな」

　なでられた。

「勇者にはなるべく近付くな。勇者ってやつは、いきなり名もない平民が選ばれてチヤホヤされるから選民意識が貴族よか高くて、国の後ろ盾があるから好き放題やらかす連中が多い。実力もあるからさらに手に負えねーんだよ。絡まれたらトラブルの素だ」

「盛大なフラグが立ったな」

それはきっと、勇者に絡まれるであろう未来が待ってるね！

「は？　……いや、大丈夫だろ、今代勇者はまだ選ばれてない。前回の選出からそんなに開いてないし、出たとしても勇者が出立するまで王都を避けときゃ会わねーよ」

ふーん。まぁ、当分はここが拠点だから会わないね。酒を造らないと……うん？　それならば。

「料理人たちをここに呼ぶってことは出来ないのか？　それなら、私が時たま戻ってきたときに魔術でしか出来ない部分を処理し、あとは任せればいいのでは？」

思いついたことを口にしたら、ソードがまじまじと私を見た。

「お前、頭良い」

「……無理だからあの場所でやるんだよ、って返答を期待してたんだがな」

腐ってても貴族の使用人と料理人だもんね。いっくら酒のためとはいえ、簡単に辞めない気がするけど……と思ったのにソードは言いきった。

「すぐ連絡して、ここに来てもらうようにする」

マジか、説得する気か。無理なんじゃとは思ったけど、ソードはすぐさま出立した。

ギルドマスターは酒蔵の場所を真剣に吟味しているし。二人が本気すぎて怖い。

私は若干手持ち無沙汰《ぶさた》なので、魔導液の解析及び魔導具の開発を行ったりしていた。

魔導具は、魔法陣の術式を魔素（ふんわりさん）に伝えて動かす。魔素が動力源だな。当然、魔素が足りないと動かないので、私は魔素の補充として魔素の塊……魔石を動力源として使うことにした。魔石は魔物の体内から取得されるものが主だ。植物や石からも採れたりすることがある。魔素を取り込んで徐々に成長するようだが、動力源として使うと排出に成長が追いつかず、小さくなって消えてしまうのがわかった。魔石はその他にもいろいろな可能性を秘めていて（なにせ魔素の塊だからね、魔素と同じことが出来るよね）、記憶装置としても使えることが判明した。

その発見をもとにせっせと魔導具を作っていたら、ソードからお手紙が届いた。

料理人、使用人、メイドが、条件付きだがソードとの交渉に応じこちらに来ることになったという。ソードの手腕がすごい。残留組もいるけど、今後は酒を製造しない、という方向でいくらしい。酒造りに興味がないんだろうね。

ちなみに、お手紙はギルドにある転移魔導具なるもので届けられた。紙程度の軽い物しか転移出来ないらしいけど、それにしたってすごいよなぁ。

私は、ざっくりと位置がわかる魔導具を作り、それを駆使して、一ヶ月の道のりを三日に短縮し酒を取りに向かった。そしてソードと酒を担いでギルドマスターの独断と偏見で決めた豪邸に運び込んだ。

到着したソードが豪邸を見て立ち尽くしている。

「おいぃ！　なんだよココは!?　こんな豪邸、いらねーだろ！」

食ってかかるソードに、ギルドマスターがのほほんと答える。

「お前さんが熱望した、安心安全な酒蔵だ。ついでに住める。そのお嬢ちゃんは生粋の貴族だしお前もSランク、これくらいの豪邸でもいいだろ」

「ソード、安心しろ。改修はすでに済ませてある」

「インドラ⁉」

ソードが私を振り返り、裏切られた、みたいな顔をしているけど、私、汚い部屋って無理だから。ここなら住んでもいい、と思える改修を自ら手掛けた。

トイレは水洗、浴場もちゃんとバスタブ付き！　なんならキッチンにディスポーザーも付いている。下水処理もクズ魔石を動力源とした魔導具で完璧だ。魔導具作りはもはやプロ級だと思う。

「私の知識をフル活用した、以前住んでいた場所に近いレベルの住み家として改修した。ここなら私も泣かずに暮らせるぞ？」

満面の笑みで言ったらため息をつかれた。なぜだ。


それから一月後。無事、料理人たちが到着した。なぜか皆、私のもとに集まってひざまずく。

「インドラ様、お久しぶりです」

「あぁ、久しぶり。最初に言っておくと、私はもう貴族ではなくお前たちと同じ平民だ。そして、お前たちと交渉したのはソードだ。以上」

「それでも、私どもはインドラ様のお役に立つべく、ここに来た次第です」

そうなんだ？　でも呼んだのも屋敷のお金を払ったのもソードだよ。

「とにかくだな、今後はソードに指示を仰いでくれ。私とソードはパートナーだが、お前たちのことに関してはソードの手伝いレベルなんだ」

私がソードに話を丸投げしたら、ソードが苦笑した。

「そう邪険にしてやるなよ。お前に会えてうれしいって気持ちを察してやれって」

「あるわけないだろう。コイツらにとっての私は、屋敷の当主に虐げられてた関わりたくない人間で、料理と酒の製造知識があるからそこだけ利用しよう、くらいにしか思ってなかっただろうが」

言い切った途端に全員うつむいた。それを見たソードが頭をかいた後、私に渋い顔をした。

「……インドラ。お前さー、人に『他人の気持ちを察しない』とか言っておきながら、お前だってそういう人間だって気付いてる？」

ソードの言ったことにショックを受け、私はがく然として立ち尽くした。

「コイツらが『お前が虐げられてる姿を憤って見てたし、どうにかしてやりたかったけどどうにも出来なかった』って悔やんでたのを、ちっともわかってねーじゃねーか。『気持ちがあってもなんにも出来なかったのは、気持ちがねーのと一緒だ』とか言いそうだけどよ、そりゃ違うぜ？　それこそ、相手の立場に立ててねぇお前が気持ちがわからねーのと一緒だろうよ。……コイツらが、なんでお前の許に来て頭を下げたのかって、その理由を察してやれよ」

ソードを見つめながら考える。……確かにそうだ。私は、自分の境遇を誰にもわかってもらえない、それでいっぱいいっぱいだった。記憶がよみがえる前も、よみがえった後もそうだ。執事、メイド長、メイドたち、使用人、そして料理人。今にして思えば、いろいろと心遣いされていた。

最後にお金を持ってきてくれたのは執事だ。アヤツに逆らってまで持ってきてくれた。メイド長も、絶対に仕事中にあんな私用の真似をしなかったのに、出奔する私なんかを呼び止めて餞別《せんべつ》をくれた。使用人やメイドたちも、料理人たちも皆、別れの挨拶《あいさつ》をしてくれたのに、素っ気なく返すだけだった。「そんなに長く生きられるわけないし」とか自分勝手に思って。

――私って、ヒドイ。ぶわっと涙がこみ上げた。

「わー！　インドラ、俺が悪かった！　お前を責めたワケじゃねー！」

ソードが慌てて話し掛けてきて、急に抱き寄せられた。そしてやたらめったらなでられた。

「……私って人でなしだ」

「そんなことねー！　そんなことはねーからな！　お前は言葉はきついけどお人よしだ、俺のことだって許してくれたし、腹違いの妹のことだってなんだかんだ面倒みてたそうじゃねーか！　環境が悪すぎて悪ぶってるだけだ！　お前はそもそも人を信じやすいやつなんだ！」

ソードにすがってひとしきり泣いて、その後ソードが手ぬぐいで拭《ぬぐ》ってくれて、ようやく顔をあげた。あれ、一同、唖然《あぜん》としているぞ。

…………？　いぶかしがるとソードが咳払《せきばら》いする。

「……大人びててもやっぱ幼女《ガキ》なんだよ。感情が高ぶると、特に汚い場所を見ると泣くから、掃除はしっかりやってくれよ」

「「「かしこまりました」」」

皆即返事してくれた。掃除問題は無事解決しそう。

その後、私は到着した全員に家を案内しながら説明した。

「私は部屋を決めた。あと、ソードが部屋を決めたら、他の部屋はお前たちが好きに使え」

するとまたまた全員が固まった。

「ん？　ソード、ダメだったか？」

「いいんじゃねーか？　つまり、『この屋敷の管理をコイツらにしてもらう』ってことだろ？」

うなずいたが、まとめ役となっている使用人が、私の前にすっと立ち、渋い顔で言ってきた。

「使用人と主人の住み家は本来分けるべきですが」

「さっきも言っただろう。今私は平民で、ソードは自称『偉い人』」

「自称じゃねーよ！」

「偉いって言ってるけど、怒った受付のお姉さんに短剣投げつけられるレベルの人」

ソードが黙った。

「屋敷を買い、お前たちを呼んだのはソードだ。だがそれは、お前たちを使用人として雇うためではない。酒造りのためだ。だから私たちは対等なのだ。そして、ここに住む代わりとして屋敷を綺《き》麗《れい》に維持してくれ。わかったな」

それで納得したらしい。いやしていないかもしれないけど、渋々了承された。

こうして私とソードは、ここイースに拠点を構えることになったのだった。

四章

それから約二年。

私は屋敷のさらなる改良に精を出し、料理人たちは酒を仕込み、使用人たちは（主に酒に使う作物の）農作業を行うようになり、皆で話し合いながらより住みやすい家を目指し、それが一通り落ち着いた。

「私、いい加減、本業に立ち戻ろうと思う」

「……本業？」

ソードに言い放ったらキョトンとされた。

「冒険者」

「は？」と耳に手を当て「何言ってんだコイツ？」アピールをされる。

「お前、もう、冒険者である必要なくね？　うちの料理人チームと組んでどっか借りてレストランでも開けば、貴族だって呼び寄せられるような集客率を誇る腕前なんだぜ？　そもそも、〝せっけん〟とかいう魔導具を貴族相手に売り出したら、簡単にボロもうけ出来るじゃんかよ！」

つばを飛ばして怒鳴ってきた。

そう、この二年の間に私は、悲願のせっけんを作ったのだ。魔導具と魔術の融合で、とうとうせっけんを作り出すことに成功したぞ！　とってもとっても大変だったけど、念願かなったのだ！

とはいえ、それはそれ。これはこれ。だって私、冒険をまったくしてないもん。

「ソードは、素材集めだの資金集めだのといって、自分だけ冒険者らしきことをやっていたじゃないか。今までやることが多くて出来なかったが、ようやく時間がとれる。……私もソードと一緒に冒険してみたい」

って、うつむきながら悲しそうに言ってみたら、おっさん、簡単にデレた。

「そうだな。俺が教えるっつったんだもんな。わかった！　俺と一緒に冒険に行こう！」

おっさん、チョロい。

さっそくソードが屋敷の皆を集め、宣言した。

「――つーわけで、しばらくこの家を離れる。観光がてら王都を目指すんで、家の管理よろしくな。インドラがなんか怖ぇー防犯魔導具を仕込んでるから大丈夫だとは思うけどな」

私も付け加えた。

「ギルドマスターから連絡があった場合、なくても危機が迫ったと感じたときはすぐさまコレを押せ。私が思いつく限りの犯罪に対応した迎撃パターンが作動する」

すると聞いていたか聞いていなかったかわからない速度で、メイドたちがソードに詰め寄る。

「くれぐれも、くれぐれも！　インドラ様をお願いいたしますよ！」

「変な場所に連れ込まないように！」

「お嬢様を泣かせたら血統を呪《末代まで祟り》いますよ！」

「わ、わかった。大丈夫だ、任せろ」

ソードがタジタジになりながらうなずく。私もうなずいて挨拶《あいさつ》した。

「じゃあ、行ってくる」

全員に見送られて、私たちは再びの冒険に出た。さて。

「リョーク、町を出たらいったん光学迷彩化しろ。人気《ひとけ》がなかったら解除だ」

「あいさー！」

――私とて、二年間家のメンテナンスばかりやっていたわけではない。魔術という万能超技術を得たからにはどうしても、自らの手でＡＩロボットを作ってみたかったのだ。どうしても‼

二台作り、一台は屋敷とＡＩロボットのメイン頭脳の警備にあたらせる。私が結界魔術と防犯魔術を駆使して誰にも立ち入らせないようにした区域に、このメイン頭脳がある。リョークはそこに定期的に無線アクセスして、情報をやりとり、共有して同期するしくみだ。非同期になった場合も動けるように、サブの頭脳がそれぞれのリョークの中にある。メイン頭脳がとにかく大切なので、ソードに一番でっかい魔石をもらってメイン頭脳とつないだ。動力源兼記憶装置ってわけだ。

リョークは私の魔導具製作の域を極めたロボットで、ソードにギャーギャー非難されつつも、二体を作りあげたのである！

「なんってこんなジャイアントスパイダーみたいな形にしたんだよ⁉」

「蜘蛛《くも》は益虫」

「益になるか！　糸に巻かれて毒注入されて頭から食われるだけだわ‼」

あ、この世界の蜘蛛ってそんなのなんだ?

「うーん、別世界情報によると蜘蛛とスライムは人間の友達みたいな」

「ねーわ！　糸でぐるぐる巻きにされて食われるか、ドロドロに溶かされて食われるかの違いだけだわ！」

ふーん。残念。

「まぁいい。これはゴーレム。学習機能付き戦うゴーレムくん。名前はリョーク」

「ネーミングも意味不明」

「別世界の言葉で『名馬』って意味だ」

「馬じゃなくて蜘蛛じゃねーかよ。そもそもゴーレムってのは人型だっつーの」

……とまぁソードにいろいろ言われたが、いいのだ！　基本パターンの動作及び返答（録音した私の音声）の他、学習次第でちゃんと受け答え出来るようになっていくのだ！

かわいく返事をしたリョークを眺めたあと、ソードがなげやりに私に言った。

「一応な、新米冒険者のお前に一般冒険者の旅のイロハを教えとく」

とたんに町の宿屋の「汚い狭い、コワイ」を思い出して、私はプルプル震えた。

「わかってる。そこはパスするから安心しろ」

ソードが私の様子を見て慌ててなだめつつ説明した。

道中は、出来るだけ街道を移動し、夜営ポイントで夜営する。その際夜営している者同士は連携を取り合う、のが基本だそうだ。私は納得して深くうなずいた。

「わかった。つまり、夜営ポイントは人がいて危ないからそこを避けろと」

「言ってない」

そう言うなり頭をグリグリしてきた。

「お、ま、え、が！　そんなことを言うならもう教えねーし、なんなら泊まるのもあのリョークとか名前つけたジャイアントスパイダーゴーレムの腹ン中でもいいんだぜ？　そこは安全なんだろ？　お前が冒険者みたいに夜営したいっつーから、テントを持ってきてやったのによ！」

「ごめんなさい」

よくわからないけど謝ったら、ソードが手を離し、もう一度ため息をついて前髪をかきあげた。

「……俺も、他の冒険者と交じっての夜営は今までトラブルにしかならなかったんで、出来るだけ避けたい。だけどな、冒険者ってのはいろいろな事態に遭遇する。俺とお前だけじゃなく大勢で対処しなきゃならねー依頼もくるし、その場合まず『断れない』」

え。……でも、まぁ、それはそうか。『断れない』ほどの依頼なら緊急かつ重要な案件だろうし、断るなら冒険者やめろってことだろうからな。

「……別に、協力しろというならするし、そこまで協調性がないわけじゃない。ただ私は、この世界の人間を信用しきれていない。お前やメイドたちの気持ちはわかったが、それでも私は、完全に信用するのは無理だ」

ソードは一瞬だけひるんだ後、顔を引き締めてうなずいた。

「……わかってる。だから、お前はまず自分を大切にして他人を利用しろよ。俺はお前にずっとついててやるって約束したしそのつもりだ。だけど、不慮の事態ってのは予測をいつも上回ってきやがるからよ。俺が助けに行くまで、お前は自分を大切にしとけよ」

そう言われて安心した。そして、『安心した』ことがわかったとき、あぁ、私はどこかで誰かに寄りかかりたいと思っていたんだな、ということもわかった。血のつながった人間があんな連中で、誰ともほとんど口を利かず頼れる人が一人としていない中、ソードが現れた。頭をポンと遠慮なくたたき、いつも私を気に掛けてくれて、いつの間にか側にいるのが当たり前だと思っていた。

――そっか。だからあの日、あんなに激怒したのか……。絶望したのか。

「ど、どうした急に」

ソードに寄りかかったら驚かれた。

「……私は、知らず知らずのうちにお前を信じ切っていたらしい。本当は誰かに頼りたいと思っていたらしい。それに今、気付いただけだ」

ソードが私を優しい顔で見て、頭をなでた。

「それもわかってる。俺だって、お前のことをいろいろ考えてんだよ。間違うこともあるけどな。……ま、次はお前のためと思ったとしても、崖《がけ》から突き落とす勢いで突き放すことはやめるわ。次にソレやったら禁呪の大魔術とやらで世界が滅ぶからな」

「わかってくれてうれしい」

「いや、うれしがるんじゃなくて否定してくれ」

いやだよ。やるもん。やっちゃうもん。

――と、ソードが唐突に声をあげた。

「あ。インドラ、次の町で冒険者ランク昇格試験、受けるか。つーことで、ダンジョンに潜ってみようぜ」

うん、唐突なやつだっていうのはね、知ってた。

「つまり、手頃なダンジョンが近くにあるというわけか？」

「まーな。お前なら楽勝だろうけど、ダンジョン自体初めてだろ？　行ってみようぜ」

そこにゲーセンあるから行ってみようぜ、くらいのノリですね。

「ふむん。……で、ダンジョンとはなんぞや？」

ソードが途端に嫌な顔をする。

「……お前って、理屈好きだよなー。ダンジョンとはなんだろう？　なんて誰も考えねーよ」

いや考えろよ。

「単なる洞窟《どうくつ》に魔物が棲《す》みついたということではないんだろう？」

「違う。……まー、なんつーか、一説によると魔素だまりから発生するらしいけど、実態はよくわからねーんだよ。ダンジョンコアってのが最深部にあって、それを壊すとダンジョンが消えるんだけどな、それをやるのはタブーだ」

「理由は……なんとなくわかるから聞かないでおく」

「お祭しの通り、冒険者にとってダンジョンはもうかる場所だ。だから、絶対にダンジョンコアは壊さない。壊したやつは重罪だし、ま、そもそも生きて帰ってこられねーな」

そりゃあ、最深部に行ってダンジョンコアを壊したら、ダンジョンが崩壊してそこから出られないよね。

「初心者にはどれがダンジョンコアだかわからないのに、どうしろというのだ？」

「ついてってナビしてやる。俺は手を出さねぇ。指示通りにしろ」

「わかった。……リョークはどうする？」

入れる広さなんだろうか？

「連れて行きたきゃ連れてけよ。どっちみちお前のゴーレムだ、試験に連れてっても武器枠になるからな。……ゴーレムと認めてもらえればの話だが」

そういう意味じゃなかったけど、入れる広さはあるらしい。

なら、もちろん連れて行く！　いっぱい学習させてあげるんだー。

リョークをなでたら、それを見たソードに呆《あき》れられた。

「……ったく、ゴーレムつーよかテイム《使役》した魔物だよな。しょっちゅう話し掛けてるしよ」

「そういうお前もだろう。学習機能で、大分言葉を覚えてきたじゃないか」

ソードが赤くなった。

――私の前では素っ気なくしてるけど、実は私の見てないところで熱心にリョークに話し掛けているのを知っている。九官鳥に言葉を覚えさせるがごとくね！

推測するに、何気なく教えたらリョークが覚えてしゃべったので、楽しくなったんだろう。

「ホラ行くぞ！」

はい、おっさんが照れて誤魔化しました。私は腕をつかまれてひっぱられる。

「ソロでダンジョンを攻略するってのは厳しいんだよ。ダンジョンマップが売ってりゃ、高くついても買った方がいい。俺はここのマップを持ってるが、今回は試験と同様にマップなしだ」

あぁ、そういえば別世界でマップなしダンジョンを攻略したっけな。ゲームでだけど。

ソードから、その他の豆知識も教わった。王国のダンジョンはギルド管理で、このダンジョンのように脅威度が低ければ許可なく自由に出入りして良いが、脅威度の高いダンジョンには入退場管理があるそうな。ギルドに行って予定を申告し入場証を受け取り、出てきたら入場証を返却、予定時間通りに帰ってこなかったら救出依頼が出るというあんばいだ。王都のダンジョンともなると、入り口に職員が立ち、入場証の確認もする——ということだった。なるほどね。

腕をブンブン振りながらさっそく意気揚々と入ろうとしたら、ソードに襟首つかまれて止められた。

「ダンジョン内は暗いぞ」

え？　そうなの？　私は首をかしげた。

「……ダンジョンコアが気を利かせて明かりをつけてくれるとかないのか？」

「テメェはダンジョンコアをなんだと思ってんだ。貴族の屋敷におもてなしされるのとは違うんだよバカ」

……そうなんだ。話を総合すると、集客が目的のアトラクションぽかったけど。

「わかった」

しょうがないから、頭にライトを装着。

「……オイお前、それはなんだ」

「〝ヘッドライト〟、魔導具だ。この形状だと両手が使える上に、見たい方向が明るくなる」

「サラッと光魔術を使ってくるよな……。普通は松明《たいまつ》だぜ？」

「死にたいのか」

「どうしてそうなる……」

私の発言にソードがぐったりした声を出してきた。

「火は、人間が空気中から体内に取り入れなければならない必須《ひっす》の成分を奪って燃やしている。洞窟なんて空気の循環が悪いところで松明を燃やしたら、あっという間に倒れるぞ」

「マジかよ⁉」

驚いてるし。え？　基本だろ。

「……私を理屈っぽいと思う前に『なぜだろう』って考えた方がいいぞ？　確かにこの世界に別世界の常識が当てはまるとは限らない。だがその原理で火が存在するのは私が実証済みだ」

この世界は魔素ありき。魔素があればたいていのことは出来る。だが他にも必要な成分が存在するのもまた事実である。完全に同じではないが、ある程度は別世界の知識が当てはまるのだ。

「空気の流れがあるなら松明でも問題ないが、私は両手を空けておきたい。だから、こっちの方が便利。松明も風情があっていいかもしれないが、利便性には欠けるだろう？」

「風情で使ってんじゃねーよ。そんな魔導具見たこともねーし、もし普及したとしてもスゲー高いだろうが。光魔術使える魔導師なんてそういるか！」

そうなのか。でもライトはそもそも光魔術じゃないと思うんだけどね、まぁいいや。

洞窟に入る。ふと思いつき、魔術でさまざまな波動を使って見るようにしたら、なんでも見えちゃった。地図いらずだねこりゃ。

そういえば、リョークにも同じ魔術を発動するように魔法陣《プログラム》を描いたっけ。と、思い出したのでリョークにフロアのマッピングを命じる。

「一階　ノ　フロアマッピング　完了」

……リョークの、定型文以外の発声がいかにも機械的なのはしかたがないの。

学習してきたら滑らかにしゃべれるようになることを期待しよう。

「リョーク、マッピングした地図を見せてくれ」

「おわっ⁉」

ソードが、暗闇に浮かび上がったホログラムを見て驚いた。

「うん、よくできました」

私はリョークをなでる。

「ヨクデキマシタ　ハ　ホメラレタ」

「そうだよ」

「いや～、まいったなー」

頭をかきながら滑らかにしゃべるリョークを見て、ソードがさらに驚いた。

「おい！　リョークが照れてるぞ⁉」

「あ、ごめん。これは基本動作。覚えたわけじゃない」

前もってプログラムされているアクションで、リョーク自身が考えての動作じゃないのよ。

「――お前は！　機能の無駄使いなんだよ‼」

なぜか怒られたぞ。

「何言ってるの、かわいいは正義なんだよ？　……さて、リョーク、これは罠《わな》、これも罠」

「コレ　ハ　罠。コレ　モ　罠。コレ　モ　罠」

リョークは早速学習して、罠を理解して他の罠も見分けられるようになった。

「よくできました～」

「いや～、まいったなー」

頭をかいて照れるリョーク。かーわーいーいー。

「……お前ってホントはバカなんじゃねーかって思えてきたわ」

私たちの心温まる会話を、ソードが白い目で見たし。

マッピングされたルートをホログラムで浮かび上がらせ、それを見ながら何の問題もなく進み、あっという間にボス部屋まで来た。

「やっぱり地図ありきのダンジョン攻略はつまらないよな。冒険してるワクワク感が全然ない」

「……お前、普通の冒険者の前でソレ絶対に言うなよ？」

お目付役の指示が飛んできた。わかった、私は学習する女。

ボス部屋の扉を見上げた。——大体、この扉ってどうやって作ったんだろうとか誰も考えないのだろうか。無駄に装飾されてるし、コレ、自然に出来ましたとか絶対おかしいだろ。

……まぁいいです、どうせこの世界の不思議な魔素さんがどうにかしたんだろ、って自分の心の中で決着をつけて扉を開けると、ボスのオークが鎮座している。顔はブタっぽい、二足歩行の巨漢の魔物だ。一応腰みのをつけているね。

「……いきなりやってきて暴力をふるってすまないな。せめて一瞬で殺すから勘弁してくれ」

「だから、お前ってどうしてそう魔物にカッコつけながら話しかけるんだ？」

ソードに言われたけど、勝手に住みかに入ってきた輩《やから》に一方的に殺されまくるって、ひどい話じゃない？　自分の家に魔物が踏み込んできたら憤るくせに、自分が踏み込むのはオッケーとか、身勝手過ぎる。……って考えながらも一瞬で駆け寄り首チョンパする。

すると、死体が塵《ちり》となって消えていった。

「死体が残るものと残らないものとがいるんだな」

「ダンジョン産が残らないヤツだ。しばらくたつと復活する。ダンジョンコアがある限り、永久に復活し続けるな」

なるほどねー。塵が消えた後、魔石と宝箱が現れた。

「……なんでボスを倒すと宝箱が出るんだよ？　コレ、絶対ダンジョンコアが出してるって」

「細かいことは気にすんな。ホラ、開けろ」

細かくないよ！　だって誰かがそうしないと、説明がつかないだろっ！

「大体宝箱って何だよ？　誰がどうやって置いてるんだっつーの」

私がブツブツ言いながら開けたら、ソードがつぶやいた。

「お、当たりだな」

キラキラと光る緑色の液体が入った薬瓶のようだ。

「……宝箱に当たりはずれがあるのかよ。ますますアトラクション極まってるよな。冒険者というお客様に楽しんでいただくための景品ってことか？」

私が文句を言い続けてたら、ソードにツッコまれた。

「別にいいだろ。損はしてねぇんだから文句言うな」

確かにそうでした。

「ダンジョンコア様ありがとうございます。いただいて帰ります」

両手を合わせて頭を下げたあと、ソードに薬瓶が何かを聞いた。

「回復薬だ。お前には必要なさそうだが一応説明しておく」

回復薬とは、ケガをある程度修復してくれる飲料で、ダンジョンの宝箱から出るそうだ。回復薬には低級、上級、特級とランクがあり、当然ランクが高いほど効き目が高い。低級だと、軽いケガなら傷口が塞《ふさ》がる程度。そして、ランクが高くなるほどダンジョンの宝箱からのドロップ率は低くなる。今回出たのは低級回復薬。ちなみに、大魔導師なら低級回復薬を作れるそうだ。低級といえども回復薬はそこそこのお値段なので、平民は主に薬草を使っている。他には解毒薬、魔力回復薬等が宝箱から出て、それらは色やキラキラ加減で区別している、とのことだ。

解説を受けつつ元来た通路を引き返し外に出て、ソードは私に向き直った。

「さて。常識外れ過ぎて、お前にダンジョンの攻略自体をどーのこーの言ったところで意味はないことがわかった。だからお前がCランクを受ける際の注意点だけ言っておく」

え、普通に攻略のコツとか教えてもらえないの？

「まず、Cランク試験にリョークを持ち込むのは許してやる。今後もソレと活動していくのなら、周知の意味でも今から人目にさらしといた方がいいからな。ただ、マップを浮かび上がらせてただろ。アレ禁止」

ソードに重々しく禁止を告げられた。

「えぇー」

「マップを空中に浮かび上がらせるとかド派手なことしてんじゃねーよ！　どこの大魔術だよ⁉　お前は俺と一緒にいてただでさえ目立つのに、さらに目立とうとすんじゃねぇ！」

「出た、自意識過剰」

「なんか言ったか⁉」

鬼の形相のソードにツッコまれて即座に顔を横に振った。

「マップ見ながら攻略すんのつまんねーとか抜かしてただろうが。だったらやってみせろ」

ソードに言われて考えてみた。それだけで楽しくなれるかな？　……まぁいいや、わかった、アトラクションだと思って楽しもう！　アトラクションで地図を見ながら攻略するなんて無粋！　なにが出るんだろ的ワクワクを感じれば良いのだ！　私は拳《こぶし》を上げて宣誓した。

「そうだな、『マップを見ない』という縛りプレイを設けて楽しもう。冒険のワクワク感は必要だもんな！」

「お前はもう冒険者を辞めて魔導具でも作ってればいいと思う」

ヒドイ！　プクッと膨れたらほっぺたを引っ張られた。

「お・ま・え・は！　呼吸するように人を煽《あお》るんだよ！　冒険者なんて連中はそろって短気で喧嘩《けんか》っ早《ぱや》いっつーのに、お前がナチュラルに煽りまくってたらヤバいだろうが！」

「ひょんにゃこひょひゃいみょん」

「あるんだよ！　気付けバカ！」

そんなことないもん。


すったもんだをしつつもダンジョンを後にして、Ｃランク試験を受ける町を目指す。

そして、コーダという町に着いた。この町のギルドで受験の手続きが出来るそうだ。

ソードがギルドマスターの部屋でなにがしかを話している間に、私は受付で受験の手続きを済ませ、ソードと落ち合ってもう一度森に行こうとすると、ソードがそっと腕をつかんできた。

「家借りた」

ボソッとつぶやく。

「森でいいのに……」

「いいだろ、厭世《えんせい》的になるなよ」

「そうじゃなくて、森で野宿したって私たちなら高級宿と同じくらいの生活が出来るのに、わざわざ借りて金を払うのがもったいなくて嫌なんだ。お前は金持ちらしいが、金はもっと建設的に使うべきだ」

あと、ソードにだけ払わせるというのが嫌だ。ソードが金を持っているからといって全部を任せるのはどうかと思う。私も出すと言ったのだが、ソードは子どもの私に払わせたくないらしい。

まぁ、私が逆の立場でもそうするだろうけどさ。

ふくれっ面の私を見ると、ソードは言い返さずに笑って頭をなで、優しく腕をひいて家に連れていってくれた。

……着いたらなんでコイツが家を借りたのかわかった。早速酒を飲み始めたよ！

「だから！　〝アルコール〟の成分は依存症になるとあれほど」

「たまにはいいだろ！　ここにくるまでの間お前は気にせず森でグースカ寝てたけどな、俺はそこまで気が休まらなかったんだ！」

「町だって危険はいっぱいだろ！」

「Sランク冒険者の借りてる家に押し入る強盗がいたら、むしろお目にかかりたいわ！」

甘い！　ソードは甘いんだよ！　だから予想の斜め上をいかれるんだよ！

……と怒っても、本当にちょっと寝不足だったらしい。ソードの顔色が良くなかったのでそれ以上言うのは諦《あきら》めた。

「……もういい。リョークに警戒させるからお前は休め」

「そっちはどうするんだ」

「もちろん観光だ」

「ならリョークを連れてけよ。ゴーレム連れて歩いてるやつに絡むバカはいないだろうからな」

「いや、いるだろうな。強者どころかこのゴーレムのすごさがわからないバカはゴロゴロいるな」

「待った、心配になった。俺も……」

私はソードの髪をかき上げながら止め、優しくほほ笑みながら首を横に振った。

「いいから休め。酒臭さとオヤジ臭さの合わさったお前と並んで歩いたら、歩道に今朝食べたものをぶちまけてしまいそうだ」

「とっとと消えろ！」

心配して言ってやったのに怒鳴られた。

部屋を出て、リョークの腕に乗っていろいろ覚えさせつつ町を散歩する。

その途中、私よりも幼い子どもたちが「いいなー」とか「すげー」とか「モンスターだ！」とか騒ぎながら追いかけてきた。

「これはゴーレムだ。リョークという。リョーク、少年少女たちに挨拶《あいさつ》をしろ」

「初めまして！　ボクは、リョーク！」

挨拶は基本動作で登録済みなので、リョークは片手を挙げてなめらかにしゃべった。

「しゃべったー！」「すげー！」

子どもたちはリョークに興味が湧いたようだ。うん、ちょうどいい。

「少年少女たち、リョークは今、学習中だ。いろいろ教えてやってくれないか？」

「学習？」「ゴーレムが？」

子どもたちが首をかしげたので、わかりやすく説明してやった。

「このゴーレムは知らないことが多いからな。例えば、あの店はなんだ？」

「アレ？　あれは武器屋！　武器を売ってるところ！」

子どもたちの回答を聞いたリョークがぎこちなくしゃべり出した。

「アレ　ハ　武器屋　武器屋　ハ　武器　ヲ　ウッテイル」

「「すげー！」」

リョークから降りて、子どもたちと戯れさせる。子どもたちがワーワー話し出した。

私一人だとなかなか学習がはかどらないから、彼らと話して語彙《ごい》を増やしてもらおう。ついでに子どもらしい口調も覚えてほしい。基本動作のかわいいしゃべり方以外が機械的すぎる。

「あっ⁉　アンタ……」

ん？　誰かが驚いた声を発したのでそちらを向くと、朱色の髪の少女がいた。とはいっても私よりも年上のようだ。……こちらを見ている？

だが知り合いではないから私ではないな。

意識をそらせて子どもたちの相手をしようとすると、少女が怒鳴ってきた。

「ちょっとアンタ‼　子どもたちをどうする気よ⁉」

どうやら私のことだったらしい。リョークを魔物と勘違いしているようだ。

「これはゴーレムだ。リョークという。リョーク、この少女に挨拶をしろ」

「初めまして！　ボクは、リョーク！」

同じ挨拶同じ仕草なのは定型だからしょうがない。もうちょっとバリエーションを入れた方がいいかな？　……いやいや、学習機能に期待しよう。

「こんなゴーレムいるわけないじゃない！　魔物よ！　あなたたち、下がりなさい！」

私は眉《まゆ》をひそめた。

……ソードさん、ソードさん、聞こえますか？　やっぱりバカからはインネンつけられます。

周りに人が集まってきて少女は攻撃態勢。私はため息をつき、やれやれと髪をかき上げた。

「……まったく。本当に冒険者というのは空気の読めない連中ばっかりだよな。強者もゴーレムもわからないときたもんだ」

「なんですって⁉」

朱色の髪の少女は怒鳴って手に持っていたロッドをむけてきた。

少年の一人が心配そうに私と朱色の髪の少女を見比べて、私に声をかけてきた。

「……お、おい、お前。大丈夫か？」

「私に限って言えば大丈夫だが、君たちは危険……でもないな。リョークの近くにいろ。リョーク、魔素障壁を展開だ」

「あいさーっ」

リョークが滑らかに返事をするのは、基本動作だからです。

朱色の髪の少女が怒鳴ってきた。

「警告するわ！　ケガをする前にとっとと離れなさいよ！」

「お前こそまだ若いのに冒険者ライセンス剥奪されていいのか？　私は町を歩いていただけで、彼らはゴーレムに言葉を教えていた。そこにいきなりお前が現れ人の話も聞かず怒鳴りつけ、無抵抗の私を今まさに攻撃しようとしている。どう見ても言い逃れ出来ないぞ。今ならまだそのかわいい顔に免じて見逃してやる」

　気が強そうだがかわいらしい少女だから大目にみてあげよう。ライセンス剥奪されたらかわいそうだし、とゆったりとうなずいたら、少女が真っ赤になっている。

　……なぜ怒る？　褒め言葉だと思うんだけど。

「あああんたのその軽いセリフになんて、だまされないわよ‼」

「……なんだか会話が嚙み合ってないんだが？　お前は一体何におびえて何に怒っているんだ？　私は普通に町を観光していただけで、お前が勝手にわめいてきてるんだぞ、わかってるのか？」

　参ったな、とため息をついたら、少女がますます激怒した。

「……この……！　前回といい、今日といい、バカにして……！　いっくらＳランク冒険者の師匠がいるからって、ナメないでよね‼」

　少女はそう言って、詠唱しだした。

「は？　お前に会ったことなどないだろう？　私はこの町に昨日着いたばかりだし、昨日はギルドの受付のお姉さんとしかしゃべってないぞ？　それに……師匠？　ってソードのことかもしかして？　ソードは師匠じゃない。アイツはパートナーだ」

言い切ったが、まだまだ詠唱してる。……うん？　ソードはもっと短かったけどなぁ。

「――爆炎よ！　焼き尽くせ！」

ようやく唱え終えたらしい。こちらに向けたロッドから炎が噴き出し、子どもたちの悲鳴が上がった。火炎放射モドキ魔術か。魔素と酸素をサクッと取り除き、ハイ、一瞬にして鎮火。

「リョークの障壁を展開させるまでもなかったか」

「……え？」

少女がポカンと呆《ほう》けている。炎が消えたのに驚いたらしい。

「私じゃなかったら危なかった……かもしれないぞ。まぁ、あの程度じゃリョークも無事だがな」

静まった後、わぁっと子どもたちが歓声を上げた。

「お前、すげーな！」

「かっこいい！　どうやったの？」

わらわら寄ってきた。

「火がどうして燃えるのかを考えてみるといい」

「どうやって燃えるんだ？」

「空気の中に燃えることを助ける成分が含まれているんだ。それと、魔術の素。それらを取り除いてやれば、一瞬で消える」

「「すげーーー！」」

うん、褒めたたえられて気分が良くなってきた。ふんぞりかえると周りから笑われた。

さーて、確実に騒ぎになるなこれは。ギルドの誰かが調整に来てくれれば良いが、さもなければリョークにソードを呼びに行かせようか……と考えていたら「キャシー⁉　なにをやってるの⁉」という声が聞こえてきて、どうやら彼女の知り合いらしい、いかにも冒険者という格好の背の高い少女が駆けてきた。

「キャシー！　あんたは試験を控えたこの日になんの騒ぎを起こしてるの⁉」

背の高い少女がキャシーとやらの腕をつかんで叱っている。ほう、彼女もCランクを受けるのか。

「私も言ったぞ？　今ならまだ見逃してやる、と。そうしたらソイツが詠唱しだしたんだ」

私の言葉に、キャシーとやらは目をつり上げ、背の高い少女は唖然《あぜん》として私に言った。

「……もしかして、喧嘩を売ってるの？」

「どうしてそうなる」

わかった、さよなら、で終わる話だろうが。——と、会話している間に役人が来てしまった。

「なにをしている⁉」

いや、何もしてないんですけどね、私は。

「……コイツ！　コイツをやっつけるのよ！　ぎゃふんと言わせないと私の気が収まらないわ！」

キャシーとやらは鬼の形相で怒鳴ってる。

役人は、わめく彼女を見た後、厳しい口調で質問した。

「魔術を使ったのはどいつだ！」

一斉にビシ！　……とそろってキャシーを指し示した。

「……というか、それは何だ⁉　魔物か⁉」

役人が今度はリョークを指さした。

「どこからどう見てもゴーレムだろう」

「「それはない」」

って全員にツッコまれた。ムムム……仕方ない。咳払《せきばら》いして私は重々しくのたまった。

「……私が作ったゴーレムだ」

「君が⁉」

役人に疑問形で驚かれたので、私はうなずいて説明した。

「このゴーレムは完全に我流で作ったので、他の魔導師が作ったゴーレムのように、命令一つで動くことはない。学習が必要なのだ。そのために町を歩き教えていたらこの子たちが話しかけてきたので、協力してもらっていた。そこに彼女が登場し、私をぎゃふんと言わせるため魔術をぶっ放してきた。以上だ」

理路整然と説明出来た。というか、まんま事実なんだけど。話を聞いた役人が考え込んだとき。

「……インドラーッ！」

遠くから聞き覚えのある声がしたので私は振り向いた。

「おぉ、ちょうど良く来てくれたな。……ソード！　やっぱり強者とゴーレムがわからないバカな冒険者に絡まれてしまったぞ！」

ソードに向かって大声で叫んで手を振ったら、跳《と》び蹴《げ》りされた。

「テメーは煽《あお》って騒ぎを大きくしてんじゃねーよ！」

「いたたたた。別に煽ってないし、不可抗力だと思うんだが」

んもう、ソードのツッコミはどんどん激しくなるなあ。蹴られたところをなでていたら、ソードが印籠《いんろう》のごとく冒険者カードを役人にかざした。役人、急にかしこまったぞ⁉

「じ、【迅雷白牙】様！」

は？　意味不明なことを言う役人に私が固まった。ついでに周囲も固まった。

「コッチの口の悪いのは俺のパートナーだ。何か言われたとしても、今回は俺に免じて許してやってくれ」

周りがざわざわしてる。子どもたちも目を丸くしてソードを見ているぞ。なんでだ？

「いえ、私は特に……。町なかで攻撃魔術が使われたと通報があったので駆けつけたのですが」

役人が説明した。

「あー……」

ソードが頭をかく。私は弁解した。

「わかってると思うが、私じゃないぞ」

「わかってるから言わなくていい。どーせお前が煽りスキル駆使して相手をキレさせたんだろ」

「違う。私は彼らと、リョークにいろいろなことを学習させて遊んでいただけだ。なぁ？」

私が同意を促したら、我に返った子どもたちが慌ててうなずいた。それを見たソードが驚く。

「……お前、子どもと仲良く出来るのかよ!?」

「当たり前だろうが。少年少女たちのヒーローだぞ、私は」

ソードに向かって威張ってみせたら、冷めた声で言われた。

「あぁ、リョーク相手だと唐突に出る『幼児返り』が発動したのかよ」

なんだソレ。

「素直な子どもならお前の煽りプレイを聞き流せるのかもなぁ」

さっきからソードに言われ放題だ。

周りから、私は魔術を使っていない、子どもたちは確かにそのゴーレムと遊んでいた、と証言してもらい、役人から解放された。だが、キャシーの方はそうもいかないようで、事情を聞きます、と役人に連行された。

「ソードはあの少女と知り合いなのか？　お前のことを知っていたようだぞ」

「知らねーな。どーせ相手が一方的にお知り合い、っつー手合いじゃねーのか？」

なげやりだー。

「……ったく、ランクカード見せびらかして相手を威圧する真似なんざやりたかねーのによ」

「それはすまなかった。だが、通用する相手で良かったな。私だったら『だからどうした』で終わってたぞ」

ガシッと頭をつかまれた！

「……あぁそうだよ。お前に言わせたら俺は『臭いおっさん』だからな！」

「……だ、大丈夫だ。ちゃんと洗えば臭くない。あと、酒を飲むのを控えろ」

「いーやーだーね！　なら、臭いおっさんでいいわ！」

……そんなに酒が好きなのか。臭いおっさんになられると私が嫌なのだが……。

「そういえば先ほど、役人が意味不明な、とっても痛々しい言葉でお前を呼ばなかったか？」

ふと気になったことをソードに聞いたら、顔を背けられた。

「……気のせい、じゃねーか？」

「うん、そうだよな。脳が言語翻訳を拒否したので、うまく聴き取れなかったんだ」

私はウンウンうなずき、ソードは私の頭を乱暴になで続けた。うん、やっぱり気のせいだ！


それから数日後、試験当日を迎え私は指定された場所に行った。なぜかソードもついて来た。私がやらかしまくるからお目付役なんだとさ。

ソードと待っていたら馬車が到着した。

試験官らしき人たちと、受験する冒険者たちが四組ほど降りてきてこっちに向かってくる。

すでに到着している私たちを見て、試験官の人が驚いた。

「……あなたたち、どうやってここまで来たんですか？」

「歩いてだな。いや、正確には走ってか？」

私が答えてソードを見たら、皆を無視してあくびをしている。

「おいソード、大丈夫か？　最近毎日飲んでるだろう？　ちゃんと水も飲め」

「解毒剤飲んだから平気だよ」

酒は毒だったのか！　ソードがコッチを見てニヤリと笑った。

「さすがのお前も薬の調合は出来ないか」

「出来なくもない。それこそ、別世界で多少はかじっている」

別世界の親が薬師でそれなりに教わったのだ。私はソードに説明し始めた。

「だがな、この世界の薬って、ダンジョンからとれる回復薬や解毒薬だろう？　そして、回復薬を飲んだら何でも回復し、解毒薬を飲んだら何でも解毒する。……私の知る薬とはそういうもんじゃないんだよ。そもそも薬とは、己の治癒力を高め……」

「ハイハイ。わかったよ、じゃ、今度作ってくれよな」

ソードが遮って頭をなで繰り回した。私の解説を聞きたくないのであしらったな？

……ムム？　強い視線を感じると、二組、こっちをにらんでいるパーティがあった。

一組は数日前に絡んで来た少女がいるパーティだ。冒険者ライセンスは剝奪されなかったらしい。

……以前私に絡んで来て剝奪されたやつとの違いは何なんだろう？

もう一組はソードと同じくらいの男たちのパーティだな。男が聞こえよがしに悪口を言ってきた。

「けっ！　不正受験かよ！　Sランクのコネで合格決定してるやつは余裕だよな！」

「ふーむ。なるほど、私はそういうふうに見られているようだ」

ソードに軽く言ったら、ソードが見たこともないような冷淡な顔をしていて驚いた。

「不正受験、か。『なんでお前が俺とパートナーを組めているか』、ってのがわからねー連中にはそう見えるんだろうな。ま、どーせお前は『俺がコネで合格させる必要なんてない実力』でダンジョン突破してみせんだろ。その時に自分たちとの差に心折れなきゃいいけどな」

それってつまり、『地図を見ない』縛りプレイはしない方がいいってことかな？

ソードを見上げたまま首をかしげたら、ソードは私に決然と言った。

「リョークと最速でクリアしてこい」

「わかった。つまり、『立ち止まらないでクリアする』という、縛りプレイに変更だな！」

スクロールゲーム風だな。

お次は、先日のキャシーとかいう少女が私の目の前に立った。

「アンタも受験する気なのね」

「そういう君もか。――昨日の件でライセンス剝奪されなくて良かったな」

「当たり前でしょ!?　私は助けに入ったのよ！」

……え、また誤訳した？　私は指をこめかみにおいて沈思黙考。

「『私をぎゃふんと言わせる』のって、『助けに入った』っていう解釈になるのか。私は幼少の頃に大人顔負けの教育を身につけさせられたんだが……平民だと解釈のしかたが違うのか？」

ソードに聞いたら、即答。

「んなワケねーだろ。お前をやっつけたい、っつってんのを助けに入るなんざ言わねーよ」

だーよねー。

「……う、うるさい！　いい!?　私たちは絶対アンタなんかに負けない！　アンタに勝ってアンタの目の前で高笑いしてやるわ！　覚えておきなさいよ！」

私を指さし怒鳴るキャシーを見ていたソードが、投げやりに言った。

「無理だろ」

「‼」

キャシーが真っ赤になる。

「まーまー、そんなにハッキリ無理だと言ったらかわいそうだろう。勝ち気で背伸びしたい年頃だ、寛容に聞いてやれ」

ソードをなだめてわざわざ慰めたのに、キャシーに涙目でにらまれた。なんでだ。

「……またナチュラルに煽ってるな。はぁ……ま、いっか。それにしてもお前って時々俺よかおっさんぽくならねーか？」

「そこはオバチャンと言ってほしいな」

切り返した私にソードが肩をすくめた。

キャシーを援護するように、パートナーらしき少女二人も私の目の前に立つ。

「【紅《くれない》の百合《ゆり》は乙女《おとめ》の誓《ちか》い】ってパーティ名に聞き覚えは？」

確実に剣士！　という感じの、先日彼女を回収にきた少女が、にらみながら聞いてきた。

「……パーティに名前があるのか。今初めて知った」

その事実にがく然とし、私はソードを見上げてすがるように揺さぶった。

「おい、私たちはパーティを組んでるんだよな⁉　まさか……今聞いたみたいな痛々しいパーティ名とかつけてないよな⁉」

「「なんですって⁉」」

ソードがため息をついて私をなでた。

「つけてねーから安心しろ。つーか、お前の泣くポイントが毎度よくわからねーな。【紅の百合は乙女の誓い】くらいで涙目になるのかよ」

「カコワルイ、コワイ」

プルプル震えて恐れおののいていたら。

「……かっこ悪くて悪かったですねえ」

相手、めっちゃくちゃ怒ってる。……うん、これは私でも悪かったのはわかった。

「あ。人の感性はそれぞれだ……うん。私の感性に合わなかっただけだ。気にするな」

「「気にするわ‼」」

背の高い少女とキャシーに怒鳴られた。

「アンタ、ナメるのもいい加減にしてよ！　Sランクが師匠だからって、つけあがりすぎよ‼」

それ、また言われた。

「ソードは師匠じゃないぞ？　コイツに教わることなど何一つない。……いたたた！」

「【ナチュラルボーン煽《あお》り屋《や》】って二つ名つけてやろうか？」

ソードにぐりぐりされながら言われた。いたい。

「私たちは、イースの町で活動してました」

私たちに向かって、落ち着いた雰囲気のある、魔術師の格好をした緑の髪の少女が語り出した。

「三人じゃそのうちきつくなるだろうから前衛を増やそうって話してた時、ちょうどギルドから『Sランク冒険者が面倒見てる子がいる。実力はあるけど初心者だから教えてあげてほしい』って言われたんです。魔術も剣も使えるから遊撃で活躍出来る、って聞いて、私たちのパーティが希望してたポジションだし、いいかなって思って了承して、ギルドで合図を受けて声をかけたんです。……無視されました」

なるほど、受付のお姉さんが紹介する予定のパーティってこの少女たちだったのか。

ソードを斜めに見上げたら、気まずそうにモジモジしている。

私は緑の髪の少女に視線を移し、謝った。

「そうか、それはすまなかった。あの時は、屋敷……じゃなく家と林の中しか知らなかった私を、ソードが冒険に連れ出し、いきなり『俺は偉い人だからここでお別れだ』と言われて放り出されたので、禁呪の大魔術でそこら一帯を死の地に変えようかとやさぐれていた頃なんだ。無視したのは君たちだけじゃないから、勘弁してくれ」

ソードも頭をかきながら謝った。

「こいつの言ったとおりだ……お前たちには悪いことしたな。うん、すまん！　さらに悪いが、コイツを別のやつと組ませる気は、もうない！」

緑の髪の少女は首を横に振った。

「それはいいんです。今更『入れてほしい』って言われても困りますし。ただ、その後、急に彼が

Dランクに上がったから、それで……釈然としなくて」

　残り二人も参戦してきた。

「そうよ！　私たちがEランクまで上がるのに、どれだけ大変だったと思ってるの⁉」

「大体、GランクをEランクが面倒見てやるのだって、破格の扱いなのよ⁉　それも、こっちから声をかけてあげたのに、無視！　そんな勝手が許されると思ってるの⁉」

　えー。私に突っかかられても困るのだけど。

「無視したのはさっき謝ったし、その原因のほとんどがソードのせいだからソードに文句を言ってくれ。Dランクにしたのは、ギルドマスターだ。だから文句はギルドマスターに言ってくれ」

　少女たちはぐっと詰まった後、歯を食いしばった。キャシーが私をにらみつけながら言う。

「……アンタの、そういうところが嫌い。偉いやつを笠《かさ》に着て、威張ってるところが最低！」

　えええ。私は首をかしげてソードに尋ねた。

「……彼女が言ってる、偉いやつって誰なんだ？」

「俺だよ、俺。だから自称『偉い人』じゃねーんだよ、わかったかバカ」

　そうか、おっさんは本当に偉かったのか。どこら辺かはわからないが、権力があるなら助かるな。

「『私に逆らったらソードに言いつけるぞ』みたいなセリフを言った覚えはないんだが……まぁ、私をぎゃふんと言わせるのが助けに入ろうとしたことになるくらいの誤訳だからな。そうなるのか。……おいソード、お前があてがってこようとした〝友達〟ってこんな少女だぞ？　お前、コイツらと友達になれそうか？　ボッチおじさんよ」

「わかった、ごめんなさい！　あとボッチに『おじさん』つけるな！」

ぷぃーっと無視だ。私は怒りに震えている少女を見てなだめてみた。

「そうカリカリするな。もうすぐ試験だし、かわいい顔が台無しだぞ」

「煽《あお》ってんのかおっさん発言なのか微妙なところだな」

とソードに言われたが、私は、なだめているんだよ。

やりとりを静観していた試験官の人が咳払《せきばら》いし、これにて無駄口は終了。試験だ試験だやっほう。

「では、これから試験の内容を説明する！」

——要約すると、ここからちょっと離れた場所にあるダンジョンに向かい、ボス部屋に行ってボスを倒し、さらに奥にある札を取り帰ってくる、ってことだ。遅すぎると失格になるとのこと。ボス部屋の奥か……ダンジョンコア様のいるところかな？　うっかり壊さないようにせねば！　気をつけるのはそれくらいだな。

「では、今から開始だ！」の声を合図に走り出した。

「ギャハハ、バカじゃねーの、あんな速さで突っ走ってドコ行く気だよ？」

「ダンジョン潜ったことねーんだろ、コネ受験サマはよ！」

遠くの方から何か聞こえてきたけど、むしろそんなゆっくりで間に合うのかと考えつつ走る。

ダンジョンの入り口付近で試験官の人に「うわっ！」とか驚かれたり、ダンジョン内でも「なんだ!?」とか驚かれたりしたけど全部無視。立ち止まらない縛りプレイ中なもんで。そこそこ広いダンジョンを走り抜け、ボス部屋の扉を開けて瞬殺。ボス部屋を抜けて奥に……あ、人がいた。

私の来訪に超ビックリしたらしく跳び上がったが、私は気にしないで話しかけた。

「受験者です、札ください」

「え、受験者って……。ちょっと待て、始まったのいつだ？」

「結構前だ。……『止まらずにクリア』って縛りプレイしてたんだけど、失敗した。止まっちゃったな」

人と話すために歩みを止めてしまった。まぁしょうがない。人から受け取る方式だとは思わなかったんだもの。

「え？　あ、君ってもしかして、Sランク冒険者のお弟子さん？」

「弟子じゃなくてパートナー。やつからは何も学んでない。全て我流。それはともかく、最速で帰ってこいって言われてるんだ。なので札ください」

「あ、はい。……確かに最速だな。一番乗りだよ」と言われて札を渡された。

「帰り道も気をつけろよ！」

「わかったありがとう。ダンジョンコア様によろしくな！」

その言葉に笑った試験官の人に手を振って別れてまたダッシュ。

引き返したとき、絡んでこなかったパーティの一組と遭遇したけど頭上を跳び越えた。

「え⁉」「もしかして、今の⁉」「まさかもう⁉」

「がんばれよー。その道で合ってるぞー」

去り際に言い捨てて通り過ぎた。

ダンジョンから出たら「え⁉　もうクリアしたのか⁉」って試験官の人に言われたので証拠の札を振って挨拶《あいさつ》した。

そして出発地点でもあるゴールに到着！

ソードがのんびりと、試験官の人は信じられないものを見る目で私を迎えた。

「そういえば、札を持ってきた後のことを聞いてなかったな」

試験官の人が口を開きかけたが、言葉にならないようだ。代わりにソードがしゃべった。

「予測よりちょっと遅かったな」

「途中で立ち止まって、札をくれる試験官の人と話しました。ごめんなさい」

やっぱり遅かったか。ぺこりと頭を下げたらソードになでられた。

「冗談だよ。つーか、話をしててこの時間か。ほぼ走り抜けてきたんじゃねーか」

「そういう縛りだったからな。ちょっとは面白かったぞ？　冒険してる気になった」

「そーかそーか、良かったなー」

ぞんざいな口調になったぞ。そこでようやく試験官の人が我に返り、手を出した。

「……札を、預かります」

札を渡して、私は首をかしげた。

「あとは？」

「……試験結果を、お待ちください」

「どれくらいで出るんだ？」

「……全員が終わったら、ギルドに戻り、一時間ほどで結果を伝えられると思います」

そっか。私はうなずき、ソードは伸びをした後荷物を持った。

「しょーがねーから待つか。しばらく野営が続くぞ」

「それは望むところだが、そんなにかかるものじゃないだろう？」

「俺やお前基準で測るな。通常、二、三日はかかるもんなんだよ。入り口で待とうぜ」

全員で移動し、ダンジョンの入り口にいた試験官の人と合流した。

「やっぱり見間違いじゃなかったのか。さすが【迅雷白牙】のお弟子さんだな」

「は？」

またもや意味不明なセリフを言われ、私は聞き返してしまった。

「……すまない、私は単語を聞き逃すことがあってな、今、なんと？」

「え？　だから、さすが【迅雷白牙】の弟子だって」

……ツッコミどころ満載すぎてどうしていいかわからないが、とりあえず気まずく顔をそむけているソードに詰め寄ることにした。

「おい！　なんだそのこっぱずかしいネーミングは！　どうしてそんな恥ずかしい名前をつけてるんだ⁉　何？　迅雷？　白牙？　意味不明だし、痛々しすぎて涙出てきた、ツライ」

「……お前にそこまで言われる俺が涙出てくるわ！」

互いに涙目。

「……お前、そんな恥ずかしい二つ名を名乗っているのか⁉　やめろ！　今後一緒に町を歩けないぞ！」

「俺がつけたわけじゃねー！　どーしろっつーんだよ！」

やだこの人、まさか右目が痛んだり右手が疼《うず》いたりしないよね？

「……確認するが、『俺の右手が疼く……』とかつぶやいたりしないよな？」

「なに今度は病気扱いしてるの？」

「……らしいのだ、そういうネーミングを持つ者は、『うっ、右目に封印されし邪気眼が痛む……』などとつぶやく病気らしいのだ」

「いや、デーモンを封印したことはあるけど、普通、自分の体に封印しないし。それこそ、いつ爆発するかわからない魔導具持ってるみたいで危険だろ。人や魔物が訪れないところにすんだよ」

あ、封印自体はしたことあるんだ？　さすがファンタジー！

「今、ちょっとだけお前を見直した」

「どこでだよ⁉」

「『封印』は、別世界での憧《あこが》れのワードだぞ？」

ソードは肩を落として深くため息をつくと、試験官に向き直った。

「こいつは弟子じゃねーよ、パートナーだ。経験不足だけど実力は俺に匹敵する」

「そ、そうでしたか、失礼しました」

試験官に謝られたし。別に謝ることでもない気がするけどなー。

それから待つこと五日、試験官からまだ戻ってこないパーティの救出要請が出た。試験官の人ですら見つけられない深部まで入り込んでしまったらしい。

「受験者に救助の依頼を出すのは本末転倒という気がするのですが……」

「コイツなら間違いなく合格だろ。もしも不合格ってんなら俺のランクが見直しになるだろうさ」

言い捨てたソードと一緒に、私たちは救出に向けダンジョンに突入した。

「思えばフラグだったなあ」

戻ってこないパーティは二組。どちらも私に絡んで来た連中だ。絡まなかった二組は、特に私がすれ違った方は、二日とたたずに戻ってきた。

「お前に絡んだことか？　つーかよ、不正がどーのコネがどーの、冒険者にそんなん通用するって考え自体がおかしいんだよ。俺たち冒険者は、己自身の能力を資本にして依頼をこなすだけだろーが。他人の依怙ひいきなんて気にして生き残っていけるほど甘い職業じゃねーよ」

え、そんなハードモードなの？　……まぁ、ガテン系職業だからね。寄生してレベル上げしたって実力に合ってなきゃ簡単な村クエストだってクリア出来ないってヤツよね。

リョークにマッピングさせ、二組の位置が判明。分かれ道まで進み、ソードが向き直った。

「さて、二手に分かれた方が効率はいいが、お前と離れるのは不安しかないんだよなぁ……」

ソードが逡巡《しゅんじゅん》しているので、私は胸をたたいてみせた。

「安心しろ、問題ない」

「ありまくりだわ！　お前の煽りスキルがさく裂したら、救出対象とバトルになるだろうがよ！」

「その場合は気絶させる。リョークを連れて行ってくれ、私は一人で行く」

「逆だろーが、オイ」

「リョークと私は離れていても会話が出来る。お前がリョークを連れて行く方が効率的だ」

苦い顔をしたソードがため息をついて言った。

「…………。わかったよ、情報を逐一送れ。下手打ってケガなんかすんなよ？」

「ソード、お前もな。救出対象の連中より、お前の方が大事だ」

「……お前って、唐突にそういうことを言うよな。いっちょ前に俺を口説《くど》いてんのか？」

「どうしてそうなる」

心配しているのになんで口説くとかいう話になるのだ？　唇をとがらせて首をかしげると、ソードは笑い、手をあげて一方の道に向かった。

さて。私の方はーっと……何でも見えちゃうアイで見やると、かなり遠いところまで行っているのがわかった。三人か……死人じゃなけりゃ少女たちか、当たりだな。

口の悪いおっさんたちは、同じおっさんに任せようっと。

＊

私はキャシー。魔術師で【紅の百合は乙女の誓い】ってDランク冒険者パーティのリーダーよ。

自慢じゃないけど、火炎魔術に関してはDランクではトップだと思うし、Cランクでも私に敵う人っているのかしら？　って思ってるわ。控えめに言って、かなりの遣い手なの。

そんな私でも憧れる、Sランク冒険者【迅雷白牙】の、お弟子さんの面倒を私たちにみてもらいたいって話が舞い込んできたものだから、内心狂喜乱舞したわ。

だって、【迅雷白牙】って言ったらこの国で三名しかいないSランク冒険者の、最年少ながらトップで、剣術だけじゃなくて魔術も最高クラスの人。王都を魔族の襲来から守った英雄。ほかのSランク冒険者とは違って徒党を組まない孤独でクールでかっこいいヒーローだもの。

リズも舞い上がって、二人でどちらが面倒を見るかって火花を散らし合っていたわ。

当日。ギルドで待機しながら陰からコソッと見たら、結構な美少年じゃない！　幼いけど将来有望そうだし【迅雷白牙】には負けるけどいいわ、気に入ったから面倒見てあげる。そう思っていたのに！　受付嬢が困った顔になって、私たちをチラチラ見ている、と思ったら美少年はふいっとカウンターを離れて外に出ようとして、合図を受けて私たちは慌てて追いかけ横に立った。

「ねぇ、君、私たちとパーティを組まない？」

こういったときに一番優しく社交的に話し掛けられるサシャが声をかけたけど、止まりも振り向きもせずに出て行ったのよ。ハァ⁉　なんなのアイツ⁉

三人で唖然《あぜん》としていると、後から出てきた【迅雷白牙】に受付嬢が謝っているのが見えた。

受付嬢に呼ばれて話を聞いたら、【迅雷白牙】が何らかの作戦を立てたけど失敗して、アイツが怒って誰ともしゃべらなかったってことらしい。……それって単なるアイツのワガママじゃないの？

数日後。結局【迅雷白牙】がパーティを組むことになったって噂を聞いた。

さらによ⁉ アイツ、採取とちょっと魔物を狩っただけでDランクに飛び級したんですって‼

ワガママ言ったら【迅雷白牙】がパートナーになって、彼の威光でDランク？ そんなこと許されるの⁉ 血管キレるかと思ったわ。

私の怒りにリズも同意し、サシャはそんなもんじゃないと諦《あきら》めていたけど、こうなったら新しいメンバーは入れずに三人で頑張ろうと意見を変え、私も賛成した。

絶対に、アイツより早くCランクに上がってやる！ Cランクになったらアイツを見下して笑ってやるわ。「まだDランクなの？ コネで得たんじゃDランクがせいぜいだものね」って！

……その前に出会っちゃったけど。

すっとぼけた生意気なやつで、頭にきてつい魔術をぶっ放しちゃったわ。自分でもやり過ぎたと思ったし「アイツどころか子どもたちまで巻き込んじゃったかも」って青ざめていたら——子どもたちに届く前に私の魔術が消えた。面憎いほどに涼しい顔をして立つアイツが消したのだとすぐわかったわ。

子どもたちもそのことに気付いて、アイツを褒めたたえた。

その後、役人が来て連行された。間違いなくライセンス剝奪で投獄されるって思ったけど、アイツは弁解した後すぐどっかに行っちゃったし「魔物にしか見えませんでした！ 子どもたちが襲われてると思って慌てて倒そうとしました！」って言い張ったら、釈放されてホッとした。

それで無事受験当日を迎え、馬車に乗って試験場へ向かったらアイツ、【迅雷白牙】と一緒に来

てたのよ！　……ちょっと、Ｃランクまで不正する気⁉

他の連中もそう思ったらしく嫌みを言ったし、私も宣戦布告をしたわ。

そしたら【迅雷白牙】が、すっごい冷たい顔をしてアイツをかばって嫌みを返してきた。

リズもサシャもムカムカしていて、見返そうと三人でうなずき合ったわ。

そして試験開始……ええええええ。あの子、ありえない速度で行っちゃったんだけど⁉　でも、あのスピードでどこまで保つかわかったもんじゃない。ソロなのにダンジョン内でへばったら命取り。いっくらゴーレムを持っているからと言っても、あれだって動かすのに魔力を相当使うって言われているもの。かなり危険を伴うはず。きっとどこかに隠れ潜んでやりすごし、後ろからついてくる気よ‼　そう考えて気配を探りつつダンジョンの前まできたら、試験官が私たちを見て不思議そうにつぶやいた。

「やっぱ、見間違いだったかな？　モンスターに追いかけられてたような子が入ってったの……」

それを聞いた私は、驚いて試験官を見てしまった。

「いつ⁉　いつくらい⁉」

「え？　かなり前だよ、もう四十分以上はたってる」

ええええええ。ダンジョンへ向かう道中、ずっとあの子の悪口を言ってた連中も驚いた。

悔しくて、どうしてもあの子よりも早くたどり着きたくて、私は二人を叱咤《しった》して、休憩をなるべく減らして先に進んだ。

「あれ……？　この道、前通ったような気が……？」リズが周りを見渡した。

「ウソ、地図ちゃんと描いたの？」サシャが心配そうに私を見た。

「か、描いたわよ！　でも、ちょっと焦ってたから、間違えたかも。でも大丈夫よ」

焦りで地図を書き間違えて、そのことでさらに焦りながら先に進んだ。そうして引き返すことも手遅れなほどに迷い、疲労がピークに達したとき——魔物が現れたの。

小さい鬼——ゴブリン二匹だった。通常種は腰みのに素手か棒を持っているだけなのに、ソイツらはボロだけど服を着ていて、剣やロッドを持っていた。フン、ちょっとは進化しているようだけど貧弱な魔物だわ。余裕で勝てると判断して構えたら、サシャが止めた。

「待って！　あのゴブリンは進化しているわ。どのくらいの強さかわからない。今の私たちには危険よ、結界魔術をかけるから、その隙に撤退しましょう！」

サシャの警告を無視して、私は前に出た。

「こんな連中、簡単にやっつけられるじゃない！　私たちはCランクになるパーティなのよ⁉」

「そうだ、撤退するにしても倒した方が憂《うれ》いがなくなる。……それに、追いかけられても逃げ切れる体力があるかわからない」

リズも同意し、サシャがさらに止めても聞く耳をもたずに私は詠唱を始めた。

唱え終わったタイミングでリズが斬り込もうとしたら、私の放ったファイヤーボールが、ゴブリンの発動した魔術にぶつかって消えた。それどころか、別魔術がこっちに向かってきた。

「……壁よ！　全てを防げ！」

遅れて唱えていたサシャの結界魔術が間に合い、ゴブリンの魔術をはじいた。

でも、それでサシャは魔力切れを起こして膝《ひざ》から崩れる。

……ここに来るまで私が攻撃魔術を使いすぎて、サシャの分の魔力回復薬まで飲んでしまったから、サシャは魔力が回復出来ずじまいだったのだ。

「ぐぁっ！」

リズが、剣を持つもう一匹のゴブリンに太ももを刺された。

コイツら——強い。

そのことにようやく気付いて爆発の魔導具を投げつけた。ものすごく高いけど、念のために持ってきていたものだ。その隙になんとかリズがこちらに引いて、買っておいた低級回復薬を飲んだ。

だけど……出血は止まっても、傷自体は治らなかったことに絶望的な気持ちになった。

……ケガしたリズを担いで逃げ切るなんて到底無理だわ。それどころかサシャも魔力切れで立ち上がることすら出来ない。

それもこれも、私のせい。私がペース配分を考えずに突き進んでしまったから——ここにきて私は、己の見通しの甘さを痛感した。

Ｄランクまでの苦労なんて大したことがなかったんだ。なぜＣランクが試験なのか、Ｃランクからようやく一人前の冒険者と名乗れるのか。今、死を目前にして理解出来た。受験前に書いた誓約書の意味も。

『試験中に何が起きても、死んだ場合もギルドは一切責任を負いません』

『遺書は前もって書いて預けてください。死亡または行方不明時に希望された遺族に渡します』

こういうことだったんだ……。

絶望的な表情の私たちを見てゴブリンたちが笑うような奇声を発した後、ロッドを持ったゴブリンが私たちに向けて大規模火炎魔術を放った。

あれは、私がアイツに使ったのと同じ魔術だ。……あぁ、アイツにホント悪いことした。こんな魔術を使われて、よく冷静に対処出来たな。私、この、迫り来る炎が怖くてしょうがない。いやだ、死にたくない、死にたくないよ……！

「手をかざすとかっこいいな。いかにも『魔術を使ってます』みたいな感じで」

――その生意気な声を聞いて、いつの間にかつぶっていた目を開け顔を上げたら、アイツが私の目の前に立っていて、手をかざし、ゴブリンの魔術を消し去っていた。

そして、不敵な顔をこちらに向けて一言、放った。

「待たせたな！」

*

私が現場に到着したら戦いの真っ最中だった。横ヤリを入れて良いモノかわからなかったけど、救出任務だからいっか、と自己解決してお約束の登場をしてみましたー。

それにしても大した敵じゃなさそうなんだけど、彼女たちどうしたんだろう、疲れているのかな？　まぁ、見るからに疲れてそうだよね、地図のないワクワク感を味わいすぎて迷っちゃいました、みたいな感じかな。

「そ、ソイツら進化してる。ゴブリンウォーリアとゴブリンメイジよ。一筋縄じゃいかないの！」

解説ありがとう。ほう、コイツら強い……のかぁ？

「……あんまり強くは、なさそうなんだが……」

「何敵をナメてんのよ！　そんなんだと簡単に死ぬわよ!!」

「でも、連中は私におびえているぞ？」

「……え？」

お金のない冒険者のような格好をしたゴブリンたちは、私を見て縮こまり震えている。

うーむ、おびえているものを倒すのは私の流儀に反するなあ。そんな流儀はないけど。

「今ならまだ見逃してやる。立ち去れ」

そう告げたら、必死に逃げていった。うん、弱い。腕を組んでうなずいたらキャシーに怒られた。

「ちょっと!?　どうして逃がすのよ!?」

「私の今回の依頼は遭難した受験者の救出だ。魔物の退治ではない。それに、おびえて無抵抗の魔物を殺したらかわいそうだろう。おびえた魔物をいたぶって喜ぶのは下賤《げせん》な性癖だぞ」

全員に唖然とされたので、どうやら私はまたやらかしたようだが、見なかったことにして通信機型魔導具を取り出した。

「ソード、こちらインドラ。救出対象パーティ一組、救出完了」

……ガチャガチャと『おい、リョーク、こっちはどう会話するんだよ』『え？　コレ？　つーかお前が話す？』『いーから、俺が話したいの！』って声がだだもれてるけど。

『インドラ、聞こえるか？』

「聞こえるよー」

『お、聞こえるってよ！』『え？　お前も話す？』『いやいいだろ、俺が話すから』って仲良し会話が聞こえてくるんだけど。金輪際ソードは、私とリョークのやり取りを白い目で見るな！

『ゴホン。こちらは……完了、と言っていいな。多少トラブったけど、とにかくリョークの腹に放り込んで帰還する』

ソードの言葉に私は片眉《かたまゆ》を上げた。

「えーちょっとー。私のかわいいリョークに、臭いおっさんたち入れないでくれるー？」

『布に包んでくから安心しろ！　とにかく、すぐ帰るからお前も戻ってこい！』

しかたないなー。通信機をしまって、少女たちと向き合った。まだ唖然としている。

「えーと、まずケガの手当てをするか」

ゴブリンに刺されている子がいるので、私の作った解毒、抗菌、抗炎症、さらに肉芽形成と美肌効果のある特製の塗り薬を塗り、やはりお手製のゼリーパッドを貼った。

「……これって、何？」

尋ねられて頭をかいた。平民とはいえ冒険者ともなるとやっぱり回復薬が主流なのか。

「ソードから聞いたが、ケガは回復薬とかいう飲み薬で治すんだってな。私はソレがあまり好きじゃない。これは、私が作った特製治療薬だ。安静にしてれば、一週間で綺麗《きれい》に傷は塞《ふさ》がるだろ」

自分では使ったことがないから知らないけど。ケガしたことがないからね。でも、塗り薬は別世界の知識を生かして材料を見つけて作った特製のだから、効くと思う。

治療も終わったことだし、さて、帰還しようかなっと。

「じゃあ、あとはまとめて運ぶだけだな」

「「「は……？」」」

特製の背負子《しょいこ》を取り出した。長椅子型で、少女三人なら余裕で座れる。

「……ちょっと待ってよ、もしかして私たち、それに乗って、アンタが背負って歩くつもり!?」

キャシーが背負子を指差してぷるぷる震えている。

「もしかしなくてもそのつもりだな。安心しろ、少女の体重は羽よりも軽いと決まってるんだ」

「「「んなワケあるか!!」」」

決まってるんだ！　私の体重も羽より軽いんだ！　嫌がる少女たちを束ねてくくり付ける。

「じゃあ、多少揺れるだろうから、舌を噛まないようにしろ。伝えたからな？」

「ちょっと待ってよ、嫌、無理だから！」

「やめて、ホントやめて！」

「ちょっと！　私はケガ人なのよ!?　より大惨事になったらどうするの!?」

ギャーギャーうるさいが、遮音魔術で聞こえなーい。

「それじゃ、行くぞ。あと、乙女の意地で、吐くな」

背負って、全力疾走した。

「「「ぎゃーーーーーー‼」」

五分くらいで着いた。

「お、着いたか」

「悪い、ケガ人がいたので手当てしてた」

ソードは先に着いていた。リョークのポッドを開けて中からおっさんたちを出している。

「……また妙なものを作ったな。つーか、ソイツらがかわいそうじゃねーか？」

背負子にくくり付けられて、真っ青になっている少女たちを見てソードが言った。

かわいそうじゃないもん。知らんぷりをしてリョークのポッドから出されるおっさんたちを見てたら、何人かは死体だった。

「生き残ってたのは二人だけだった」

ソードが私の視線を受けて言った。そのうちの一人が、ソードに食ってかかる。

「お前のせいだ！　お前が！　もっと早く救出に来てたら！　ムーニも！　シグも！　ニックも！死なずに済んだんだ！」

何言ってんだコイツ？　とりあえず蹴《け》っといた。それを見たソードが頭をかく。

「やめろって。せっかく救出したのに死ぬだろうが」

「救出したんだから依頼は完了だ。あとは好きにしていいだろう。助けたやつが敵に回ったり仇《あだ》を返してきたりするのはテンプレだ。助けたところで関係を切り、気に入らなかったら殺す」

「殺すな」

チッ。仕方ない、死なない程度にしておくか。まず説教しとこ。

「おい、お前。パーティメンバーが死んだのが、『助けに来たのが遅い』という助けた側の責任だというのなら、Cランク試験を受けたお前らにはどれほどの責任があると思うんだ？」

「な、なんだと⁉」

蹴られてうめいていた男が動揺した顔でこちらを見た。

「あんな簡単なダンジョンで仲間を死なせたお前の責任はどれくらいなんだと聞いている」

ソードが手で額を打った。

「おい、勘弁してやれよ。仲間が死んで余裕がないんだ、誰かのせいにして当たり散らさなきゃやってられないって気持ちをわかってやれ」

「それでお前の責任に？　意味がわからない。余裕がないと他人のせいにするのか？　そうしてソードが、ソードのせいではないのに責められるのか？　どうしてそうなるのか理解出来ない。……お前、説明しろ。なぜお前のパーティメンバーが死んだのが、ソードが助けに来るのが遅いせいなのかを答えろ」

「……うるさい！　そもそもお前があんなに早く行くから、ペースを乱されたんだ！」

うわー。コイツ、今度は私のせいにしてきたよ。

と思った途端、今度はソードが蹴って、男が吹っ飛んだ。

「……殺すなと私に忠告したのはお前だった気がするが」

ソードにツッコんだが無視された。

「俺を責めるのはまだ許せる。俺はSランクだからな。救出作業に出たときには生きていて、それで間に合わなかったのなら、その責めを受けよう。だが、なんで同じランクを受験した、お前と無関係の冒険者のせいにしてんだよ？」

ソードが怖い顔で男に近寄り髪をつかんだ。

「お前はインドラを、『不正受験のペース知らずのおバカさんだ』ってさげすんでたよな？　で？どうして優秀なお前はそんなDランク冒険者がいたくらいでペースを乱されたりするんだよ？あ？　なんでだか、わかるように言ってみろよ‼」

男がうめきながら泣き出したので、ソードは舌打ちすると地面にたたきつけて足蹴《あしげ》にした。

「つまりは、だ。そもそもパーティメンバーが死んだ原因の大半はコイツのせいってことじゃないか？　余裕がないからじゃなくて、責任を逃れたいから必死で私やお前に押しつけているんだ。利己的で責任転嫁を得意とする、プライドの肥大したオヤジがよくやる手口だな」

私が合点して手をたたくと、周りが何とも言えないような顔で私たちを見た。

見かねた試験官の人が口をはさむ。

「……ご立腹はもっともですが、そのくらいにしてあげてください。彼らにはこの後のこともありますから」

「……そうさな」

ソードは大きく息を吐き出すと、踵《きびす》を返す。……なんかソード、様子が変だな。

受験者と試験官の人たちは馬車で、私とソードは走って帰途に就き、ギルドで合格発表。私は問題なく受かった。落ちたのは、当然と言えば当然の、救出対象の二組。しかも、救出されたってことで、救出依頼の罰金が発生していた。私はふと思ったことをコッソリとソードに聞く。

「……なあ、まさかとは思うが、自力で脱出出来たのに勝手に救出した、とかごねて払わないやつとかいるんじゃないのか？」

この世界の人間だと普通にやりそうなんだけど？

「いるよ」

軽く言われた。やっぱりいるらしい。

「つまりは、ゴネ得？」

「得かどうかはソイツ次第だろうな」

ふーん？　ソードに顎《あご》をしゃくられ、そちらを見る。

「……そんな……そんな額になるの⁉」

「ふざけるなよ！　勝手に救出しといて払えだと⁉　しかもこっちは三人死んでんだぞ！」

金額を伝えられて短気っぽい二人が試験官の人に食ってかかる。うん、テンプレ。でも少女たちの方は、落ち着いている少女が私に視線を向けたあと、食ってかかっている少女に声をかけた。

「キャシー。……私たち、あの時救出に来てもらえなかったら死んでたよ？」

剣士っぽい子も彼女の肩をつかんで軽く揺すって止めに入り、それで引き下がった。

残る一組に対して、試験官の人はため息をついてこっちをチラッと見た後向き直った。

「……救出要請が出るパターンは、試験前に説明したはずだ。それにな、そもそもギルドに入るときも説明したはずだ。期限後丸二日以上たっても帰還が確認されないとギルドが救出要請をかけることがある、必要のない場合は事前に申告しろ、と、そこまで講習で話したはずだ」

私はふるふると首を横に振った。聞いていないぞ！　ソードを見上げると苦笑された。

「……そういや、講習なんてのがあったな。すっ飛ばしてたわ」

「それ、とっても大事じゃないのか？　私は今の話、初耳だぞ！」

「俺がついてるからどーでもいーだろ」

よくないだろ。今度講習を受けてみよう。そうしよう。

「……ソード。罰金ってつまり、私たちの救出依頼達成金のことだろう？　アイツがゴネ得したら、達成金が支払われないということか？」

「さーな。そりゃ、ギルド次第だ。ギルドが『救出されてないっつってるから、達成金は支払われねぇ』って決定をしたら支払われねーし、そうじゃなきゃアイツが何をどう言おうが支払われる。今回の依頼主はギルドだ。つまり、達成金を支払うのはギルドだからな」

「ふーん……なあ、ソード、もしかしてこういったことがしょっちゅうあったのか？」

「あぁ、しょっちゅうあったな。ちなみに逆もあった」

逆？　首をかしげると、ソードが苦笑しながら話した。

「いつの間にやら俺は遭難してることになった。当時パーティを組んだ連中が俺の遭難届を出し、ギルドが受諾。その近くにいたパーティが依頼を受け向かった。俺は何食わぬ顔で現れたそいつらに頼まれ、一緒にギルドに戻ったら、ギルドから救出依頼の罰金を支払えと言われた」

ワオ。つまり遭難届を出した連中と受けた連中がグルになって陥れたってことか。

「ソードは払ったのか？」

「インドラ、お前なら払うか？」

逆に聞かれて迷わず首を横に振る。

「払わずソイツらを皆殺しにするに決まってるだろう、当たり前のことを聞くな」

「ちょっと？　俺は皆殺しにはしてないよ？」

ソードとそんな話をしていると、試験官の人がごねる男を冷たい目で見下ろした。

「では、罰金は払わない、と。——そうなると、お前らは今後一切『ギルドに依頼を出せない』。また、ギルドから『お前らの救出依頼を出すことも受け付けることもない』」

男が固まった。

「……なんだと？」

「ギルドの決定に従えないならギルドからペナルティを与える。特に今回、仲間を死なせたのはお前の責任だ。……助けが間に合わなかった責任だぁ？　お前、冒険者をナメてんだろ？　冒険者は助ける側なんだよ！　助けられて当たり前っつーなら、冒険者辞めて村人やってろ！」

試験官の人もブチ切れ。やっぱり皆そう思うんだ……うん？　なんか今、大事なことを聞いた気がするぞ？　ソードに確認した。

「罰金を払わないと、ギルドに依頼を出せなくなり、救出依頼が出ない」

「そうだ」

じゃあ、払わなかったソードは？　問うように見上げたら、ソードが答えてくれた。

「今も俺はギルドに依頼を出すことは出来ないし、俺の救出要請が出ることはない、ってことだ」

「つまり、二度とその手口ではめられないということか？」

「その通りだな」

ソードが苦笑した。

「ふーん……。なら、私もそうしてほしいな。その手口を使われたら、ソイツの救出要請を出させるために人が立ち入れないような山奥にさらって首から下を地面に埋め込んでやりたくなる」

「お前、過激！」

叫んだ後、頭をくちゃくちゃにされた。

「ま、お前のことは俺が助けてやるから。ギルドに頼ることはないな」

「いや、私がどうにかなったとしてもお前は助けにこなくていい」

ソードの手が止まった。

「私がダメなときはお前でもダメだろう。私はこの世界に未練がないし、私が死ぬときは禁呪の魔術を使う予定だ。近くにいると汚染されるから来るな。……って、いたたた！」

グリグリしてきた！

「なぁ〜にかっこつけてんだよちびっ子が！　黙って大人しく助けを待ってろ！」

だから、来なくていいって言っているのに。

「返事は？」

「来なくていい。いたいいたいいたい」

またグリグリされる。

「……そういうお前はどうなんだ。お前を助けられそうなのは私くらいだろう？」

尋ねたら、ようやく手が離れた。

「……どうすっかね。そういうシチュエーションはもはや想像つかねーけどな」

「陥れられるくらいだろう？　その時は私が関係者全員皆殺しにしてやろう」

「やめて、お願い。お前、本気でやりそう」

威張って宣言したのに、やめるようお願いされたし。

――それで結局どうなったかというと、少女たちは持ち物を換金してどうにか工面していたが、おっさん共は罰金を払えず借金奴隷となった。奴隷⁉　ってびっくりしたけど、この世界でいう奴隷とは単に無給で仕事、住み込み食事付き、ってことらしい。どんな職業だろうと冒険者ギルドにお世話にならないことはなく、ギルドのペナルティはソードでもない限り受け入れがたいようだ。


今回のことで思い知った私、講習を受けに行った。行ったら少年少女たちばかりだった。そしてなぜソードが受けなくていいと言ったのかわかった。武器の使い方や採取の仕方などばかりを説明していたのだ。本当に気をつけてなくてはいけないところは最後にちょろっと説明されて終わり。

「……一番大事な部分は最初に説明するべきだ。集中力の途切れた最後にしてどうする」

最後の質疑応答のときに、そう意見しておいた。周りはキョトンとして、ギルド職員は苦笑した。

「依頼をこなしていけば自然と身に染みるようになる」

「奴隷落ちして身に染みたやつだっているじゃないか。そうならないように講習を受けているんだから、武器の使い方より重点を置いてくれ」

武器の使い方なんて、それこそ一日でどうにかなるものじゃないだろうに。「救出されて罰金払うことになるのが嫌なら最初から断れ」ってのは一度言われれば理解出来るぞ。

講習から戻ったら、「どうだったー？」と、日が落ちる前に飲んだくれているやつが聞いてきた。

「モッテモテにモテた！」

「はぁ？」

講習が終わって、私は全員からパーティの誘いを受けたのだ。

「どうだ、私は人気があるのだ！」

胸を張ったら、ソードは気のなさそうな眠い態度でとんでもないことを抜かした。

「幼女《ガキ》がない胸を張っても腹が突き出るだけだぞ」

「うるさーい！　……いいんだ、その代わり、脚が美しいからな！」

前世の私は巨乳だったが、脚が太かった。この体は、カモシカのような脚で長くとても美しい。

ソードの目の前に美脚を突き出してやった。すっごく迷惑顔をしているが。

「この体の私は、脚で勝負する」

「その幼児体型でいっちょ前に誘惑してるつもりかよ、ハッ！　悪いな、俺は巨乳派だ。小僧の脚に欲情する趣味はねえ。百年後に出直しな！」

「お！　お前、巨乳派か！　奇遇だな！」

「……おっさん幼女、お前もか。そりゃ奇遇だな」

気のなさそうな返事をしているけど。

「違う。前世の私は巨乳だったんだ」

また迷惑そうに見られた。

「脚は太かったんだけどな！　上半身と手には自信があったぞ！」

「なんの自信だ。お前、幼女《ガキ》のくせにエロオヤジ知識がハンパねーんだよ。自重しろ」

「見た目の話だ！　鎖骨付近はよく褒められた。当時の恋人は脚派だったんだが――」

――あ。

ぽたりと、滴が垂れた。ソードの驚いた顔がにじんでいる。

――あぁ、そうか。私は、その男が好きだったのか。この世界に来て感情の記憶はあやふやだ。

好きだった記憶はあるが、感情がわからない。そして、姿形も思い出せない。

……気がついたら、ソードに抱きかかえられて頭をなでられていた。

ソードは憂い顔で、私を慰めるように聞いた。

「……なんだよ、その男に会いたいのか？」

「違う。ちょっと感傷的になっただけだ。……せっかく綺麗《きれい》な脚になったのに、見せびらかして、

『見た、良かったなー』と邪険にしながら褒めるやつがもういないんだって……ふと思い出しただ

けだ」

「……よくあることだ。だからもう思い出すな」

ソードは、私をなでながら遠い声で相づちをうってきた。

「そうだな。……お前こそ、気に病むな。私のことも、こないだの連中のことも」

ピクリとソードの体がこわ張った。

「酒に含まれる〝アルコール〟という成分は、思考能力を鈍らせ、忘れたいことを一時的に忘れさせてくれたり気が大きくなったりする。それが楽しいならいいが、楽しくないなら酒を飲むのも女に逃げるのもやめろ。どうせなら、酔った勢いで下半身丸出しにして踊りまくるくらいはじけろ」

ゴイン！　と拳固《げんこ》が来た！　ちょっとなんでですか？　心配して言ったのに。

「お・ま・え・は！　発想がおかしいんだよ！　そんな真似、Sランクの俺がやれるかよ！」

頭をさすりながら私は唇をとがらせる。

「……お前って、カッコつけてるのかカッコつけてないのかわからないやつだな。大丈夫だ、酔っぱらいはそのくらいのことを平気でやるものだ。別世界ではそうだった」

「ナニソレお前のいた世界ってコワイ」

……まぁね、そんなにたくさんはいなかったけど、なんでか私の周りにはいっぱいいたよ？　盗んだ自転車《バイク》で（駅前を）走り出して交番に突っ込んで捕まった酔っぱらいとかいたよ？

「あと、女に逃げるのはいいが、責任は取ってやれ。具体的に言うと結婚してやれ」

「俺が女とどうにかなったって前提で話を進めるの止めてくれる？」

だって、なんだかんだと朝帰りしているじゃんか。

帰ってきて、私に見つからないように、そーっと体を洗っているのを知っているよ？

私は体を起こしてソードの両肩に手を置いた。

「大丈夫、私には男のメカニズムの知識もある。お前が女と何をしていたか詮索《せんさく》しないし、それについて説教する気もない。でもな、残念ながら私は愛のない二人が性欲に負けて交尾して出来た子だ。そういった子の痛みはわかる。なので、責任を取ってかわいがってやるように！」

「だから、やってねーから。勝手に話を進めて責任取らせないでくれる？」

そんなに責任を取りたくないのか？　でも、被害者が出たら私は無理やりにでも取らせるぞ？

むぅっとしているとソードがニヤリと笑った。

「お前と結婚する男は苦労しそうだな。ま、男と結婚する、かどうかがまず問題か」

からかったつもりかな？

「案ずるな。私の血筋をこの世に残すことはなく、誰かと番《つがい》になる気などさらっさらない。運良く生き残れたらリョークに囲まれて余生を暮らす予定だ」

ソードの顔がまたこわ張った。……その後、また抱きかかえられた。

「……なら、俺と二人でのんびり暮らすか。俺も結婚する予定はないし子孫を残す気もねぇ。このまま戦い続けていつか負けて死ぬんだろうと思ってたけど、生き残ったなら、お前と暮らすか」

…………何を言っているんだろう。

「いや、お前は責任取ってやれ？」

「だから、やってねーよ‼」

そんなに責任を取りたくないのか。女がかわいそうだぞと考えていたら思いついた。

「リョーク、お前もいるか？　いるなら作るぞ」

「いります。ください」

即答が来た。よし、リョークをはべらせれば気が紛れるだろう。

「色の指定もしていいか？　白で作ってほしいんだけどよ」

Ｓランク冒険者にはパーソナルカラーがあって、ソードは白なんだそうだ。そういや迅雷ほにゃらって痛々しい名前に白って入ってたな。

「お前もＳランクになったら決められるぞ？　好んで使う色を勝手に決められる感じだけどな」

「青緑一択で」

よし、これからは青緑を積極的に使っていこう。決意していたら浮かれたソードが聞いてきた。

「……そういや、機体の素材は何使ってんだ？　鉄辺りを使ってんなら、俺が金を出してやるからミスリルかアダマンタイトで……」

「いや、鉱物は使ってない。それだと傷がついたとき自動修復出来ないだろう？　塗装もメンテナンスも大変だし、何より重くなる。だから虫や甲殻類と同じ、殻をベースにしている。自動修復出来ないほど壊れたら、脱皮して治すんだ」

私の返答に、ソードが笑顔で固まった。

「……完全に蜘蛛《くも》じゃねーかよ！　脱皮ってなんだ、脱皮って！」

「蜘蛛よりすごいぞ、大抵の傷は自動修復するんだからな。普通はしないんだぞ？」

魔素が混じると何でもアリになるよね。

*

……俺って、なんでこう、やることが裏目に出るんだかね……。調子に乗ってインドラの酒を振る舞ったのが良くなかったな。

事の発端は、あの救出任務だ。——ダンジョン内の魔物はダンジョンが発生させているが、外から来た魔物が棲《す》み着くこともわりとある。だから、本来は試験前にギルドから派遣された冒険者によってそういった魔物の駆除作業が行われるはずだ。

今回、ギルドの怠慢か冒険者の目をかいくぐったかで、Ｃランク試験にいちゃいけねー魔物がダンジョンの奥にいて、さまよっていた受験者が運悪く出くわし助けが間に合わなかった。

リョークと駆けつけたら、ゴブリン《小鬼》が進化したゴブリンウォーリアがいた。既に三人やられている。頭が割れていたり、体がおかしな具合に曲がってるんで、生きている可能性はほぼない。

残る二人のうち、一人が首をわしづかみにされていたところに駆けつけ、俺は身体強化呪文を唱えてゴブリンウォーリアまで一気に跳んだ。冒険者をつかんでいるゴブリンウォーリアの腕を斬り飛ばす。ゴブリンウォーリアがその痛みに吠《ほ》えた。

「仲間を連れて下がってろ！」って無事な方に怒鳴ったが、腰を抜かしているのかゴブリンウォーリアを見つめたまま座り込んで動かねぇ。

……コイツらにとっちゃ、とんだ災難だろうな。この魔物はBランクパーティでやっつけるくらいの脅威度だ。だが、この程度の災難はCランクになったら山ほどある。ギルドの依頼はちゃんとランク分けされているが、ダンジョンも魔物もそんなのは知ったこっちゃねぇ。俺はDランク冒険者だから見逃してくれ、なんて魔物に頼んだって通じねぇよ。

俺は殴りかかってきたゴブリンウォーリアの腕を、あえてかわさず手のひらで受け止めた。

「……インドラのパンチよかずいぶん軽いな」

つぶやくと、ゴブリンの拳《こぶし》を握《にぎ》り潰《つぶ》し、すぐさま間合いに入って首を斬り飛ばした。

――で、放心している生き残った連中と死体をリョークの腹に放り込んで連れ帰ったら、生き残ったやつに罵倒《ばとう》された。どっちかっつーとギルドの責任て気がするが、言っても仕方がねぇ。コイツは、Sランクのくせに助けられなかった俺のせいにしたいんだ。

……昔から、相手のそういった悪意がなんとなくわかっちまう。反論したって無意味だ。だから、いつもの通りにそのまま罵倒されていた。インドラのせいにし始めたのは、さすがにキレたけどな。とにかく後味が悪い。間に合わなかったのも、助けたやつに罵倒されたのも、ソイツらが借金奴隷になっちまったのも何もかも。

……インドラが救出した方はマシな連中だったし間に合ったから俺みたいな目に遭わずに済んだけど、これからはわからない。俺と組んだことでアイツもそんな目に遭う可能性がある。

俺はどうすればいいのかわからなくなり、一人で考えたくて酒場で酒を飲んでいた。

当然、たかられる。ねたみやっかみで絡んでくるやつ、ハニートラップを仕掛けてくる女もいる。これもいつものことだ。ふだんは相手にしないが、落ち込んでいたのもあってつい、飲んでいたインドラの酒を寄ってきた連中に振る舞っちまった。

その数日後。酒場に行ったらすさまじい悪意を感じた。酒場にいる連中のほとんどからだ。

「冒険者を奴隷送りにして、その金で高い酒を買って浴びるように飲んで、腰巾着《こしぎんちゃく》どもに振る舞って人気取りかよ！」

気にせず店に入ったらそう罵《ののし》られた。

――そういうことかよ。

いつもならそのまま聞こえないフリをしてやりすごす。いちいち気にしてらんねーからよ。

だけど……この時はなぜか突然、インドラの顔がチラついた。

「……アイツの飯の方がうまいのに、わざわざ居座ることもねーか」

一人で考えたかったが、そういう雰囲気でもねぇ場所にいる理由はないな。

俺専用のリョークが出来上がるのを楽しみに、インドラのところに帰るか。アイツが側にいると、酒を飲むなってうるさいのが玉にきずなんだよな。

*

ソードのリョークを早速作り始めて、数日後には完成した。一度作れば簡単に作れる。

「ソードの生体認証で登録してある。私の命令も聞くが、最上位はお前だ」

「初めまして、ソードさん！　ボクは、リョーク！」

腕を上げてかわいく挨拶《あいさつ》！　ヤヴァイ！　萌《も》え死にしそう！

「……なんで全部【リョーク】なんだよ？」

「名前の変更は受け付けておりません」

ソードがため息をついて諦《あきら》めた。

「はぁ……まぁいいか。よろしくな、リョーク」

なんだかんだでうれしいらしい。狙い通りソードが酒を控えるようになってきて、ホッとしていると頭をなでられた。

「……悪かった。心配かけたな」

「お前の酒はよくない酒だ。下半身丸出しではなくとも、大声で歌いながらリョークと行進するくらい楽しく飲め。解毒薬を飲んでるから大丈夫、なんてことはないのを覚えておいてくれ」

「わかった。……お前は本当に割り切ってるよな。なぁ……もし、要救護者が死んだらお前はどう思うんだ？」

「この間のことか？　だから『それがどうした』だ。……そんなにつらかったのなら私が引き受けてやれば良かった」

だがソードは否定するように、思い出したくないように首を横に振る。

「お前は目の前で誰かに死なれたことがないだろ？　そういった場面で、本当にそんな簡単に割り切れるのかって……」

「私が助けたいのはお前だけだ」

その言葉にソードが止まった。

「お前と私とでは見えてるものが違う。私だって何も思わないわけじゃない。だが、私にとってこの世界はあまりにも殺伐とし過ぎている。こんな世界の人間がどうなろうと、私の精神を削ってまでどうこう思えない。リョークを壊されたら腹を立てる、お前を殺されたらソイツごと世界を滅ぼす。だが、他の人間にはそこまで思えない」

「………」

ポカン、と口を開けていたソードがはにかみだした。

「別世界でお前の男だったやつが、この世界に来てるかもしれないぜ？　そんでも滅ぼすのかよ？」

「別世界の私とこの世界の私は違う。それは、別世界で恋人だった男もそうだ。たとえ出会ってもお互いわからないし、この世界にいるとしても、さっきの言葉の通りを行う。今の私が助けたいのはお前だけだ」

「…………わかったよ」

ソードが頭をなでてくる。……ちょっと困ってしまった。

ソードが泣いているからだ。

前と違う、つらくて泣いている様子のソードに、人命救助は全て私が引き受けようと心に誓った。

五章

　次の町に移り、ギルドで依頼をチェックしていると、ふと目に入ってきた依頼があった。

「ソード、やりたい依頼があった。一人で出来るから別行動したい」

　私が指し示したのは、薬草採取の依頼だ。ソードが眉《まゆ》をひそめる。

「……随分種類があるな。しかも期限付き、金額も安すぎる。……おい、これは確かに『受ける冒険者のいない』依頼だけどな、俺たちがやる依頼でもねーぞ」

「私は受けたい。ソードには簡単だろうが、私は少し薬草の種類を覚えたいんだ」

　ソードが、はぁ〜っ、と長いため息をついた。

「……お前、薬作るつもりなんだろーけどよ、お前自身ケガ一つしねーじゃねーか。こないだは、なんか作って救助に使ったとか言ってたけどよー、そんなんなくとも特級回復薬一つで全部賄えるんだよ。俺はSランク冒険者なんだぜ？　特級回復薬なんて山ほど持ってるっつーの」

　そういう問題じゃないんだよ！

　私は頬を膨らませて唇をとがらせた。なぜかソードがひるむ。

「……私は、愛情の籠《こ》もってない治療は嫌いだ。私は、お前がケガをしたらちゃんとこの手を使って傷を癒やしてあげたいんだー！」

本音を言えば、別世界の『可能な限り自然治癒力で治しましょう、薬は自然治癒力を高める手助けとして使いましょう』という教えが頭にこびりついているので、回復薬を使いたくないだけなんだけど。

「わかった。そこまで言うなら依頼を受けろ」

おっさんがデレて、あっさり許可が出た。

「……お前って、時々そういう口説《くど》き文句まがいのことを言うよな」

ボソッとソードがつぶやいたので、説明してやった。

「例えば子どもが転んだら、親がその手で治療してくれたり、男だったら綺麗《きれい》な女性に白く細い指先で薬を塗ってもらったりした方が、優しく穏やかな気持ちになれるだろう？」

「今、さりげなくおっさん発言が含まれてたぞ？」

ソードよ、それは気のせいだ。

「つまり、戦場のただ中にいて今治さなきゃ殺られるっていう時でもなければ、回復薬は飲むなと言いたい」

「わーかーりーまーしーたー。俺は、中身がおっさんの小僧しか側《そば》にいないから、そいつに治療してもらいますぅー」

……なんとなく言い方が気に食わないが、理解はしてもらえたようだ。

というわけで私は薬草採取の依頼を受け、依頼人の所に向かった。

ソードもついてきた。安全な依頼かどうか見極めるらしい。過保護にも程があるぞ。

「……随分と離れた場所にあるな」

依頼主の店は別世界でいう〝貧民街〟っぽい場所の奥にあった。【よろず薬屋】と書かれた看板を見つけ、私は意気揚々と入ろうとしたが、ソードに両肩をつかまれ止められた。

「なんだ？」

振り向いたらソードが私を突き放したときと似た表情をしていて、思わず身構えてしまう。

「……お前、まさか俺との冒険をやめて、薬師に弟子入りしようとか考えてないだろうな？」

何かと思えば……肩透かしをくったぞ。

「いや違う。さっきも言ったとおり、作りたい薬があるのでこれを機に学ぼうとしてるだけだ」

ソードがホッとした顔で手を離すのを見て、私はちょっとむくれて言った。

「……ソード、お前こそ『薬師に弟子入りしてキャッキャウフフしとけ』とか言い出すなよ？」

ソードに頭をくしゃくしゃになでられる。

「言うワケねーだろ、バーカ」

「言いそうな顔をしていた」

「え？　は？　考えてもねーんだから、そんな顔出来るわけないだろ？」

私はプイッと顔を背けた。

「…………どうだかな。…………最初、イースを初めて訪れたときと、同じ顔をしていた」

「え？」

別に不安になんてなってない！　なってないと言ったらない！

ポカンとするソードを振り払い、扉を開け中に入ると、独特の匂いにテンションが上がる。

そう、これは私がよく知っている生薬の匂いだ！

「……おや、随分綺麗なお客さんだね？」

中におばあちゃんがいた。ソードがおばあちゃんを見て驚いた顔をしている。なんでだろう。

「いや、客じゃない。ギルドの依頼を受けた冒険者だ」

私が答えると、おばあちゃんは私に向かってほほ笑んだ。

「そうかい、小さな冒険者さん。お前さんが私の依頼を受けてくれるのかい？」

「そうだ、後ろのは……お目付役だが気にしないでくれ。で、早速だが、私は実は薬草にさほど詳しくないのだ。採取に当たってアドバイスをもらいたい」

「じゃあ、湯でも飲みながらゆっくり説明しようかねえ」

出された湯を見てたちまち私の瞳孔《どうこう》が開いた。

「〝くず湯〟か‼」

「は？」

ソードがツッコみ、おばあちゃんは首をかしげた。

「これはなぁ、体を温める効果があるんだ！　あとこの中に入ってる〝生姜《しょうが》〟、これも体を温める！　ほかにもいくつかの〝生薬〟を合わせて〝葛根湯《かっこんとう》〟が作れれば、初期の軽い不調に効く！　肩凝りにも効くしな！　なったことないけど！　あとはぁわぁわ」

「おい、落ち着け！　言ってる言語がおかしくなってきてるぞ！」

ソードにガックンガックン揺さぶられた。スーーーーッ。ハーーーーーッ。

「……失礼した。ちょっと興奮したな」

おばあちゃんが小首をかしげて私を見つめる。

「……小さい冒険者さんは、薬師なのかい？」

「いや違う。だが、この世界はどんな症状でも回復薬を飲むだろう？　それがどうにも腑《ふ》に落ちなかったんだ。そうしたら今日！　今ここに！　薬が！　これこそが薬だ！」

「待て落ち着け。わかったから落ち着け」

またガックンガックン揺さぶられた。スーーーーッ。ハーーーーーッ。

おばあちゃんがスッとくず湯を差し出したので、飲んで気を落ち着け、話を続けた。

「自分も薬を作りたいと思っている。――そこでだ。貴女《あなた》を薬師と見込み、依頼達成金をそっくりお返しする代わりに、薬草に対するアドバイスをいただきたい」

おばあちゃんは笑った。

「いいよ、じゃあ、契約成立だね」

「よろしく頼む」

おばあちゃんとしっかり握手した。店を出て私はソードに向き直る。

「……というわけで、しばらく通う。お前は別の依頼を受けてくれ。但し！　人命救助が入ったら、私に回せよ！　お前は絶対に受けるな！」

「わかったって。……にしてもお前って……ホンット誰かの弟子になんのが嫌なんだな」

え？　なんで？　と首をかしげたら、ソードが教えてくれた。

「俺にもそうだったし、あの人にも言ってただろ。何か教えを乞《こ》うとき、必ず交換条件を提示する」

　え？　それって普通じゃないの？　私はソードに聞いた。

「……お互いに利があると思えれば一方的な関係にならないし、どちらにしろ教えてもらったら礼は必要だから、もめる前に提示している。ソード、お前だってただやってくれと頼まれるより『酒一本やるから』と頼まれた方が快く引き受けたくなるだろう？」

「あ、今、すっげー理解出来たわ。お前ってそういうとこ偉いよなぁ」

　ぐりぐりなで繰り回される。

「で、酒一本で何を頼む？」

　ソードがからかうように聞いてきた。

「……解毒薬を飲んでまで、酒を飲むな。なんか、嫌だ」

「……。わかった、絶対とは言わないが、控えるよ」

　不意をつかれたような声で、ソードは詰まりながら答えた。……ようやくそう言ってくれたか。

　そうして、薬師のもとに通う日々が続いた。その間ソードはギルドの緊急案件依頼とやらをこなしまくり、尊敬されまくり、あの寒い二つ名を連呼されていた。——いいもん、私もこの知識習得が終わったら冒険するんだもん、と考えていたある日、突然の依頼終了となった。

いつまでも出かけない私を見て、ソードがキョトンとする。

「……どうした？　今日は行かないのか？」

「うん、もう終わり」

……になってしまったというのかな。だが、その言葉は言わなかった。

「じゃあ、俺の方の依頼も一段落したしそろそろ次の町にでも行くか。……ちょうど良かったじゃねーか、そもそもこの町に長居するつもりなかったしよ」

「冒険には寄り道がつきものだろ！」

私が言い切ったら、ソードが呆《あき》れた顔で私を見た。

「……お前のその底抜けに明るい冒険者に対する感想が、たまに羨《うらや》ましくなるよな」

フツー、だ！

「知識は得た、あとは実践だ！」

「魔導具はともかく、回復薬でもねー薬の知識を、そんなに得たいものかね」

ソードが肩をすくめるので、むーっとして私は指を突き出した。

「言っとくけどな！　回復薬にしろ解毒薬にしろ、私にも作れるぞ！」

ソードはその一言によほど驚いたらしく「はぁ!?」と声をあげて跳び退《すさ》った。

「あれは魔導具だ！　飲む、魔導具！　魔導具は作れる！」

「……マジか」

がく然としているが、マジだ。

「この世界の『飲めば即治る』という回復薬は謎で理解しがたいのだが、魔素がどういうふうに作用しているかは解析可能なのだ！　ただ、私の辞書には『病は自前の治癒力で治すべし、その治癒力を高める補助として薬を使うべし』と載っていて、魔術や魔導具での謎治療は出来るだけ避けたいのだ」

そう言って、私はソードに二つの包み紙を突き出した。

「こちらは酒を飲む前に飲め。〝肝臓〟……酒を分解する内臓を強くし、水分代謝を高める。つらいことがあり思い煩ったらこっちの薬を飲め。寝付きを良くし嫌な夢など見ず、ぐっすり眠れる」

ソードが不意打ちをくらったような顔をした。

「……つまりはよ、お前はコレを作りたかったから、通ってた、ってことか？」

「…………まぁな」

そのまましばらくソードはぼうっと私を見た後、見たことないほど柔らかな笑顔を見せた。

「ありがとよ」

「…………この世界の人間には飲みつけてない苦い味だが、我慢しろ」

「わかった」

受け取って、大事そうにポケットにしまった。

「…………私と余生を過ごすつもりなら、あまり深酒するなよ？　お前はおっさんだから、酒が過ぎると余生の前にポックリいくんだからな？」

「余計なお世話だ！　……けどな、気をつける」

ソードはずっと、柔らかい顔のまま私を見ていた。

くすぐったくなって顔を背けて出立の準備をしていると、私のリョークがいないのに気がついた。

「え？　あれ？　リョーク知らない？」

「いや？　つーか、呼べば来るだろ」

そもそも、勝手にどこかに行くのが考えられないのだけど。……と言おうとしたら、屋根からコソッと私のリョークが顔を出した。

「あ、リョーク！　……どうしてそんなところにいるのだ？」

「薬屋　ノ　オバアチャン　カラ　依頼　ヲ　ウケマシタ」

……なんですと？　ソードと顔を見合わせた後、私たちは急ぎ薬屋へ向かう。

道々ソードに、あの依頼、実はおばあちゃん専属の冒険者がケガをしていた間の臨時のものだったので、先日ギルドからもう受けないよう指導されたのだと説明した。

「その冒険者が復活したので、これで終わりのはずなんだが……」

薬屋に着くと、リョークが慣れたようにおばあちゃんの側《そば》に寄っていく。

「あぁ、呼んできてくれたのかい。賢い子だねぇ」

なでられるリョーク。……っておいリョーク、なぜ私以外の人間に懐くのだ？

「……リョークから依頼を受けたとか言われたのだが……」

リョークを見ながら尋ねると、おばあちゃんがうなずいた。

「そうなんだよ」

説明しようとするおばあちゃんを、一度手で制する。

「待った、私は貴女《あなた》の依頼を受けないようギルドに指導されたし、貴女には専属の冒険者がいるのだろう？」

「――その子のことなんだよ」

聞けば、専属の冒険者は私に対抗心を燃やして、彼女の腕では到底無理な、森の奥の危険な魔物が出没する場所に生息する薬草を採ってくる！　と飛び出してしまったらしい。

「それならば安心しろ。納期を過ぎた冒険者には、ギルドから救助依頼が出るぞ」

そう言ったら、おばあちゃんは悲しそうな顔で首を横に振った。

え？　言ってること間違ってないよね？　とソードを見れば、なぜか渋面になっている。

意味がわからず首をかしげたら、おばあちゃんが、自棄《やけ》になったみたいな口調で語り出した。

「……見てわかるだろう？　ここは貧民街、金のない連中が集まってる場所だ。あの子もこの場所で生まれ育ってる。私がここで薬屋をやってるのは『回復薬を買う金もない』って連中のケガや病気を治療するためなんだよ」

おばあちゃんがため息をつく。

「……あの子にもそうなってほしいと色々教えてたけど、あの子は嫌がった。『冒険者で稼ぐ！』って飛び出しちまった。……だけどね、そそっかしい上あの細腕で装備を買う金もないってんじゃ、冒険者なんてままならない。だから危なげない採取の依頼を私が出してたのさ」

なんと。あの依頼はその子への思いやりだったのか！　それは……受けてしまって悪いことをした。だけどその子は勘違いしているぞ。冒険者は稼げる職業ではなく、冒険する職業なんだ！

　そしてソードの渋面の理由がわかった。

「つまり、救出の報酬が払えないからギルドを通さず無償で救出してほしい、ということか」

「……私の依頼のせいであの子が奴隷落ちになったりしたら申し訳なさ過ぎる。でも私にだってそんな金はない。ただ、あんたならもしかして、と思ってね」

　いや、私、そんなに甘くないよ？　ソードも眉根《まゆね》を寄せたままだ。

「断る。貴女《あなた》の頼みはかなえたいが、私はその子を助けたくないって気持ちの方が強い」

　ソードが横目で私を見ている。……うん、顔に「お前、その子と何かあっただろ？」って書いてある。察しがいい男はモテないぞ！　と思ってソードに向かって知らんぷりをしていたら、おばあちゃんがゴソゴソと何かを取り出した。

「……これは、不老長寿の薬だよ。まぁ、そう言われてるだけでそこまでの効果はないし、常用しないと効かないけどね。それでも、原因不明の病にかかった人に飲ませて治った実績もある」

　私のアドレナリンが放出した。

「……〝活性酸素〟除去効果か！」

「は？」と、ソードがすっとぼけた声を出した。

「バカ！　お前〝活性酸素〟を知らないのか！　常識だぞ！　いいか、人体には〝酸素〟が必要不可欠だが過剰な〝酸素〟は〝活性酸素〟となりこれが細胞を損しょぉおぉ」

　ガックンガックン揺さぶられた。

「わかったーーー！　いいから落ち着け！」

スーーーーッ。ハーーーーーッ。おばあちゃんは笑っている。

「気に入ってもらえたみたいだねぇ。じゃあ、引き受けてくれるかい？」

「待った、原材料も教えてくれ。ここではいったいどんな植物がぁがぁが」

ガックンガックン。

「コーフンするな！」

スーーーーッ。ハーーーーーッ。

「わかった、受けよう」

キリッとして答えた。ソードが肩をすくめると、
とおばあちゃんに言ったので驚いた。私はソードとおばあちゃんを交互に見比べる。

「相変わらずだよな、【聖女】様」

「そういう貴方《あなた》は仲間が出来たのね、【英雄】様」

さらにびっくりして、首がちぎれる勢いで二人を見比べた。ソードは困った顔をしている。

おばあちゃんは私を見て、「その顔じゃ、知らなかったんだね」と笑って説明してくれた。

なんと。ソードは、王都がドラゴンを連れた魔族に襲われたときに撃退した、【救国の英雄】なのだそうだ。そのせいでソードは、寒々しい二つ名をつけられたりSランク冒険者にされたりしたのだとか。おばあちゃんは、教会が選出した聖女で、魔族襲来のとき王都で祈とうや看護を行っていた。だが、当時の教会のお偉いさんが魔族の襲撃でケガをし死亡した責任をとらされて……つま

りは責任を押しつけられて聖女を引退し、人助けをしつつ最終的にここを終《つい》の住み家としたそうだ。

「そうか、ソードは自称『偉い人』じゃなかったんだな」

腕を組んで納得していたらソードに顔面をつかまれた！

「お前は！　本ッ当に俺への敬い度がゼロパーだよな！」

「にゅにゅにゅ⁉」

だからって、顔面をつかまないでよ！

ジタバタもがいて顔面から手を外させ、こっちを見て笑っているおばあちゃん、もとい聖女様の店を出た。

冒険者娘を救出に向かう途中、ソードがさっそくツッコんでくる。

「お前、俺に黙ってることがあるだろ？」

「男はなぁ、女の隠し事をネチネチ聞き出す真似はしないものなんだ！　それに、鈍感なくらいがモテる男の秘けつだぞ！」

ぷぃーっとそっぽを向いたら、お決まりのグリグリをされた。

「この場に女はいねーし、そもそもモテたくないんでね！」

「いたいいたいいたい。……大したことじゃない。さっき話しただろう、定型依頼を知らずに受けてしまったと」

「それで？　もめたんだろーが」

「ちょっとだけ騒ぎになったが、無事収めた」

「その『ちょっと』を話せ、っつってんだよ！」

しかたないので話した。

――彼女専属の冒険者の話は前述の通りだが、治ったその子が依頼がないのを疑問に思いギルドの受付嬢に聞いたら、ケガをしている間に私が受け、それからずっと受け続けています、との答えが返ってきた。彼女はそれで激怒し、薬屋にいる私のもとに怒鳴り込んできた。怒鳴りまくるその子におばあちゃんが事情を説明。ちなみにおばあちゃんも、彼女がケガをしたのでその代わりにギルドから、薬に興味がある『小さい冒険者』の私が送られてきたのだと思っていたらしい。

「そうか、それは悪いことをした」と私は謝ったのだが、なぜか彼女の怒りは収まらなかった。

「アンタ、それで済むと思ってんの⁉」

「済むだろう。誰が損してるんだ。君も別の依頼を受ければ良いだけの話だろう？」

聞いた彼女はぐっと詰まったが、開き直った。

「……アンタが！　薬師様に迷惑をかけてんのよ‼」

「そうなのか？」と私がおばあちゃんを見ると、おばあちゃんは首を横に振った。

「ここしばらくないくらい楽しかったよ。あんたは熱意も知識もあるから、随分と刺激になった」

「それは良かった。私も貴女《あなた》から助言をいただけて、だいぶ助かった」

二人でニッコリしたら彼女はさらなる大声でわめき、ガラの悪い連中が騒ぎを聞きつけ何事かと集まってきた。彼女は私がおばあちゃんをだます犯罪者だと訴え、おばあちゃんは違うとなだめてくれたが、連中は彼女に同調して腕力に訴えてきたので丁重に返り討ちにしてあげた。そしてリョークをおつかいに出して、ギルド職員を経由し役人に事情を説明。現れた役人に暴れた連中全員をしょっ引いてもらった。その後ギルドが私への説明不足を認め謝罪し、私はその日をもって依頼は受けない、と相成った。

聞き終えたソードが唖然《あぜん》とした後、怒鳴ってきた。

「お前！　めちゃくちゃ大事《おおごと》じゃねーかよ！」

「そこまでじゃないし、殺してないんだからいいじゃないか。テンプレで楽しかったぞ！」

ソードが口を開きかけたが、閉じてため息をついた。その後頭をなでられる。

「で？　その騒ぎを起こしてお前を出禁にしたやつを救出に行くってか？」

「あぁ。……コレを出してくるとは、あのおばあちゃんも随分と彼女を思いやっているのだな」

私はソードにもらった薬を見せた。

「食いつくのはお前だけだろうけどな。ものの頼み方が上手なこって」

「まったくだ」

うなずき、また薬を眺めていたら、ソードが笑った。

「……お前がそんなに喜ぶものなら、俺も嫌な依頼を受ける張り合いがあるってモンだな」

はい？

「いやソード、お前はついて来なくていいぞ？」

断ったらソードが驚いた顔をしている。私は手をひらひらと振った。

「簡単な人命救助でも、お前は知らぬ間に精神ダメージを食らうだろう？　だから来るな」

「行くに決まってんだろ！　つーか、むしろ代わってやるわ！」

ソードの言葉に首をかしげた。

「なんでお前が代わるんだ。ずっと言い聞かせてきただろう、人命救助は私がやる、と」

「だからってお前を犯罪者扱いして袋だたきにさせようとしたやつを、お前が助けるのかよ！」

「予想するに、その子に『助けられたくない』とごねられ、助けた後も『なんでアンタなんかに』ってがなり立てられるだろうな」

「そこまでわかってるのに助けるのか⁉」

「その価値がある」

「……もらった薬にか？」

深くうなずいた。ソードは私を見て、ため息をついた。

「……わかった、でも、俺も行く。心配だ」

「私はお前の方が心配だぞ……」

私もため息をついたらグリグリされた！　理不尽な！

「……心配してやってるっつーのによ。むしろお前、もうちょい精神ダメージ受けろよ」

若干やさぐれたソードに鬼畜なことを言われた。

「こんなんでダメージを受けてたら貴族なんてやってられないぞ。幼少時はもっと劣悪な環境にいた。それに比べたらこんなのそよ風くらいのものだ」

そうつぶやいたら急にソードに抱え上げられて驚いた。

「……ごめんな。お前のいた環境をわかってなくてよ」

私はまたため息をつく。

「だからな……。ちょっと言ったくらいでダメージを受けないでもらいたい。思いやりも反省も必要だが、不必要に敏感になって傷つくな、多感な少年時代をとっくに通り越したおっさんだろう」

ベチャッとたたき落とされた。


目標地点に到達し、辺りを見回すと、血のあとが残っていた。うーむ、これは魔物に襲われたかなと考えつつあとを追って歩くと、デッカい猪と出くわした。ヤツはこっちを見て、前脚で地面を猛烈にかいている。

「ファングボアだな。気が荒くなってる。殺すぞ」

「仕方ないだろうな。晩ご飯のおかずになってもらおう」

ソードは笑うと地面を蹴《け》って、突撃してきた猪をかわしざま、心臓辺りを綺麗《きれい》に刺し貫いた。

おぉ、カッコいいな！　魅せる戦い方だね。私もマネするぞー。

血のあとはまだ続いているのでたどると、ガタガタに削れた岩が見えた。猪が何度も突っ込んで破壊しようとしたんだろう。その岩のすき間に、真っ青になり震えている少女を発見した。

「ソード、いたぞ。連れて帰るからお前は猪を処理してくれ」

ソードに言い捨て、私は岩陰の少女に話しかけた。

「薬師から救助の依頼を受けた冒険者だ。町まで安全を保障する。まず、出てこい」

それを聞いてホッとしたのか少女が泣き出した。震えながら出てくる。しかし、猪の攻撃をうけたらしく左腕の肘《ひじ》から下は折れ曲がり、骨が飛び出て筋肉も切断されている。なかなかひどい状態だな。私は手早く応急処置を施し、左腕を固定した。

「痛み止めだ、飲んでおけ」

熱さましと排膿《はいのう》解毒効果のある薬を渡すと、少女はそこでようやく顔を上げ、目を見開いて私を見た。

「アンタ……アンタ！　あの時の！」

ワナワナ震えている。腕がそんなことになっているのによくもまぁ元気にしゃべれるな。冒険者って大概が死にそうになっても助かったら元気いっぱいだよな。ある意味尊敬する。

「アンタも冒険者なら、こんな薬じゃなく回復薬を渡しなさいよ！」

こんな薬とはなんだ。反論しかけたが、気配を感じて振り向くと、至近距離にソードがいてびっくりした。

「わっ！　……お前、近寄るなよ！　こっちはいいから、猪の処理してろ！」

「今、血抜きしてリョークが処理中」

なんでリョークにやらせているんだ。

少女はソードを見ると、たちまち態度を変え、すがるように言った。

「……お願い！　回復薬を下さい！　この腕は、回復薬じゃないと治らない！」

え……回復薬に頼るの？　薬師のお弟子さんだった子が？　ソードは冷たく見下ろしている。

「下級回復薬は、銀貨五枚だ」

訴えた子は固まった。さらにソードがダメ押し。

「ちなみにな、その腕のケガ、下級回復薬ごときじゃ治らないよ」

少女、ひゅっと、息を呑《の》んでる。

「………ウソ」

「当たり前だろ？　たかが銀貨五枚で部位欠損が治る？　そんな甘いワケねーだろ。それに、そこまで折れてたら特級でも一本じゃすまねぇ。特級一本白金貨一枚。さて、何本使うことになるかな。それを払えるのか？　お前が？　無理だろ」

確かに。白金貨は、相当のお金持ちじゃないと持っていないらしいからね。

「冒険者ってのは、そういうリスクひっくるめて呑み込んでやる仕事だよ。……そもそも、あれほど優秀な薬師がわざわざ教えてくれてたってのに、貧乏が嫌だ勉強が嫌だ、こき使われたくもねぇから自由な冒険者になります、ってか？　今回のでわかっただろ、その腕は勉強料だ」

ついに少女が泣き出した。

「……ど、どうにかして、譲ってもらえないですか？　お願いです、助けてください」

「お前の命を差し出されても釣り合いが取れねーよ。なら死んどけ。そしたら貴重な特級を、俺の相棒を袋だたきにしようとしたバカな娘に使わずに、もっと有効利用出来るさ」

バカ呼ばわりされた娘、絶句。

「いや、今死なれると困るな。生きて連れて帰らねば、もらった報酬に釣り合わない」

私がツッコんだら、ソードが横目で見た。

「……相変わらず冷静だよな。はぁ……とにかく連れて帰ろうぜ」

「そうだな。……おい、お前、これを飲んでおけ」

少女に薬を渡そうとしたら彼女にたたき落とされた。その意味がわからず首をかしげる。

「……回復薬を買うお金なんてないから気休めに、貧乏人が飲む薬渡しとけば？　ってこと⁉」

そう叫んだ途端、ソードが彼女をひっぱたいた。

……なにをしてるんだコイツは。救助対象だぞ。しかもそのあと髪をつかんだぞ。

「お前は！　その薬すら飲むことも出来ねーやつがいるってわかってんのかよ⁉　甘ったれるのも大概にしろ！　回復薬なんざ、冒険者だって簡単に買えるモンじゃねーんだよ！」

「待て待て、どうどう」

何をそんなに興奮しているのだ？

「その薬は私が独自に作ったものだ。効果を試したいと思ってた矢先、ちょうどおあつらえ向きにソイツがケガをしてたので、効果と副作用の被検体に使おうとしている」

シーン。二人が静まった。いまだ！　隙を見て少女に口を開けさせ、無理やり飲ませた。

「さて、効くといいのだが……。別世界のワーム《地竜》はな、細く小さいんだ。ここのワーム《地竜》は大きくて牙《きば》の生えた円口類だろう？　同じ効果が出るかわからなくてなぁ……。まぁ、多分大丈夫だ」

ソードと少女の表情が凍りついた。ソードが喉《のど》を詰まらせたような声で尋ねてくる。

「…………おい？　今、『ワーム』とか言ったか？」

「そうだ、『ジャイアントワーム』とかいう名前だったか？　ワーム《地竜》の皮を乾燥したものはな、解熱効果があって痛みを軽減させるのだ。消化液は血栓予防に効果があるはずだが、こちらのワーム《地竜》は人間を丸呑《まるの》みにして跡形もなく消化するだろう？　強力そうで試していないのだ！」

……ん？　ソードが手を離したら、パタッと少女が倒れた。

「あれ？　眠ってるようだが……。眠気促進作用などないはずなんだがな」

「……気絶したんだよ。ワームを飲まされたショックでな」

ソードに言われたが……なぜ、それで気絶した？　でもまぁいいか。気絶したなら手間が省ける。

背負子《しょいこ》にくくりつけて帰還したら、おばあちゃんに泣きながらお礼を言われた。

「本当に、バカな子だよ……」

「それはその通りだけどな。まぁ、冒険者ってのはバカな連中がなる職業なんだ」

私の言葉を聞いたソードが笑う。だけどすぐ笑いを収めて聞いた。

「腕、治りそうか？」

おばあちゃんは、沈痛な面持ちで首を横に振った。そうか。元聖女様でも厳しいのか。

「私たちはこれで旅立つ。世話になったな。……あぁ、そうだ」

おばあちゃんに、ごっつ派手に光り輝く緑色の液体が詰まった瓶を手渡す。

「……これは……。もしや……⁉」

おばあちゃんの瞳孔《どうこう》が開いた。ソードものぞき込んで目を見開いた。

「……おい！　それって……まさか⁉」

「私の作った回復薬だ。市販されているのとは違うし、ちょっと手を加えてある」

おばあちゃんからもらった依頼報酬の薬を見せて、軽く振った。

「コレが依頼報酬だとするなら、私はもらいすぎだ。なので妥当なものを用意した。ギルドでソードの名前を出せば、偉い人だそうだからそこそこ高く売れるはずだ」

ソードが顎《あご》に手を当てつつ聞いた。

「……検証されるな、間違いなく。それ一本でどれくらいの効果を見込んでるんだ？」

私も顎に手を当てて答える。

「そうだな……骨が少しでも残ってれば完全に再生する」

二人がギョッとして私を見た。

「だけど、再生する、だけだぞ？　使ったことがないからわからないが、無事動くかどうかは保証出来ない。【超高速培養移植】とでも名付けるか。要は、体に似せて作った体だ」

「もっとわからんわ」

おばあちゃんはお手製回復薬を見つめた後、私を見た。

「……そんなすごいもの、本当にもらって、いいの？」

「私が作ったものだからな。こっちは、貴女《あなた》が作ったものだ。だから、交換。でも、そっちよりもこっちの方がずっと価値のあるものだ。それは、私の考える自然の摂理に反する」

おばあちゃんが笑った。

「……惜しいねぇ。あんたが本気で薬師を目指してくれたらいいのに」

「失敗してうっかり被検体が死んだときに責任を取らされるなんてまっぴらだし、効くかどうか経過観察したりするのも面倒だ。それに私は冒険者……冒険をする職業に就いたんだ」

胸を張って言ったら、ソードが笑った。

「お前の言う『冒険者』って職業を聞いてると、随分と楽しそうなんだよな」

「その通りだ！　生死に自己責任を持つだけでいいなんて気楽でいいな。ものを作って売る商売はその責任を取らなきゃいけないんだぞ？　そんなん嫌に決まってる。ものづくりは趣味でいい」

今度はおばあちゃんまで笑った。

「……ありがと。じゃあ、これはもらっておくね。好きに使っていいんだろ？」

「もちろんだ。こちらも好きに使う」

「どうぞ。じゃあね、さよなら」

「うん、さよなら」

手を振って別れる。おばあちゃんは、見送りながらずっと手を振り続けてくれていた。

「——英雄様は、いいパートナーを見つけたね」

そんな言葉が風に乗ってかすかに聞こえてくる。ソードは振り返り、苦笑しながら顔を戻した。

「彼女があの回復薬をどう使うか、わかってんだろ？」

「手作りの品は、売らずに身内で消費すると相場が決まっているものだ」

そう返したら、ソードが笑って頭をなでた。

「手作りの品は身内で消費するに限るんなら、俺用にもお手製回復薬作ってくれんだろ？」

「……使わないに越したことはないんだぞ？　むしろ、飲めば治ると思って油断するだろ？」

「俺がそんな油断するか。つーか、そんなんなら今ごろ生きてねーよ」

上目遣いで聞いたら自信満々に否定されたので、さっきのよりもさらに輝く白みを帯びた緑の液体瓶を取り出した。

「言っておくが、これはお前専用だ」

「…………は？」

「お前の細胞情報を記録した回復薬だから、他のやつに使うなよって言ってる」

感心しながら薬の瓶をためつすがめつしていたソードが、唖然《あぜん》とした。

「…………おいぃぃい!?　いいいいつの間に、そんな怖いことしてんだよ!?」

「うるさい！　自分の細胞組織で補った方がいいだろ!?　なじみやすいだろうが！」

そういうものなんだ、たぶん！　て怒鳴ったら、ソードが頭をわしわしかきながらも受け取った。

「……ったくお前はよ～。わかった、俺専用だな」

「リョークにも渡してある、が、お前にも渡しておく。間違えるなよ？」

ソードがニヤリ、と笑う。

「お前以外に俺が特級を飲ませることたねーから、安心しろ」

「私にもやめろよ!?　男になってしまったらシャレにならないぞ!?」

おっさんナニ言い出してんだ!?　股間《こかん》についていてはいけないものが生えてきたらどうする!?

ゲラゲラ笑っているけど笑い事じゃないぞ!?

だが、笑いを収めて回復薬をしまった後、ソードは申し訳なさそうな顔をした。

「……なんか、もらってばっかりだな」

突然そんなことを言い出したので、私も渋い顔をして返した。

「……逆だ。金はほとんどお前が出してるじゃないか」

何をするにしてもどこに行くにしても、ソードが全部出している。チビッコに出させると沽券《こけん》に関わるのはわかるが、心苦しいのはこっちの方だ。

「お前が対等でありたいっつー気持ちはわかるけどな、お前に出させるわけにはいかねーんだよ。俺のメンツに関わる」

「わかってるから黙って支払ってもらってる。こっちだって思うところがあって出してもらってるんだから、お前も思うところがあっても何も言わずに受け取れ」

「ハイハイ」

肩をすくめた後、ガッと腕を首に絡めてきた。

「俺、お前のそういうトコ、好きだわ。フツーのやつなら、Sランクで金持ってんだから出すのが当たり前だ、っつーんだぜ？」

まぁ、それはそれでわかる。会社の上司が部下を誘って割り勘にしたり、合コンで男女平等に割り勘にしたりとかっておかしい、って感覚だな。うなずいてソードに言った。

「なくもない話だな。とにかく若い頃はおごられておけ、その代わり、年を取ったら今度はお前が若者におごる番だ、っていう理屈だな」

「違うぞ？　そしてさりげなく年寄り扱いするな？」

あれ？　否定されたぞ。おまけにギリギリと首を絞めてきた。

「……わ、私は、借りを、作りたくない。引け目を、感じる、くらいなら、払いたい。人は、対等で、あるべきだ」

ようやくソードが手を緩めた。

「面白い考えだよな。別世界はそうだったのか？」

「知識としてはそうだったな。――この世界の貴族の女なんて、当主の政治の駒だぞ。平民は貴族の消耗品だ。平民の女の地位なんて、ないに等しいじゃないか」

それでも胸を張り、堂々と、Sランク冒険者として名を成しているソードの横に並び立ちたい。

――そんな私の気持ちを察したのか、ソードに頭をなでられた。

「安心しろ、冒険者に男女の差も身分の差もねぇ。但し、ランクの差はある」

「そこがいいな。そういうのを『実力主義』と言うのだ。では、やはり冒険者は私の天職だ」

満足げにうなずいた私を見て、ソードが笑う。

「お前ってほんっと気楽でいいよなぁ。他の冒険者はそんなこと考えねーよ。単に働き口がないっつーか、罵倒《ばとう》されてこき使われるのは嫌だ、でも金がねぇ。そんなやつが選んでる仕事だ」

それはそれでわかりやすくていいけどね。――ふと、疑問に思ったので聞いてみた。

「お前はどうなんだ？　お前がそんな理由で冒険者を選んだとは思えないのだが」

聞いたらソードが固まった。自分に矛先が向くとは思っていなかった、みたいな？

「……俺？　俺かぁ……どうだったんだろうな、最初は夢も希望もあった気がするけどな……。でも、どっかに落っことして踏《ふ》み潰《つぶ》してきたな。いつの間にかSランクになってた」

どっかで聴いた歌のようなことを語り出したぞ。

「別に私はどこかに落とす前から夢も希望もないけどな。『昔処刑された大盗賊が、捕まる前に隠したと言われる大秘宝を探しに冒険しようぜ！』なんて言わないぞ？」

ソード、大爆笑。意味がわからなくてもウケるんだ？

笑いを収めたソードが顎に手を当てて考え込んだ。

「んー……。そうだな、じゃ、夢のある話でいくと、王都にあるダンジョンは、王国最大級でまだ誰もクリアしてねぇ。そこを二人でクリアする、ってのはどうだ？」

思いついたように言っているけど……ダンジョンか。まぁ、ちょっとは夢があるかな。

「そうだな、『そこそこ』夢があるな」

「『そこそこ』かよ！」

だって。冒険者って、元々あるダンジョンを探検するんじゃなくて、ダンジョンそのものを見つけるところからじゃないのかな？　そして、そこに隠されし財宝を見つけるものじゃないかな？

「すでに発見されたダンジョンの攻略を目標にするのならば、王国で一番などと小さいことは言わず、世界で最大級ダンジョンをクリアする、くらいに言うべきだろうが」

「世界で最大級ダンジョンは、魔王国の城だって噂だけどよ」

へー。なるほどねー。

「ダンジョンコア様が魔王様か。それは攻略しがいがあるな」

ソードが呆《あき》れている。

「……冒険者の夢は、それくらいだろう？　見たこともない魔物を見つけたり、見たこともない大陸を発見したり、それこそが冒険だろうに」

「うん、今わかったぞー。お前の冒険者に対する認識と、実際の冒険者とのズレが、今ハッキリとわかった」

ソードが納得したようにうなずいた。


ソードおすすめの観光の町に着いた。なんというか……。

「まんま魔術師みたいなカッコをしてる連中ばっかりの町だな」

いかにもといったローブを着て、いかにもといったロッドを持って歩いている人が多い。

「西に魔術師、東に魔導師が集まってる。お前なら、東の魔導具街に興味があるだろ？」

「いや興味ない。修業時代は終わったんだ、私は冒険する！　世界のどこかに隠されし〝大秘宝〟を見つけるぞ！　冒険王に、おれは、なる‼」

「なんだよそれは。ないものは見つけらんねーし、古代ゴーレムならともかく大秘宝なんてあるか」

ソードが投げやりにツッコんでくる。私は張り切ってソードに伝えた。

「その言葉で思いついたぞ！　未知の大陸に眠っている古代の超技術アイテムを探しに行こう！」

「その寝言としか思えねー曖昧《あいまい》な夢で冒険者になろうなんざ、子どもでも考えねーよ。むしろお前が作ってるモンが超技術アイテムじゃねーか。探しに行くよかテメー自身で作った方が早いだろうがよ」

水を差すどころかぶっかけるソードに、ムスッとした顔で聞いた。

「では、浮島とかないのか？　そこに古代の遺跡やアイテムが眠ってるのが定石なのだ」

「……ドラゴンの巣のことか？」

ドラゴンの巣、なのかよ!?　浮島、ドラゴンの巣にされているのかよ!?

「さすがに巣をつっついたら、ドラゴンが総出で殺しにかかってくるぞ」

「……人様のおうちに無断で入り込むような真似はしない。糞《ふん》だらけだったら嫌だし……」

ソードに諭され、サクッと諦《あきら》めた。ふてくされつつギルドに行って依頼を見る。

「うーむ。心躍るような依頼はないな」

「お前のその、冒険に対するポジティブな発想がとっても羨《うらや》ましいと思うぞ？」

何か言われたみたいだがスルーしておく。

ソードが続けた。

「お前が東の魔導具街に興味ないなら、未処理案件を片付けたらとっととオサラバだ。ここは【血《ち》みどろ魔女《まじょ》】のテリトリーだからな。長居したら面倒が起きる」

「そうか。じゃあ、ここには前人未踏の土地とかないのか？」

聞き流して私が受付嬢に聞いたら「お前、話聞いてた？」ってソードにツッコまれた。

「ここがなんとか魔女の縄張りなのはわかった。それと前人未踏の土地に冒険しに行くのとは話が違うだろう？」

ソードにそう返したら、受付嬢が笑顔で「ございます」と、何かを読み上げるように語りだした。

「北西の森は、瘴気《しょうき》が漂い、魔物が鳴き叫び、日中も日の差さない陰惨とした場所でして。そこに足を踏み入れたが最後、生きて戻った人はいないという……」

「単に【血みどろ魔女】に折かんされたってだけだろが。けしかけてんじゃねーよ」

ソードが受付嬢を遮って冷たく吐き捨てた。

「あ、ご存じでしたか」

受付嬢がペロッと舌を出したので、私が首をかしげるとソードが教えてくれた。

「その北西の森ってのは、【血みどろ魔女】の所有地だよ。許可なく入ったらあっちこっちに仕掛けられてる魔術や魔導具で吹っ飛ばされるぞ」

それ、普通に人が住んでるよね。前人未踏の土地じゃなくないか？

「わかった。つまり、その魔女が人間じゃないのを確かめてみろって言いたかったんだな！　何の魔物か本人に聞いてみよう。受付嬢がぜひにと勧めてくれたしな！」

「大変申し訳ございませんでした。二度とそのようなことは言いませんので、ご容赦くださいませ」

見事な土下座をしてみせた受付嬢さんだった。

しかたなく、停滞案件の岩蜥蜴《いわとかげ》退治の依頼を受けてギルドを出ると、険しい顔のソードが言った。

「さすがの俺も、ここで宿屋に泊まろうぜなんて言わないぜ。野宿の方が安全だ。お前が興味ねーっつーなら、とっとと依頼片付けて先を急ぐぞ」

ソード、ここに来てからすっごくピリピリしてるな。ぐるっと見渡したが、確かにこの町自体には興味がわかない。町を歩く人々の服装に反して、店はファンタジー感の欠片《かけら》もない。魔導具屋っていうか、別世界の廃れた土産物《みやげもの》屋みたいな様相だ。まったくそそられない。

「私だったら心躍るような、例えば空飛ぶ箒《ほうき》とかワクワクしたものを店先に飾りたいところだが」

「お前のワクワク感、変！　そーんな実用性のないモノ飾ってどーすんだ⁉　それこそ玩具《おもちゃ》じゃねーかよ！」

「あぁ、イタズラ用品店ってやつだな。食べると鼻血を出す甘味とか……」

「怖ッ！　何それ毒薬じゃねーの？」

ソードにわかってもらえない。

「そうだな、あとはゴブリンの経営する銀行とかあるのかな？」

「ごめん、本当にお前の言ってる意味がわかんない」

謝られるほど、別世界でおなじみの魔法の国にある横丁の様子が、ソードにわかってもらえない。

ソードが、諦めたかのようなため息をついた。

「――別世界の知識のせいで、お前のワクワク感がかなりおかしいのは、わかった」

そうかなぁ？　首をかしげつつソードに問いただす。

「だって、私とお前って、簡単に依頼を片付けてしまうじゃないか。お前、金持ちなのに冒険者を続けてるってことは、何か刺激を求めてるんじゃないのか？　引退して酒を飲む毎日より、見たことのない実用性のないものを探す日々を選んでるのはそのせいだろう？」

ソードがひるんだ。その後、そっぽを向く。

「……俺は夢も希望も持っちゃいない。あったとしてももう捨てた。だけど、もしかしたらまだどこかで夢と希望が見つかるかもとは考えるときがあるんだよ」

「わかった。つまり、ダンジョンに行きたいってことだな。では、そのホドホド感のあるダンジョンに向かおう。ホドホドも楽しめなかったら、魔王に頼んで城を攻略させてもらおう。殺さないとか条件をつければ遊ばせてもらえるかもしれないぞ？」

ソードが唖然《あぜん》とした後、笑い出した。そして、頭をくちゃくちゃにした。……私、髪を伸ばしてなくて正解じゃない？　コヤツ絶対人の頭をくちゃくちゃにする癖があるぞ！

「そりゃ楽しそうだ。魔王もびっくりだよな、『殺さないからワクワク感を楽しむために攻略させてくれ』とか頼まれたらな。ま、それで怒られなかったら、遊ばせてもらおうぜ？」

そう言ったソードがようやくやめてくれたので、私は髪を整えながら言った。

「ダンジョンコア様が魔王様なら、会話出来るから喜んで遊ばせてくれると思うぞ？　ダンジョンとは絶対、ダンジョンコア様が作ったアトラクション施設だぞ！」

「命を懸けた遊びってか」

「そうだ。ハイリスクだが、刺激を求める人間にはピッタリだ。どうせ普通に歩いてても盗賊に襲われて命を散らすことだってあるんだ。なら、むしろリスクがあるとわかってる分、楽しめるな」

——と、話していたら何か踏んだ。魔法陣らしきものが光り輝きだしたぞ。

「ん？」

「……チッ。捕まったか」

なに？　と思ったら、目の前の景色が変わって、殺風景な石造りの部屋にいた。

「えーと？　ソード、なにが起こったかわかっているのか？」

戸惑って聞いたら、ソードが腰に手を当ててため息をついた。

「【血みどろ魔女】に捕まった」

捕まった、って……じゃあここは牢屋《ろうや》かなにかなのか。

「来たわねソード！　これにサインなさい！」

声のする方を見上げると、鉄格子の外から美女が紙を突き出していた。

ソードと美女を代わる代わる見たら、ソードが美女に向かって舌打ちし、私に説明してくれた。

「アイツはな、俺がこの町を訪れると必ず魔術で罠《わな》張って、こうやって捕まえて偽装結婚して遺産を譲る契約をしろ、って脅迫してくんだよ」

あんぐり。ソードを凝視した。

「それはまた、ずいぶんとモテまくりだな」

「モテるの定義をはき違えてねーか？」

私はもう一度美女を見上げた。黒髪でグレーの瞳《ひとみ》の、見た目知的美女だ。そしてかなりの巨乳だ。

なんだろアレ、あんなデカいおっぱいみたことねーぞ。将来垂れたらとんでもないことになりそうだ。……ん？　ソードは巨乳派。なら好みのタイプなんじゃないか？

まじまじ見ていたら美女と目が合った。美女は軽く首をかしげる。

「……あら？　その子なぁに？」

「俺のパートナーだよ」

ソードがぶっきらぼうに答え、その言葉に、美女がフリーズした。

「インドラだ。よろしく頼む」

「つーか、ここからとっとと出せよ【血みどろ魔女】。じゃねーとこの建物破壊するぞ。俺一人でも簡単だけどな、さらに追加で、木剣で岩をたたき切るパートナーに、大爆発魔術使えるゴーレムが二匹いるんだぜ。この建物を廃虚にされたくなかったら外に出せ」

ソードが機嫌を悪くしながら言っている。まぁ、遺産目当てじゃあねー。

「……出来ればツッコみたくはなかったんだが、さっきから連呼してる変な言葉って……」

「アイツの二つ名だよ。【血みどろ魔女】、アレでもこの世界に三人しかいないSランク冒険者の一人で、ついでにSランク魔術師だ」

すさまじい二つ名だな！　同情していいのかよくわからない。ただソードのよりマシというのだけはわかる。……って思った途端にソードにグリグリされた。どうしてわかったんだろう？

「いたいいたい。それよりも、脱出はどうするのだ？　建物を破壊してもよし、あの鉄格子を血みどろさんごと吹っ飛ばしてもよし、血みどろさんを捕まえてお嫁に行けない体にしてもよし」

さらにグリグリされた。いたいいたいいたい。

「率先してやってどーすんだ！　責任取らされるぞ！」

とソードに説教されていたら血みどろさん、フリーズから復活。

「……パートナー⁉　パートナーって言った⁉　Sランクトップのあなたに⁉　……釣り合うわけないじゃない⁉　なに考えてるのよ⁉」

ソードを見上げたら、肩をすくめられた。

「釣り合う、ね。……っつーか、俺が釣り合うか？」

「そもそも釣り合いでパートナーを組むのか？　釣り合ったとしても、こないだ救出したような性格の娘とは組みたくないぞ」

「俺も同感。仲間って思えるやつじゃないと無理だ」

血みどろさん、がく然としている。

「……Sランクが、アンタがどれだけ危険な依頼をこなしてるかってわかってて連れてくワケ⁉　その子を死なせる気⁉」

ほぅ。捕まえて閉じ込めて遺産目当てで結婚を迫るわりに、優しいのだな。

「冒険に危険はつきものだ。生死の責任は自分で取る、ソードに取らせることはない」

キッパリ言ったら血みどろさん、私を見て呆《ほう》けた。

ソードがおどけるように言ってきた。

「お前って、ホント男らしいよな」

「むしろ女らしいと思うぞ？　生死の責任を他人に押しつけてたのは大抵男だったじゃないか」

ソード、思い返したようだ。

「……そーかもしれねーな。じゃ、女らしいって言い直しておくよ、お嬢ちゃん」

うなずいた。ソードが血みどろさんに向き直る。

「確かに、俺が受ける依頼は危険なものが多いけどな、コイツに限って言えば『俺を救出出来る』力量があるから俺の横に立ってるんだぜ？　経験不足は否めないし、常識もないし、どうにも物事を軽く見てる節があるけど、そこは俺がカバーする。俺も、コイツにカバーされてる。……たとえ力量がなくとも、コイツの性格なら、俺の横に並び立つよ。だからこそ仲間なんだよ」

私の肩に置く手に力が籠《こ》もった。そうね、男って、仲間とか友情とか好きだものね。少年マンガでは典型だし――ソードは男女の友情アリ派なのかな？

「まぁ、私は『天は人の上に人を作らず』と考えているからな。私は誰の横にも並び立つ。ソードも、万が一にも私を足手まといなどと考えることはない。まだ死にたくはないだろうからな」

「大丈夫だ。思うワケねーから、禁呪の大魔術で俺を殺そうなんて思うなよ？」

ぐりぐりと私の頭をなで回す。落ち着かせているつもりなのか、それは。

「……どういうつもりよ！　私のことは拒否しまくったくせに、なんでそんな小僧と組むのよ⁉」

ほうほう。血みどろさん、遺産目当てとか言っているけどこれは違うね！　ソードが好きで結婚したいダケだね！　面白そうにソードを見上げたらソードのやつ、キョトンとしている。

「は？　拒否、ってお前、よっぽどの依頼がねーとここに引き籠もってんのに、なんで拒否とかって話が出んだよ？　そもそも『組もうぜ』なんて話すら出てねーだろが」

ん？　ソードは気付いていないぞ？　ここでいきなりモテ要素『鈍感男子』が発動するのか？

「た、確かに言ってないわよ！　思ってもいないし！　だけど、誰とも組んでなかったのに、なんで急に誰かと組もうなんて思うのよ⁉」

血みどろさんのツンデレ発動だ！　ツンデレ女子と鈍感男子って、テンプレじゃん。

鈍感男子のソード、にぶちんなだけにボケーッと血みどろさんを見ている。

「……俺が誰と組もうとお前には関係ないと思うけどよ……そもそも、別に誰とも組んでなかった、つーか、俺と本気でパーティ組みたいやつがいなかった、つーか」

……パーティを組むのに「本気」ってなんだろう？　毎度思うけど、ソードが考える冒険者ってハードモードだな。ガチ戦争に駆り出される戦闘員みたいなー。冒険者って冒険するもんだよね？

「……か、か、関係、ない、って………」

血みどろさん、口をパクパクした後急激に頭に血を上らせた。確かに関係ないはヒドイよね。

「ソード、『関係ない』は言い過ぎだろう。実際そうかもしれないが、彼女はお前を好きでそんなことを言ってるのだから気持ちをくんでやれ。一晩相手してやれば落ち着くだギャー！」

アイアンクローを受けた‼

「テメーの論理はどーなってんだよ！　なぁんで結婚迫ってくる女の相手したら落ち着く、って結果になるんだっつーの！　むしろ断れなくなるだろうが！」

「だって、見た目は好みだろう。ソードは巨乳派だろうが。あんなデカいおっぱいギャー！」

さらにギリギリと握力を加えられた！

血みどろさんは、私が言った「見た目が好み」に反応したらしい。クネクネしだした。

「え？　ウソ。私の見た目が好みなの？　ヤダ、それならそう言ってくれれば……」

デレた！　のに、鈍感男子、無視してリョークに命じた。

「リョーク、壁をぶち破ってくれ」

「「あいさー！」」

敬礼すると、二匹で壁にむけてランチャー魔素弾をぶっ放す。ドガーン！　と音がして、壁が崩れた。血みどろさん、クネクネからまたフリーズした。

「う、ウソ。その壁は、私の魔術で強化してるのよ？　なんで崩れたの？」

「これが俺が認めたパートナーと、そいつが作ったゴーレムの実力だよ。じゃーな」

ソードが私をアイアンクローしたまま手を振る。

外に出たら、どこからかローブを着た女性たちがわらわらと現れて通せんぼしてきた。

「師匠が大変失礼いたしました。おわびに、屋敷でおもてなしさせていただきます」

「ざけんな。無理やり押しとどめるとリョークに攻撃させるぜ？」

ソードの不機嫌さと、是が非でも帰ろうとしているのが、謎だ。本人に聞いてみた。

「血みどろさんと何かあるのか？」

「あるから帰るっつってんだよ。毎度ひどい目に遭わされてんだよ！」

へー、そうなんだ。

「確かに、それは嫌だな。ちなみに、どんなひどい目に遭ったんだ？」

「ハニートラップだよ‼」

ハニートラップとな⁉　ソードがイライラしたように続けた。

「とにっかく、ここにいたら、一切飲食厳禁、一睡もしないで油断せずに脱出する算段を見つけねーと、ナニされっかわかんねーんだ！」

その言葉にちょっと呆《あき》れた。

「そんな生娘みたいなことを言い出して警戒してるのか？　いいじゃないか、合意の上なら食い散らかし放題じゃないか、相手してやギャー！」

またギューッとされた！

「やったら最後、それこそ責任取らされて、一生ここに閉じ込められるんだぞ？」

「ナニソレコワイ。わかった、脱出しよう」

ソードの言葉に同意した。まさしく魔女の……いや喪女《もじょ》の館。血みどろさんはツンデレに見せかけたヤンデレさんだったとは！

逃げようとしたら血みどろさん、さすがSランクだけあって一瞬で降りて近寄ってきた。

「逃がすもんですか！」

そう言った血みどろさんに向かって説教する。

「いっくら一緒にいたいからといって、閉じ込めるのは良くないぞ？　お前の人生はお前のものだが、ソードの人生はソードのものだろう。やりたいことが違って別の道を歩むのなら、互いを尊重して、己の道をまっすぐ進むべきだぞ？　と、いうことで、帰る。私は冒険したい、依頼もまだこなしてないしな」

「俺もまだまだ冒険したりないんでね。つーか、こいつのおかげでまだ始まってもいなかったことに気がついた。じゃーな。ここに引き籠もって魔術の研究頑張れよ」

ソードが振り返りもせず手を振った。……と、血みどろさん、見る間に涙を溜《た》めた。

「わぁあ～ん！　せっかく会えたのに～！」

あらら、泣いちゃった。

「俺に泣き落としが効くか。第一アレも罠だ」

ソード、言い捨てているよ。どんだけひどい目に遭ったんだろう？

「私はわりと効く方だ。かわいそうだから一泊くらいしてやろう」

私が言ったらソードが目をむいた。

「お前は脱出しろ。私が相手する」

ソード、口をパクパクさせた。

「いや、だって、お前……どうやって相手する気？」

「女同士でもやりようはあるぞ。……それにしても、お前がおびえるほどの罠が仕掛けられてるなんてワクワクするな！」

私の発言にソードが唖然《あぜん》とした。手が緩んだので、私はくるっと振り向き宣誓した。

「今夜のお相手はソードではなく私だ！　かかってこい！」

「お前が何するかが怖くて帰れないっつーの！」

ソードの叫びに喪女たちが、顔を見合わせた。さらにソードが喪女たちの説得にかかる。

「おい、俺たちを大人しく帰した方がいいぞ？　コイツは常識はないがエロ知識はハンパなくある。

お前ら、嫁に行けないような体にされるぞ！」

ソードに脅された喪女たちはためらい、顔を見合わせたままだ。だが、血みどろさんは変わらず泣いて引き止めるので、私はソードに手を振る。

「ほらほら、今のうちにお前は去れ」

ソードがため息をついて首を横に振った。

「お前だけ残すなんて怖くて無理だっつーの。……お前のそのワクワク感ってある意味羨《うらや》ましいぜ。でも、俺の貞操は守ってね？」

「わかったわかった」

まったく、乙女男子じゃあるまいし。

泣きやんだ血みどろさんが詠唱してロッドを壁に向けると、みるみるうちに壊れた壁が直った。

「でた、謎の魔術」

私がつぶやくと、ニヤリと血みどろさんが笑う。

「これくらい、序の口よ？」

ふーん。

「コレが出来るなら腕を再生させるのも簡単だな」

私がつぶやいたら、喪女たちが笑った。

「回復魔術と復元魔術はまったく違うでしょ！　これだから魔術をわかってない子は困るのよ！」

と血みどろさんに言われたけど私は納得出来ない。

「なにが違うんだ。腕に魂が籠もってるわけでもない。壊れた壁を復元出来るのなら腕だって復元出来るのが筋だろう？」

ソードがため息をついて私に言った。

「お前がこの復元魔術を習得したなら、出来るんだろうな」

「「…………え？」」

喪女たちが笑いを止めて、私を凝視する。血みどろさんがソードに聞いた。

「……もしかしてその小僧、魔術が使えるの？」

「このゴーレム作ったの、コイツだっつっただろが」

ソードがリョークを指さすと、リョークが挨拶《あいさつ》した。

「初めまして！　ボクは、リョーク！」

「初めまして！　僕はソードさんの専用機リョークだよ！」

ナニィ⁉　そんな言葉教えてねーぞ‼　ギラーンとリョークをにらむ。

「……なんでソードのリョークだけーっ！　そんな挨拶、教えてないのにぃ！　ずるいーっ‼」

私は泣いた。

「……なんでゴーレムがしゃべってるのよーっ⁉」

血みどろさんは叫んだ。

私はふてくされたが、リョークに代わる代わる「お母さん、泣かないで？」と慰められ復活。

定型だけどね！　ソードにバカにされつつも機嫌を直して宣言した。

「さて。ではせっかくなので私がお前たちに料理を振る舞ってやろう。じゃないとソードも警戒して食べないだろうからな。元々野宿するつもりだったし、用意はしてある」

ソード、あからさまにホッとしている。

「なぁに？　小僧が料理を作る、ですって？」

血みどろさんに疑惑のまなざしを向けられたけど、私は胸を張って答えた。

「安心しろ、私は貴族の料理人から教えを乞《こ》われる程の腕前だ」

血みどろさん、今度はドSの顔になり、あざけるような声音で聞いてきた。

「へぇ……大きく出たわね。なら作ってみせてちょうだい。ただし、私の舌は相当肥えているわよ？　もしも、私が納得出来ないような味だったならどうする気？」

「秘蔵の酒を渡そう」

言った途端にソードにどつかれた。

「おい！　どうしてお前はすぐ酒を渡そうとするんだよ⁉」

「ケチケチするな。第一私の酒だぞ。そもそも、納得出来ない料理になると思うか？」

そう返したらソードは黙った。

「さて、調理場はあっちだな」

私が向かうと、ソードもピッタリくっついてきた。そんなに怖いのか。でもウザいぞ。

「ツマミをやるから、その辺に座って飲んでろ」

酒を与えてソードを追っ払おうとしたら抗議された。

「酔《よ》い潰《つぶ》れたら襲われるだろうがよ！」

なぜにそんなにおびえているのだ？　ソードの方が実力は上の気がするんだけど。

「そうしたらリョークのポッドに放り込んでおくから安心しろ」

ソード、途端に元気になったよ。

「その手があったな。よし、飲むぞ」

飲み始めたので私は調理しよう。煮込みでも作るか。魔術で圧力を掛ければ短時間で仕上がる。肉は軽く焼いて余分な脂と臭みを抜き、根菜は下茹《したゆ》で、小麦粉を炒《いた》めてとろみを付け、これらと香草を全部合わせる。あとは……パンが足りないのでパスタにしようっと。

「お、〝パスタ〟とかいうヤツ作るのか。それ好きなんだよな」

麺《めん》を打ってたらソードが食いついた。男は麺好きなやつが多いからね。

煮込みは若干汁物になるので、パスタはソースじゃなく木の実のオイルと塩漬け肉と発酵豆腐のチーズモドキで香り高く仕上げた。あとはサラダかな、豆乳と柑橘《かんきつ》のソースで和《あ》えるか。

作っているのを酒を飲みながらソードが眺めている。

「……こう、見てると、ほんっとお前って道を間違えてるって気がするわ。同時に複数魔術を無詠唱？　意味わかんねー。俺だってそこら辺の魔術師よか魔術使えるんだぜ？　なのにそれの上を軽く超えてきてんだからよ」

もう酔っ払っているのかな？　くだを巻いているぞ。

「逆に私は詠唱魔術が使えないんだからおあいこだろう？　さっきの復元魔術も使えない。なら、お互い足りないものが補えて良かったよな」

……と、酔っ払いが抱きついてきた！

「わっ！」

「お前って、ホンット良いやつだ！　良いやつだなー！　うりうり」

グリグリされて、また髪の毛を乱された！　……ときに、血みどろさんがやってきた。

「ソード！　その小僧と何やって……えぇ⁉　複数魔術を並行行使⁉　……何よコレ、いったいどうやってるのよ⁉」

調理を指さしワナワナ震えるので、ソードがグリグリをやめて鼻で笑った。

「しかも、無詠唱だ」

「⁉」

血みどろさんが目を見開いてソードを見た。

「で？　これでも俺のパートナーにふさわしくないって？」

ソードの言葉に血みどろさん、また泣きそうに。

「まぁまぁ。出来上がったし食べよう。あの喪女……いやお弟子さんたちの分もあるぞ」

最後に盛り付けて運んだ。

「へー！　いい匂いじゃない！　確かに料理人レベルの腕はありそうね」

ベソをかいていた血みどろさん、私の料理に機嫌を直した。お弟子さんたちもソワソワしている。

「あのー、私たちの分は……」

「ちゃんと作ったつもりだ。盛り付ける量を間違えなければ足りるはず」

キャーキャー言って厨房《ちゅうぼう》に飛び込んでいく。軽いな。

「では、世話になる礼としてこれを出そう」

ワインを取り出したら、途端にソードが目を見開いた。

「あっ！　結局、酒を出しやがって！」

「お前も飲むだろう？」

「いります、ください」

即答してグラスを突き出す。私はジュースね。お酒は二十歳になってから。

「えー、お酒まであるのー？」「いいなー、いいなー」

料理を取って戻ってきた喪女……じゃなくお弟子さんたちまでねだってきた。

「わかったわかった。コップを持って来い、ついでやるから」

「やったー！」「わーい！」

とたんにソードが椅子から倒れる勢いで立ち上がって食ってかかる。

「お前⁉　だからなんでそう簡単に振る舞うんだよ⁉」

「ケチケチするな。第一これは私の分だし、そもそも料理酒用だぞ？　まだまだいっぱいあるんだし、お前だって持ってるだろう？」

「わー！　ちっちゃいのにおっとこ前ー！」

ソードをなだめたら、お弟子さんたちに拍手される。

それから宴会になった。

喪女たちは酒を飲み過ぎてベロベロになってる。だが、食事もおいしかったようで大絶賛してくれたし、デザートで豆乳クリームのフワフワパンケーキを出したら泣くレベルで感動された。挙げ句の果てに、一部の喪女にプロポーズまでされた。

「しまったな、だいぶ酔わせてしまった。これでは何が仕掛けられるかのワクワク感が半減してしまう。むしろ、酔わせて襲うのがこちらの方になってしまったか」

「何コワイこと言ってるのお前？　襲わないでね？　お前が他所《よそ》の娘さん方の責任取らなきゃいけないようなことになるの、嫌ですよ？」

ソードがお袋さんみたいに説教してきた。やれやれ、ベッドに入ってからがお楽しみかと思っていたのだが……。そこら辺で眠っている人とかいるし。しかたない、ベッドに運んでやるか。

まだ意識のある喪女に部屋を聞いて、数人担いで放り込んでいく。ソードもなんだかんだ手伝ってくれた。片づけが終わると、私は途方にくれた感じでつぶやいた。

「何が危険だったのか全然わからない」

「俺もわかんない。……ま、いっか、その辺の思い出話を聞かせてやるから、部屋に行こうぜ」

危険がなくなってしまったので空いている寝室に入り、ベッドに腰掛けてソードの話を聞く。

「俺はね、自慢でも自称でもなく名が売れてるの。さらに、弟子も取ってないし、独りモンで流浪の旅してたから、金も持ってるの。でね、金があって名が売れてる身軽な男って、年頃の女性にとってはターゲットなの、獲物なの。わかる?」

「わかる」

私はうなずいた。別世界でもそれは常識。

「やたら目を付けられて、油断すると変な薬飲まされたり魔術使われたりするのよ。もう、数え切れないほど。血みどろ魔女を筆頭に、どうにか俺と既成事実を作って、契約書にサインさせて、閉じ込めて金を搾り取る、って連中ばっかりなの。特に血みどろ魔女なんて、Sランク冒険者で貴族なのに、お高い古書とかガンガン買ってるからお金ないの。俺、格好の餌食なの。わかる?」

「まぁ、それも理由の一つだろうが……」

チラッと上目遣いで見てやった。ソード、ひるむ。

「な、なんだよ?」

「本当は気付いているんだろう?」

私が聞いたら、ソード、目をそらす。……やっぱりな、鈍感なフリをしているだけか。

「血みどろさん、お前が好きだぞ?」

「……言うな」

「お前だって、好みのタイプだろう?」

「だから違うし、やめてくれ。向こうが本気にしたらどうすんだ」

真剣に返してきたことでソードが彼女を受け入れられないのがわかって、うなずいた。

「わかった……そうか、ダメなのか」

「お前にも言っただろ、俺は、誰かと結婚する気はない。本気になられても、気持ちに応えられない。わかるだろ？　お前も誰とも結婚しないっつってただろうが」

「それとは違うぞ？　私は、この世界が嫌いなんだ。だから、この世界の人間も嫌いなんだ」

　ソードの顔がこわ張った。

「ついでに、私を産んだ女とアヤツと、同じ血が流れるこの体が嫌なんだ。誰かと結婚なんて冗談じゃない、この世界の何もかもを残らず消し去りたいくらいなのに」

　吐き捨てたら、ソードが抱きしめてきた。

「……わかったよ。そこまでは思ってないけど、たぶん俺も、俺が嫌いなんだよ」

　ソードが暗い声を出し、語った。

「ついでに、他人も嫌いかもな。……お前って、ちょっと俺に似てる。そう思うから一緒に行こうって誘ったし、だけど俺みたくなってほしくなくて突き放してみたりもした。でも、お前が俺を殺そうとしたときもう俺のことを何とも思ってないんだって感じて、それが悲しくて、すがって謝った。その後、突き放したことをお前が怒ってるって、何も感じてなかったわけじゃなかったって、わかってうれしかった。……俺、仲間がほしかったんだ。旅をしてたのはそのせいだ。だから、お前って仲間が出来て、うれしい」

　……コイツ、酔っているんじゃなかろうか。そういえば、最初に造った酒は良質ではないから悪酔いするかもしれなかった。ポンポンと背中をたたいて慰めてやった。

「……しょうがないやつだな。ではこれからも一緒に冒険しよう。あの血みどろさんのデカパイに耐えられるお前なら、私が麗しい美女になっても理性が保たれるだろうからな」

　ブハッと笑われた。ブハッて‼　笑いながらソードがからかう。

「おっさん幼女がナニ言ってんだよ。成長したらおっさんになるだけだろうが、保つ以前の問題」

って！　慰めて励ましたのに、ヒドイ！


　――などと話していたらいつの間にか眠ってしまったらしく、気付いたら、血みどろさんがのぞき込んでいて、こわ張った声で聞いてきた。

「…………ねえ、これ、ドーユーコト？」

　ドーユーコトってどういうコト？　私とソードが同衾《どうきん》しているコトを聞いているのかな。いやでもしかし、服を着ているのですが。着衣プレイにしたって、乱れすらないだろうに。

「つまり、そういうコト。悪いな、俺はコイツで手一杯だ」

　あ、ソードが彼女の言葉にのっかってさりげなくお断りしている。

「ソードは無乳少女派に転向したそうだ。てっきり巨乳美女派だと勘違いしてつまらないことを言ってしまったな、すまん」

　血みどろさんはタイプじゃないそうなので、私からもきっちりお断りを入れてあげた。

　血みどろさん、ぶるぶる震えて、「……浮気者ぉ～～！」と殴りかかってきた。

　二人で跳びのく。

　それにしても、血みどろさんってば結構な怪力で、殴りかかったベッドが粉砕されたよ。

「やはり、この世界だと私は『普通に強い』くらいなのだな」

私がつぶやいたらソードが冷静にツッコんだ。

「おい、血みどろ魔女だってSランクだぞ。あとな、なんで『血みどろ』なんて物騒な二つ名付いてるかっつーと、コイツは自分をフッた男を拳で血みどろにしてきたって逸話から来てるんだ」

解説ありがとう。私は朗らかに言った。

「じゃあ、今度はソードが血みどろになる番か！」

「フラれたことにするなぁ～～！」って血みどろさんに切り返された。

そして、持っていたロッドを私に向けてきたぞ。ソードが慌てる。

「おい⁉　【血みどろ魔女】、何する気だよ⁉」

ソードと同じくらい早口で詠唱すると、魔法陣がいくつも浮かびあがる。

ムム？　ソードはあんまり魔術を使わないのでじっくり見たことがなかったけど、魔術って、いろんなパターンがあるのだな。昨日の復元魔術とはまた違う、私たちを捕まえた罠《わな》魔術に近い魔術が展開されている。そして、魔法陣から魔術が飛んできた。とりあえず受けてみようかなと思ったら、ソードが私に覆いかぶさり、周りがスパーク。どうやら、ソードが結界魔術で対抗したらしい。

「にゃっ？」

ソードが私を荷物のように脇に抱え立ち上がると、血みどろさんに向き直った。

「……やりすぎだ、【血みどろ魔女】」

ソード、怒っている。

「うるさいっ！　そんなにその子が大事なの⁉」

血みどろさんもキレている。

そこから魔術合戦が始まった。私も参戦したかったけど、何せ二人の魔術と私の魔術は違いすぎる。あと、二人の魔術はいかにも魔術って感じでカッコいい。水を差すのもなぁと思って、観戦に徹した。

ソードは、血みどろさんに匹敵する魔術が使えるようだ。同じ魔術が二人の間でバンバン飛び交っている。ソードは魔術を『使えないんじゃなくて使わないのよっ！』だったのね。

そして、ソードが【英雄】と呼ばれるだけあるのがわかったぞ！　血みどろさんも強いけど、ソードの方が全てにおいて上だ。ソードは、魔術を増強させる媒体のロッドを持っていない。なのに、血みどろさんと同じ魔術を使いながら威力が勝っている。魔術がぶつかりあうと血みどろさんに被害が出ていて、ついに威力負けして血みどろさんが吹き飛んだ。

「きゃあっ！」

転がった血みどろさんに、ゆっくりと歩み寄るソード。

「俺の相棒に変なマネすんじゃねーよ。インドラはあんなんじゃ死なねーだろうが、俺は、絶対コイツを助けるって決めてんだ。コイツは、人間不信なわりに変に油断してて危なっかしいから、俺がついて見ててやんねーとだからな」

怒っているソードを見て、血みどろさん、ついにワンワン泣き出した。

ソードよ……ありがたいが、私は危なっかしくなんかない！　ソードの気のせいだ！

「……あまり、女性に手荒なマネをするな」

私がそう言ったら、肩をすくめられた。

「じゃあな、これに懲りて、もうここに呼ぶなよ」

ソードは血みどろさんに言い捨てると踵《きびす》を返す。

「では、世話になったな。さらばだ」

脇に抱えられた私も挨拶《あいさつ》し、ソードは窓から外に飛び出した。

*

――さっきは肝を冷やしたぜ。

インドラの言葉に怒った【血みどろ魔女】が、怒りと嫉妬《しっと》を魔術に乗せてぶっ放しやがった。

インドラは、ぼうっと見ていて避けるそぶりすらしねぇし。他人の気持ちに頓着《とんちゃく》しねぇから、【血みどろ魔女】から悪意をぶつけられても動じねぇんだよな。

もうちっと他人の気持ちを察しろよ！　俺だって、王都防衛戦で一緒に戦ったやつと敵対なんざしたくねーっつーの！

「インドラ、さっきはなんで避けなかったんだよ？　……確かにお前って不死身そうだけど、ホントにそうかはわかんねーんだから、当たったら死ぬかもって考えは持っておけ」

【血みどろ魔女】の屋敷からだいぶ離れた場所でインドラを降ろし説教したらコイツ、クソ真面目な顔でとんでもねーことを抜かしやがった。

「あんなんじゃ私もお前も死なないが、お前が心配するなら気をつける」

「やめて。死なない断定はやめて。お前のその思い込みで、俺、死ぬような目に遭わせられそうだからやめて」

怖いこと抜かすな！

インドラは俺の様子を見て笑いだすと、無邪気な笑顔を俺に向けた。

「ソード、助けてくれて、ありがとう！」

……たまに、ふてぶてしさが消えて純真そうな小僧になるんだよな。ほっぺを引っ張ってやった。

「あんま危険なマネすんじゃねーぞ、小僧。……じゃ、今から依頼をこなしに向かうぞ」

目を白黒させるインドラに、今度は俺が笑い、依頼場所に向かった。

ロックリザード《岩蜥蜴》は防御が堅く、物理も魔術も通りが悪いが、俺たちには大した敵じゃない。インドラに説明しつつ、首を刎《は》ね飛ばして狩り、ギルドに売って町を出た。

次の町は……あそこか。ニヤリと笑い、インドラに言った。

「次の町は、ちょっとはワクワク感があるかもな？」

「ほう！　ほうほう！　それは楽しみだ！」

インドラは素直に喜んで飛び跳ねている。

次の町で、ちょっとは懲りろ！　かわいいとこ見せてみやがれってんだ！

*

次に着いた町、デーズでやたら目立ったのは教会だ。私は神の存在を否定するつもりはないけれど、現実としてその存在を感じたことがないので肯定もしない。

キョロキョロしていると、ソードがニヤニヤしながら声をかけてくる。

「さて、まずはダンジョン攻略だ。どんなダンジョンかっつーと……。アンデッドだ！」

「へーっ！」

ソードの声音からするとそうとう楽しいダンジョンなんだろう。私は腕をつかんで引っ張った。

「行こう、行こう」

ソードが私の反応を見てガッカリする。私は不思議に思って首をかしげた。

「なんだ？」

「……いや、お前ってごくまれに年頃の反応を示すときがあるから、ちょっと期待してたんだよ」

あー……。お化け屋敷デートお決まりの「きゃー、こわーい」「はっはっは、僕がついてるから安心さ！」みたいな三文芝居をやってほしかったのか。

「それは悪かった。だが、私はお化け屋敷でテンションをあげるタイプだったのだ。むしろ好きなアトラクションの部類に入るな」

超有名生物災害ゲームも楽しくクリアしたぞ！　ウッヒョー！　テンション上がるー！

私の反応を見て、ソードがますますガッカリした。

「言うんじゃなかったって後悔するレベルでワクワクしてるな。残念ながらそこまでじゃねーぞ。金を使えば簡単に倒せるしな」

「課金して武器をそろえるのか？」

えー、邪道だなぁ。私は無課金派なんだけどなー。

「課金ってなんだよ。アンデッドに効く聖水を教会が販売してるんだ。買い込んどきゃ簡単にクリア出来る、って話だよ。ま、そんなんなくても、俺もお前も光魔術使えるからな」

ソードが気楽に言ってきたけど、困ってしまった。

「光、で、倒せる、と。……だがしかし、私の光魔術は魔素を〝フィラメント〟とエネルギーに変換して発光させているのだ。太陽光を作りだしているわけではないぞ？」

どの光線が効くか試せということか？　と聞こうとしたらソードが額に手をやった。

「ま〜た、小難しいこと言い出したぜ。じゃあ、おとなしく聖水買ってくか？」

「物理攻撃は効かないのか？」

ソードに尋ねた。

「効かないアンデッドもいるな。レイス《幽霊》だ。ま、ソッチは俺が倒すから」

物理攻撃が効かないなんてすごいなー。非ッ常に興味深い。聖水も記念にほしいな。

「高いものでなければ土産《みやげ》に一つ買ってみたい」

私が言うとソードが笑った。

「聖水を土産って！　お前、なかなか罰《ばち》当たりなやつだな」

「神の存在を感じたことがないからな。……お前こそ信心深いのか？」

信仰心あつい人って、さりげなく強要してくるから嫌なんだよなぁ。

ソードはそんなところは欠片《かけら》もないけど、今後はどうかわからないしと思って聞いてみた。

「俺も神の存在を感じたことがないから特に敬ってねーな。聖職者は嫌いだし」

ふーん。どこの世界も聖職者って好かれないよね。

「さて。この町のダンジョンは脅威度がそこそこだから、ギルドへ入場証を受け取りに行くぞ」

ソードが促した。そこそこなのか。それは楽しみだ！

ウキウキ歩いていたら、ソードが変なことを言いだした。

「――で、俺とパーティ組んだら俺と同じ扱いになるけど、いいよな？」

ん？　まだそうじゃなかったと？　顔に書いてあった疑問を読み取ったソードが頬をかいた。

「いや、さすがにＳランクとＤランクとじゃ差がありすぎるから、実はギルドの目を気にしてこれまで正式にパーティ組んでなかったんだよ。Ｃランクに上がったし、もういいだろ」

なるほどねー。

「で、パーティ名の希望、あるか？」

ソードが聞いてきたので、思いついた痛々しくないのを言ってみた。

「リョークと愉快な仲間たち」

「……おい、俺たちの名前どころか人名ですらねーぞ」

ソードに拳固《げんこ》でグリグリされた。気に入らないらしい。

「……なら【オールラウンダーズ】はどうだ？　名が体《たい》を表していてわかりやすいだろう？」

それを聞いたソードが手を離した。

「オールラウンダーズ、ねぇ。ふ～ん、ま、悪くねーな」

どうやら気に入ってくれたらしい。ギルドに着いて、ソードは早速パーティ登録した。

「……その、大丈夫ですか？」

受付嬢が私とソードを見比べながら確認したので、ソードがぶっきらぼうに告げる。

「こう見えてもコイツの能力はＳランクだ。それに、Ｓランクのパーティは『特例』だろ。別にコイツまでＳランクにしろっつってんじゃねーんだから、登録しろよ」

『特例』ってなんだろう？　受付嬢は渋っていたようだったけど、それでも登録してくれて、新たな冒険者カードが渡された。私はしげしげと眺め、顔を上げてソードに言った。

「前のと違う」

「『パーティに限って』お前もＳランク扱いだ」

そうなんだ。ソードのと似た感じのカードになったよ。

ダンジョンの入場証も受け取り、ギルドを出てダンジョンに行く道すがら『特例』について説明される。

いわく、本来ならばＤランクまでは二ランク差、Ｃランク以上は一ランク差までパーティを組むようにギルドで決められているのだが、Ｓランク冒険者は、合意の上であれば相手のランクを無視してパーティを組め、パーティで活動する場合に限りSランクと同等の扱いをされる。しかもカードまでSランク冒険者と同じになるのだ。キラキラプレートな！　脱退、解散、あるいはSランク冒険者（つまりはソード）が死亡しない限り、私はSランク冒険者と同等の扱いになるそうな。

「ふーん。……にしても、あの受付のお姉さんは随分渋っていたな」

「特例っつーだけあって、一時的に組む事例しかねーからな。【血みどろ魔女】の場合は、依頼内容によって自分の不得手をサポートするメンバーで一時だけ組んでる。俺に不得手なんざねーから、あの受付嬢は『気に入ってるから』って理由だけで実力のねぇ小僧とパーティ組むつもりだ、って疑ったんだろ。ンなワケねーだろが。Sランク冒険者ナメんなよ」

　わぁ。相変わらずソードの語る冒険者はハードモードだなー。

　ダンジョンへ向かう途中、教会が見えたので寄ってみた――が、この教会、キンキラキンの成金趣味満載の建物だ。これがこの世界の教会か……気後れしていたら、誰かが寄ってきた。

「貴方《あなた》がた。ダンジョンに向かうのであれば、この私が同行して差し上げましょう」

　ん？　何ですと？　えーっと……また誤訳したかな？　寄ってきた少女を見た。ピンクに紫、さらに金糸の刺しゅうがされてるド派手カソックを着た、チッパイ女子だ。

　神官なのか……？　とソードを見たが、ソードは彼女をガン無視。しかも顔に「お前も無視しろ」って書いてある。

「実はなソード。私はお前に会うまでほとんど人と会話を交わしてこなかったから、たまにこの世界の人間が何を言ってるのかわからないことがあるんだ」

素知らぬふりをしていたソードが噴き出す。

「……それで、私には彼女の言ってることが理解出来ないのだが、彼女はなんと言ってるんだ？」

チッパイ女子はため息をついて首を横に振った。

「やはり、卑しい者には私の言葉は理解がし難いようですね」

あ、ソードがピキッと青筋を立てたぞ？

「どうどう。お前、最近怒りっぽいぞ？　酒を飲むからだな」

「なんでも酒のせいにするな。元お貴族サマのお前こそ、『卑しい者』っつわれてなんとも思わねーのかよ？」

チッパイ女子、赤くなってひるんだ。

「……コホン。私は、セイラと申します。……そうでしたか、貴族の出でいらっしゃいましたか。それで、そこそこの身なりなのですね。ここには聖水を買いに来たのでしょう？　神官が共にダンジョンに参れば聖水がいらなくなりましょう。ですから、私が同行して差し上げます」

そこそこなんだ？　この服、貴族でもそうは手に入らない上質な生地で仕立てられてるんだけど。

「そうか、名乗られたならば私も名乗らなくてはな。私はインドラという。聖水は土産に一つ買いに来た。貴女《あなた》を土産の代わりにするわけにもいかないから、同行は遠慮させていただく……で合ってるよな？」

最後の部分をソードに向かって聞いたら頭をなでられた。

「合ってる合ってる。お前はホントに冷静で頼もしいなー」

チッパイ女子改めセイラ、プルプル震えたと思ったら真っ赤になって怒った。

「……せ、聖水を、土産物と一緒にするなどと、ぶ、無礼にも、ほどがあります！」

また、言っている意味がわからない。

「ソード、私はきちんと言語の教育を受けた気がするんだが、やはり幼少時に会話をしてこなかったのが理解出来ない原因なのだろうか」

泣きそうになって聞いたら、ソードが私の頭をぐりんぐりんなでながら言う。

「うん、今のはな、聖水は、正しい用途で使いましょう、っつってるんだぞー？」

頭をぐりんぐりん回されながら言い返した。

「私がどう使おうと知ったことじゃないだろう？　第一、買っている人間が実際どう使ってるかなんて、全員について回って結果を調べているわけではあるまい。土産はそう悪い使い方ではないはずだ。『トイレの臭い消しには聖水が一番よく効くんだ！』とか言ってるわけではないぞ」

たまらない様子でソードがゲラゲラ笑った。セイラはますます震えている。

「ぼ、冒瀆《ぼうとく》です！　ゆ、許しませんよ、改心するまで許しません！」

「なんだ、知らないのか？　貴族の間ではやってるんだぞ？」

って言ったら絶句して固まった。

「…………うそ…………」

「うそだ。もうバレたか」

「？！！？！」

やり取りを聞いていたソードが腕を組んで感心したように私を見た。

「お前の煽《あお》りスキル、ホントすげーな」

そんな罰当たりなやつには聖水を売らない、とセイラにガチギレされたので、ハイそうですかとサクッと諦《あきら》めて教会を出た。

「さて、行くか。そもそも聖水いらねーしよ。お前もワクワク感とやらを楽しむなら、簡単に倒せるアイテムなんざ邪道だろ」

「もちろん、私は無課金攻略タイプだからな！」

遠くからセイラの怒鳴り声が聞こえてきた気がしたけど無視。さて、アンデッドダンジョンってどんなんだろなー。ワクワクしながら歩き、入り口付近に到着した。

なんと！　気分の盛り上がることに、入り口は大規模な集合墓地の中だ。しかもその墓地は、一年中日が差さないという……。ヒャッホゥ！　ダンジョンコア様、わかってるぅ！

「ソード、盛り上がるな！」

ソードは答えず、横目で私のはしゃぐ様を見た。

「むーっ！　お前は行ったことがあるからって、つれない反応をするな！　一緒に盛り上がったって罰は当たらないぞ！　見ろ、このシチュエーション！　薄暗い空、群れ飛ぶ不吉そうな鳥、そこはかとなく聞こえてくる、死人のうなり声！」

「なんだろね、お前がうれしそうに語ると、途端に安っぽい見世物みたいになるよね」

投げやりに言われたので、私は嘆いた。

「お前はつまらないやつだなぁ。……私はむしろあの子たちと行きたいぞ？」

離れたところで、男女のパーティがもめている。女子が怖がり嫌がっているようだ。

「お前のそのナメた態度を一度改めさせた方がいいとは思うんだけど、ナメた態度でも簡単にどうにかなっちまうとこが問題なんだよなぁ。そのうち天罰が下るかもだぜ？」

そんなことを言ってきたソードにむーっとして、指を差した。

「むしろお前こそ、もっと楽しめ！　冒険するのに辛気くさいぞ！　言っただろう、人の生死はソイツの責任だ！　鼻歌交じりで死のうと、辛気くさい顔で死のうと、死んだら無に還るだけだ。なら、鼻歌交じりで死んだ方がいいじゃあないか。わかったら、さあ、私と一緒に全てのものを使って状況を楽しもう！」

「さりげなく『楽しむためには何でも利用する』宣言したな」

ソードはため息をつくと、私の頭をくちゃくちゃにした。

「それもそうだ。わかった、やめた。俺も楽しむ。お前と冒険するって決めたんだもんな」

ようやくソードが納得したらしい。私はパン！　と手を打った。

「さて、そうと決まれば盛り上げ役がほしいところだな。誰かいないかなー？」

私の提案に、ソードが重いため息をついたぞ。楽しむと言ったくせに！

意気揚々と踏み出そうとしたが、震える声で呼び止められた。

「ま、待ち、待ちなさい！」

振り向いたらセイラだった。

「おぉ、チッパイ女子」

「誰がチッパイか！」

あ、しまった、つい。

「間違えた、セイラとか言ったか」

「わ、私、私を、連れてけば、聖水、いらない、わよ！」

セイラは、追加で持ってきたロッドをすがるように持ち、小刻みに震えながら言っている。

なんと言いますか……恩の押し売り？

「聖水もお前もいらないから、とっとと帰れ」

セイラに向けてしっしっと手を振り、私は額に手をかざして周りを見渡す。

「さーてと、出来ればかわいくおびえる女子に声をかけたいなー」

ソードが私を白い目で見たが、何が楽しくて無反応のおっさんとつまらなそうにお化け屋敷に突入せねばならんのだ。肝試しとは、悲鳴を上げて怖がる女子と一緒に回ってこそ、楽しい！

「だから、私が、一緒に行ってあげるって言ってるでしょ!!」

振り向いて、セイラを見た。震えながらも涙目でこっちをにらんでいる。……ふむ。

「あ、足元からスケルトン《骸骨》の手が」

「キャーーーーッ!!」

からかったら、悲鳴を上げ跳び上がって転んだ。その反応を見てうなずく。

「よし、合格だ。一緒にダンジョンに行こう」

セイラに手を差し伸べる。隣でソードが額を手で打っていた。

「ホント、お前って、度し難いバカだよな」

その後、若干怒った声で私に聞いてきた。

「お前、アイツの生死に責任もてるのかよ？」

「――お前、私の話を今まで聞いていたか？　『人の生死はそいつ自身の責任』と何度も言っただろうが。私は、怖がる女子を見ながら肝試しをしたいだけだ！」

「うーわ、最低」

「とにかく、何かあってもソード、お前の責任じゃない。何度だって繰り返すぞ」

「……わかった。もう口出ししないよ」

そっぽを向きながら決意しているよ。どうせ自分が助けようとかなんとか考えているんだろう。

「今こそお前に酒を飲ませたい。ベロベロに酔っ払わせたら判断力が鈍り、自分がどうにかしようなどと考えず大人しく今を楽しめるようになるだろう」

「わー、ホントーにお前ってヒドイやつだなー」

気を遣ったのにヒドイやつ呼ばわりされたけど、もういい。ダンジョンに突入だ。

怖がるセイラを観賞するため、前を歩かせよう。と、前に追いやったら怒鳴ってきた。

「なんで私が先頭なのよ⁉」

「もちろん、お前を犠牲にして先に進むつもりだからだ」

そう言ったらセイラだけでなくソードまで唖然《あぜん》とした。

「ワーオ、お前の人でなしさを俺、見くびってたわー。軽く考えて人死にが出たらどころか、積極的に他人を犠牲にしようって、そこまでとは思ってなかったわー」

「守る者はソード、お前だけだ。他の者は、お前を守るため、私が楽しむためにどんどん犠牲になってもらう」

「さりげなく『自分が楽しむため』も加わってたね」

もちろん。うなずいたらグリグリされた。いたいいたいいたい。

セイラを前に押しやったら、泣き出して先に進まなくなってしまった。しかたないなー。

「じゃあ、一緒に歩こう。手をつなぐか？」

手を差し出したら、セイラは泣きじゃくりながら握ってきた。

見ていたソードがつぶやく。

「……お前、女を口説《くど》くの、もしかして、うまい？」

何言ってんのコイツ。聞き流してソードに手をヒラヒラ振った。

「ソード、ちょっと離れてろ。あんまりくっつくと楽しくない。あと、私たちに近付いてくる者は倒すなよ？　私が倒す」

「はぁ……。わかったよ。でも、お前だけで大丈夫か？」

ソードが諦めたように言った。

「もちろん。さぁ、出発だ！　冒険するぞ！」

その言葉にようやくソードが笑い、セイラも目をパチクリさせた後、泣きやんで笑った。

ダンジョン内は非常に盛り上がった。セイラのおかげだ。

「キャーーーーッ!!」

骸骨《がいこつ》のアンデッドであるスケルトンが現れ、悲鳴を上げ。

「キャーーーーーッ!!」

腐った死体であるグールが現れ、悲鳴を上げる。

セイラがおびえがっちりと腕につかまり、必死で私を盾にして隠れようとするのが楽しい。

後ろをリョークとソードが歩く。ソードが後方から襲いかかってくる敵をなぎ払いながら言った。

「……後ろから見てると『ダンジョンに来て何やってんのコイツら?』って絵面だけどな」

端から見るとイチャイチャしてるふうに見えるんだろうね。

「堪能している」と満足げにうなずいたら、「お前、罰《ばち》が当たればいい」ってソードに言われた。

迫り来るアンデッドを斬り伏せながらしばらく進むと、何かがスーッとやってきた。

「レイスだ。物理攻撃はきかねーぞ」

ソードが解説した。幽霊の魔物ね。

「初手は私がいろいろ試したい。レイスの攻撃を受けたらどうなる?」

「精神をやられるな。錯乱状態になったりうつになったり、最悪は何の反応も示さなくなる。ま、俺がなんとか出来る——前に、その女がなんとか出来るはずなんだけどよ」

と、ソードが指差した先にはガッチリとすがって震えているセイラがいる。

「いいんだ、彼女は盛り上げ要員だ」

これだけ怖がってくれれば、こちらも非常に盛り上がる。

「お前って結構ヒドイやつだって思うんだけど、でもその女もその女で、あれだけ強気で上から目線で言ってきた割にその様だからな、どっちもどっちだよな」

私はソードをなだめた。

「まぁまぁ、ソード、そうやきもちをやくな」

「意味わかって使ってる？」

聞き返されたのを無視してリョークに話しかけた。

「リョーク、アレってお前の探知に引っかかるか？」

「赤外線に反応があります。温度が低いです」

ふーん。そこはちゃんと決まりに沿った感じ。そしてリョークのＡＩ、だいぶ成長してきたみたいでずいぶんと滑らかに話せるようになったよね。話し方は固いけど。

「キャーッ！　レイスが！　レイスが向かってきた！　キャーッ！」

すがりつくセイラは絶好調。うんうん、向かってきているね。私は木刀を構えた。

「せー………」

「キャァァアアアアア！」

ソードが手を出しそうなところまで待ったところで。

「のっ！」

レイス斬ってみた。私は確かめるようにうなずいた。

「うん、斬れたな」

うん？　ソードが大股《おおまた》で近寄ってきて……アイアンクロー‼

「ぎゃー！」

「お前、危なっかしいにも程があるだろーが！　今のは本気でヤバかったぞ！」

「ヤバくない！」

むしろアイアンクローの方がヤバい！

「お前ってやつは……！」

「だから、お前はもうちょっと私を信じて、状況を楽しめ！　これは、冒険だ！」

そう言ったら手を離してくれた。ヒリヒリするー。

「心配性なやつだなぁ。こんなん危ないうちにも入らないぞ」

「……わかった。悪かったな、お楽しみのところをよ」

「お前も楽しめと言っている」

ほら、とセイラを指差した。セイラは完全に腰砕け。

「ひー、レイスぅー……！」

「コイツ、ダメ神官の見本じゃねーかよ。アンデッドのダンジョンでの神官なんて、見せ場もイイトコなのによ」

ソードが呆《あき》れてぼやいた。

さぁ、俺たちの冒険はこれからだ！　……と思った矢先にもうボス部屋。

「ええー……」

ソードにグリグリされた。だってぇ、もっと続くかと思ったんだもん。

「ガッカリした声を出すな」

セイラが私にすがりつつ扉を見て、ガクガク震えながら言った。

「わ、私を、しっかり、守りなさいよ？」

「守るわけないだろう。私が守るのはソードと、あとゴーレムのリョークだ。お前は盾になれ」

セイラをゲシッと蹴《け》ってやった。

「こ、こここここまで連れてきて、それはないでしょ⁉　責任取りなさいよ！」

「知るか。神を信じているなら神にでもすがって助けてもらえ」

ソードももう、私たちのやり取りを気にしなくなったらしい。

「じゃ、行くか」

セイラの醜態も私の罵詈《ばり》雑言《ぞうごん》も聞き流し、軽く言って扉を開けた。

ギギギィー……。なかなか良い感じの音だ。

一歩入った途端、死んでも元気よく動くゾンビ犬が飛び出してきて、セイラが「ヒッ！」と悲鳴を上げ、腰を抜かして気絶した。

「ふんっ！」

私が木刀で瞬殺したら、ソードに呆れられた。

「不意打ちにも冷静に対処するお前が怖いわ。俺だって初見の時はビビったぞ」

「私は、こういうのは得意なのだ。だがやはり、盛り上げ役がいないと途端に白けるのだよ？　驚かす気満載のダンジョンで驚かないとか、ダンジョンコア様だってガッカリするだろうが」

「うん、わかったから、ボスをやっつけようか」

ボスはアンデッドのリッチだった。

いかにもって感じの魔術師の格好に、骨に皮膚が張りついたような体。持っているロッドのデザインが地味にオシャレだ。

「こんにちは」

リッチは生前魔術師で、知能がすごく高いのがセオリー。ということで、対話に挑戦します。

「…………」

「会話が出来ないタイプですか？」

「……我は、リッチである」

「私はインドラと申します。リッチ氏は、ダンジョンコア様とお話されたことがありますか？」

「……その情報は秘匿とす」

そうか、残念。だが、秘匿ということはイエスだよな。

「リッチ氏には、自我がありますか？」

「……それも秘匿とす」

「もしもここで私が倒した場合、また復活されたときは同じリッチ氏ですか？」

「………是だ」

「では、大体質問を終えましたので、申し訳ありませんが倒させていただきます」

「待て。我も、お主に興味がある」

リッチに声をかけられた。ソードが驚いた顔で私とリッチ氏を見比べている。

「お主は、なぜ、我と会話をしようとした？」

「興味があるからです」

「興味、とはなんだ？」

「私は、ダンジョンとはダンジョンコア様が作ったアトラクション施設と考えています。出てくる魔物は本物のようですが、倒すと粒子となって消え、しばらくすると復活する。となれば普通の魔物とも思えない。そうなると、ダンジョンコア様が作った魔物である可能性が高い。では、作られた魔物たちに自我はあるのか？　が知りたくなったのです。なぜなら、私の作ったこのリョークにもいつか、自我が宿ることを願っているから……」

リッチが笑い出したので、驚いた。……それは、リッチに自我がある証明だった。

「……お主は非常に面白いな。ずっと問答をしていたいが、我はここで、招き入れた客を倒さねばならぬよう縛られている。これにて質疑は終了だ」

「そうですか、では、いきます」

木刀を抜き放ち、斬り捨てた。リッチは粒子となって消える。その後、ポン、と宝箱が出た。

「ソード、宝箱が出たぞ」

「……お前、あれだけ楽しく会話してたのにアッサリ瞬殺って。しかも何の感慨もなく宝箱に興味を持つとか、ありえねーわ」

ソードが呆《ほう》けたような声で言った。

「ダンジョンの魔物はまた復活すると、ソードが教えてくれたのではないか。先ほどのリッチも、殺しても復活すると認めた。会いたくなったらまたここに会いに来ればいい。ほら開けるぞ」

宝箱にはアクセサリーが入っていたので、皮革に包んでバッグに放り込んだ。

帰りは面倒くさくなったので、魔物はソードに光魔術で倒してもらった。

帰るまでが遠足です、とは思わないタイプ。

……ほぅほぅ。それが光魔術か。なんだか複雑な魔素の変換をしているなぁ。

ソードが気だるそうにバンバン倒しているのを見て、セイラが呆気《あっけ》にとられた。

「……ちょっと！　光魔術使えるの⁉　一部の偉い神官しか使えないはずなのに、どうして⁉」

へー！　そうなんだ。感心してソードを見た。

「聖じ……偉い神官に習ったことがあるんだよ」

ふむふむ。あのおばあちゃんに習ったんだな？　あの人もすごい人だったのか。

「じゃあ、なんでアンタが至近距離で倒してたのよ⁉」

私の方を向いてセイラが怒鳴ってきた。ソードが肩をすくめる。

「そんなん、お前が怖がるのを見て楽しむために決まっているだろう？」

そう返したらぶるぶる震えて怒鳴った。

「バカーッ！　アンタ、ホント人でなし！　天罰が下るわよ！」

私はセイラにほほ笑んで首を横に振った。

「神は人間ではない。だから、人の些末《さまつ》な騒ぎにいちいち目くじらを立てないんだ」

それを聞いてキーキー怒っている。ここに来てようやくソードがセイラの反応に笑い出した。

「つーか、神官のお前が倒せっつーの。でも、ま、面白かったから、いいか」

出口を出て、セイラに手を振る。

「セイラよ、ついてきてくれた礼を言う。おかげで無反応の二人がつまらなそうに敵を倒し、ダンジョンコア様をがっかりさせずにすんだぞ。お前が体を張って怖がってくれたおかげだな」

ソードが噴き出し、セイラは真っ赤になった。

「では、さらばだ」

「……ま、待って！」

私が挨拶《あいさつ》をするとセイラが慌てた声で引き止めて、怒鳴るように言った。

「わ、私も！　ありがとう！　連れてってくれて！　わ、私……怖がりだから、神官なのに何も出来なくて役立たずで、それでも、連れて行ってくれて、ありがとう！」

私はそこに、まったく期待していなかったからな。怖がるさまが見たかっただけ。

ソードが苦笑した。

「こちらこそ。インドラの人でなしの扱いに耐えてくれて感謝してるよ」

……ソードこそひどい。セイラと別れてむすっとしていると、ソードが笑って頭をなでた。

「なんか……お前の言いたいこと、わかってきたわ。そうだよな、お前はおっさんぽいけどまだ子どもで、冒険ってそういうふうに捉《とら》えてるんだな」

私がソードを見ると、ソードは軽くうつむき遠い目をしていた。

「――あの子の高飛車な態度、さらにあんな怖がりじゃ、どのパーティに申し込んでもいらねーって断られ続けるだろ。でも、お前はあの子を足手まといなんて考えねーで盛り上げ役っつって反応見て楽しんでんだもんな。そういう余裕って、必要だよな」

「……そんな当たり前のことを、今ようやくわかったのか」

ソードは乾いた笑いをした。

「Ｓランクになるまで、本当にいろいろあったんだよ。助けられるのを当たり前だと思ってる連中が、俺の事情お構いなしに助けを求める。俺が楽しもうと思ったとしても、周りがそれを許さない。俺にはその実力があるんだから、俺が頑張ればいい。……なんだかなぁ、そうやっていつの間にかＳランクになった」

遠い目をしながら語ったが、私は呆れた。なんだその悲劇のヒーロー的考えは。

「お前は周りを気にしすぎだ。……あのなぁソード、人助けとは『助けなければならない』ではなく、つい体が動いて助けるモノだぞ？　考えるな、感じろ！　文句を言われても『やりたかったから』で終わりだ。そうは言っても割り切れないものはあるだろう。気に入らなかったら殺せばいいのだが、お前には出来なそうだから、そのときこそ酒場に行って誰かに話を聞いてもらえ。『こんなひどいことがあったんですよー』ってな」

ソード、爆笑。その後首に腕を回してきた。苦しいんだけど。

「あー、その役割、今度からお前な」

「……別にいいけどな。だがコンビを組んでて発生する愚痴って基本、私のことじゃないか？」

今までも、散々私に不満を抱いているだろうが。

「今更、Sランク冒険者のソード様が、酒場で愚痴なんて吐けないの。何事もなかったかのような体《てい》を装うの。あと、お前の作った酒とツマミに慣れると、酒場のは食べられない」

ソードの発言を聞いて思った。……うん、なんかごめん。ソードがどんどんボッチになっていくの、私のせいもあるのかも。

それに、ソードってちょっと不幸体質かもしれない。試験の時の救出任務で救出した連中に「お前のせいで仲間が死んだ」って意味不明に責められたのに諦念してたのは、言われ慣れすぎてるのかもしれない。他に私が救出した乙女冒険者の一人から町を去るときに聞いた話だと、ソードが酒場で（珍しく）手持ちの酒を振る舞ったら「冒険者を奴隷送りにして買った高い酒を人気取りに使った」とか陰口を言われたらしいし……。

「……そうだな、お前が酒場で飲みたいと思ったときは、その場で飲食出来る屋台を私が開いてやろう。それで、気のいい連中を集めて皆で飲もうか」

それを聞いたソードがうれしそうに笑った。後、髪をくちゃくちゃにしてきた。

六章

次に訪れた町ギーニで見かけたものに、私は仰天した。まばたきし、目を擦《こす》って、もう一度。

「…………えっ⁇」

ソードがけげんな顔をする。

「おい、どーした？」

「……あ、あれ……」

私がぷるぷる震える指を差したその先に。生乳が、あった。

「あぁ、生乳か」

ソードが何の気なしに言ったのにキレて、胸倉をつかんでユッサユッサ揺する。

「お前ぇえええ！　知ってたのになぜ教えないんだぁあああ！」

「ま、待て、ギブ、無理、死んじゃう」

「私がどれだけ生乳を欲していたと思っているんだぁあああ！」

確かにね、豆を加工して代用出来ちゃうし、必須《ひっす》ではないのよ。

でもね、やっぱり生乳があるとね、特にバターとかはね、全然違うの、風味が別モノなの。

「わかった。けど、そう言われたところでどうしようもない。ここの名物、これ以外、ない」

「原材料となる魔物がいるだろ！　それを手に入れる！　今こそSランク冒険者の威光を見せよ！　自称『偉い人』じゃないことを今こそ示せ！」

「ヒドイ」

ここで使わなきゃいつ使うんだよ！　使わなくていいときに使ってんじゃねーよ！

——と、ソードへ説教しているとき、チャラい声が聞こえてきた。

「あれー？　ソードさんじゃないッスか？」

そちらを向くと、見るからに軽薄そうな男が立っている。

「よ。久しぶりじゃねーか」

ソードは男に手を挙げて軽く挨拶する。そして私に紹介してくれた。

「コイツは、ちょっとばかり世話になったことのある商人なんだ」

「ちーッス。お初ッス！　ベンジャミンって名前ッスけど、気軽にベンって呼んでくださいッス！」

……チャラい。こんな商人、アリなのか。見た目も相当チャラいぞ。ピンクがかったブラウンの髪に明るいブラウンの瞳《ひとみ》。服装も、商人というより冒険者や旅人という感じだ。

「お前、いいところで会った。コイツが生乳をほしがってて、たぶん搾り取れる魔物を連れて帰ろうとしてんだけどよ、お前、ギルドとその件を交渉してくれねーか？」

「えー？　いいッスよ」

快諾。……マジかよ、軽っ！

「……任せて大丈夫なのか？」

私としては不安しかないのだが。しかし、ベン君は胸をたたいた。

「任せてくださいッス！　……あ、交渉しやすいようになんかプラス要素あったら助かるッス」

まぁ、そうだろうね。そう思って酒を数本取り出した。ソードがすっごく渋い顔をしてるけど。

「ソードが出し惜しみするほどの酒だ。接待で使ってもよし、そのまま贈呈してもよし」

「おーっ、それは間違いないッスね。んじゃ、いってきまーす」

軽いよ！　不安しかない！

私たちは一応あとをついていった。しかしベン君は、商人ギルド、冒険者ギルドと難なく回り、なにがしかの話をしてあっという間に戻ってきた。

「話、つけたッスよー。殺さなけりゃ数頭つかまえて持ってっていいってことッス」

ベン君、すご腕だった。ごめんよチャラ男って思ってて！


生乳は、チャージカウという魔物から取れるんだそうだ。山奥に棲《す》んでいる臆病《おくびょう》な魔物だそうで下手につつくと攻撃されるが、食欲に忠実で餌となる草をあげると夢中になって食べ、そのとき生乳を放出するらしい。なので、餌で釣って捕まえる方法でいくことにした。

サイレージに似せた飼料を作り、いざ！　出陣！

意気揚々とリョークに乗って出発し、山に入ってチャージカウを探すが見つからない。

……うん知ってた。私、魔物から恐れられる女。

「……ソード～。私、もしかして、チャージカウに嫌われてるかもしれない」

「あー……。あの『魔物には強者がわかる』ってヤツかよ。参った、いきなり頓挫《とんざ》したな。……仕方ないからお前、下山しろ。俺が適当に捕獲しておくから」

やだやだやだい！　自分の手で捕まえたいんだい！

「うぅ～……」

涙目でうなったら、ソードがヨシヨシとなでた。

「しょーがねーだろ。……つーか、さっきからホントに魔物とエンカウントしねーんだよな」

肩を落として戻ろうとしたときふとひらめいて、サイレージを取り出して置いてみた。

すると、ガサガサと音がして魔物が現れた！　色は黒で立派な角、どちらかというと鹿のような雰囲気だ。

「牛には見えないが……お前がチャージカウか？」

話し掛けると、魔物がこちらを向いた。……おぉ！　賢そうだ！

「ヨシヨシ。今、ご飯をやるぞ。私が作った特別製だ！」

「捕獲出来そうか？」

ソードが早速捕まえようとしたので止めた。

「待て、この魔物は話が通じそうだ。ご飯を食べさせて、まずは説得してみよう」

「……話、うん、話ね。存分に話せよ、気が済んだら捕獲するぞ」

ソード、私の交渉術を信じていないな？

チャージカウ、私の餌が気に入った様子で「ブモー（おいしー）！」と叫ぶとガツガツ食べだした。そしてすぐさま生乳を放出したので慌てて器を取り出して汲《く》む。

　私は食べているチャージカウをなでながら声をかけた。

「よーし、うまいかー？　……ソード、気に入ってくれたようだぞ！　食べ終わったらスカウトしてみよう！」

「あーはいはい。お好きにどーぞー」

　なんで投げやり？　気にしないことにしてチャージカウと戯れる。

「……なぁ、お前、私と一緒に来てくれないか？　私の用意した牧場で、暮らしてくれないか？　山が気に入ってるのはわか……来てくれるか⁉　そうか！　来てくれるのか！」

「ブモー！」

「そうかー！」

　むぎゅーっとチャージカウを抱きしめたら、ソードが声をかけてきた。

「おーい、アタマ大丈夫かー？」

　無視だ、無視！　さらにチャージカウに話しかける。

「なぁ、もう少し仲間に来てほしいんだが、心当たりないか？　お前も一人でここを離れるのは寂しいだろう？　仲間と一緒に来るのはどうだ？」

「ブモー！」

　返事をすると、チャージカウはピョンピョン跳ねて消えていった。ソードが慌てている。

「オイ、逃げられたぞ？」

「そんなわけないだろう、事情を説明にいって、仲間を説得してきてくれる手はずだ」

「なんの手はずだよ。あの魔物、ぶもー！　としか鳴いてねーじゃねーか」

失礼な！　ちゃんと意思疎通出来てただろう！

「とりあえず、生乳を真空パックだな。これで多少は日持ちする」

瓶に詰めて魔術で真空にして蓋《ふた》をした。

そのあと待つこと一時間。

「いい加減諦《あきら》めて下山しろ。俺が捕まえといてやるから」

耳を塞《ふさ》いでソードの言葉に聞こえないフリをしていたら、ガサガサと音がして、あのチャージカウが！　仲間を連れて戻ってきた！

「おぉ！　戻ってきたか！　私と来てくれるのか！」

「ブモー」「モォォォー」「ボォォォー」

二頭仲間を連れてきてくれた。

「ヨシヨシ、これからよろしくな。もう少しサイレージ、食べてくか？」

「「ブボモォォ！」」

「そうかそうか、出してやるな？」

イソイソと餌を取り出して与えると、また生乳を放出するので慌てて容器に汲み取る。

そんな私たちを見てソードが放心してつぶやいた。

「……うわー。俺の常識がたった今崩れ去ったぜ。俺ってまだまだ経験が足りなかったって気分」

私はソードを見てニヤリ。

「この程度で驚いている場合じゃないぞ？　私だってまだまだ！　お前と冒険を楽しむぞ！」

ソードが笑って、頭をくちゃくちゃにする。

「そーだったそーだった。俺もまだまだだな。つーかコレ、結構な冒険譚だぜ？　魔物と会話して仲間にするなんて、テイマー《魔物使い》ですら無理だろ。……そんでもってコイツら、恐らくユニーク種だぜ？　色、見てみろよ」

ん？　色？　最初の子が、黒。連れてきた子たちが、白。

「普通じゃないのか？」

「普通は茶色」

確かにその色もアリだな。……と、こちらを向いた黒いチャージカウがしゃべり出した。

「ブモー！」

「ふむふむ？」

「ブモー！」

「なるほど」

「ブモモモモー！」

「そうか、わかった」

会話していたら後頭部をたたかれた。

「真面目な顔してなんのコントだよ」

「コントじゃない、会話してたんだ。――こいつが言うには、黒は生まれついての色で、これだととにかく悪目立ちするんだそうだ。他の魔物に襲われやすいし、人間にも襲われやすい。他のチャージカウと違って餌にありつけなくて飢えていたところ、私がスカウトしてきたので、同じような境遇の仲間を連れてきた、と言ってる」

「……どうしたソード？　この世界には魔物と意思疎通する魔術くらいあるだろう？」

ソードが口を開けて唖然《あぜん》としている。私はソードを不思議そうに見た。

「どんな魔術だよそりゃ!?　あるわけねーだろ!!」

私は首をかしげる。

「……いや、あるだろう？　意思を音声と魔素に乗せて飛ばし、音声と魔素に乗せられた相手の意思を読み取る。さすがは魔術のある世界。何でもアリだよな」

私の話を聞いて、ソードが額を押さえてうめいた。

「…………何でもアリなのは、お前だよ。何だよソレ？」

「ん？　……魔導具にもあるだろ？　ギルドで使ってる通信魔導具。アレと、似た感じだ」

そう言ったらソード、がく然とした。え？　知らなかったの？

「ただこの魔術、相手に同じ、意思を読み取る能力がなくては話にならん。相手の言いたいことがわかっても、こちらの意思が伝わらないからな。会話が出来ないタイプの最たるはスケルトン、グールだ。うーむ、黒太《くろた》は賢いぞー」

黒いチャージカウを黒太と命名した。ナデナデ。

「え？　じゃあ、出来ない俺って」

「黒太よりも賢くないな。言うなら、スケルトン、グールレベルだ」

ガーン！　って顔してソードが立ち尽くした。後、すがってきた。

「ちょっと、俺にもその魔術教えて。それは出来た方がいい気がする、教えて！」

「いいけど……教えると言ってもなぁ。それに、お前もだいたいはわかってるんじゃないのか？」

「は？」

「お前、相手の悪意に敏感じゃないか。相手の言葉に乗せられた悪意のみをお前はいっちいち拾い上げてるように思えるぞ。だから、大したことを言ってない相手にも反応するんだろう？」

不幸体質の上に悪意の意思だけ聴き取れる魔術持ちとはね。

「その悪意の波動を読み取る魔術をもっと鍛えればいいんだ。——でも、それを鍛えていくとお前が壊れそうな気がするんだが、どう思う？」

「……俺もそんな気がしてきた。コワイからやめとく」

「むしろ私のようにシャットアウトする魔術を研究した方がいいぞ。どうせお前は無神経なんだから、ソッチを鍛えていけ」

親切で言ったのにウメボシの刑にされた!!　いたいいたいいたいいたい！

さーてと。無事捕獲したので下山した。チャージカウは食べられそうな草のある草原でリョークと一緒に待機してもらい、私たちはいったんギルドに報告に向かった。

ギーニのギルドマスターに、ユニーク種を連れていくことにしたと伝えたらホッとされた。

なんで？　って首をかしげたら、なんでもユニーク種は攻撃力が通常種より段違いに高いので、現れると刺激を与える前に逃げ出さなくてはならず、扱いを持て余していたそうだ。黒太たちはひもじくてご飯が欲しかっただけなのにな、かわいそうに。でもそれなら遠慮なくいただいていこう！

私とギルドマスターが話し終えたところで、ベン君とソードに手招きされた。

「ベンが、お前の酒を売り出したいってよ」

ふーん。いいんじゃないかな？　ベン君がすご腕なのはわかったので、高値で売ってもらいたい。

私はうなずいて言った。

「では、拠点で話を詰めるか」

「んじゃ、よろしくッス！」

チャラい敬礼されたし。

ベン君とチャージカウを連れ、私たちは一度拠点に戻ることにした。今回の旅で王都まではたどり着かなかったがしかたがない。

その道中、チャージカウにおねだりされてしばし放牧。チャージカウ、ピョンピョン跳びはねる。

うーむ、鹿っぽい――と眺めていたらチャージカウに呼ばれたので、様子を見に行ってみると……。

目が覚めるようなブルーの体、頭がニワトリで尻尾《しっぽ》がヘビの魔物コカトリスが震えていた。

「コ……コケ……」

そんなにおびえなくても。どっかのスライムみたいなやつだな。

『ボク、とっても目立つから隠れて棲んでるんだ』って震えながら訴えるので、「ならば、お前の産んだ卵をくれるんだったら安全な住みかを用意するぞ」と交渉してみたら、了承された。

せっかくだからお友達も誘ってもらった。赤と黄色のこれまた目立つやつらで、いろいろ思うところはあったけどそこは呑み込み、「コカトリスを捕まえたぞ！　これで卵問題は解決だ！」とソードに叫んだら呆《あき》れられた。

チャージカウたちにも頼み、ユニーク種同士、仲良くしてもらおう。

次に放牧したときはコカトリスがスライムを見つけてきた。こいつも意思疎通の出来るスライムで、見た目はレインボーカラーのドローンとした液状ゴムだった。何かを食べたらある日突然、自我が芽生えたらしい。そんなすごいやつ、もちろんスカウトするぞ！

「君、うちに来ないか？　排水溝の掃除をしてほしいのだ。その代わり、安全と食料は保障する」

頼むと快く了承してくれた。ソードがうしろで諦めたようなため息をついた。


捕獲した色とりどりの仲間たちを連れ、拠点に着く。

さっそくソードに牧場を買ってもらい屋敷の敷地を広げた。そこに魔物たちが好む……はずの、マメ科の植物と、イネ科の植物を敷き、さらにトウモロコシっぽい畑も作った。この町一帯って、常春まではいかないけど、季節柄冬に牧草が枯れて食料に困ることとかがないので安心よねー。

牧場は平原なので、山育ちのチャージカウに「平原だけど大丈夫か？」って聞いたら『全然大丈夫だけど、ちょっと落ち着かない』と答えられた。あと、『太りそう』とも。

「ブモー！」

「そっかぁ、そうだよねー」

黒太と話しこんでいると「……お前、何しとんじゃ？」って声をかけられ、振り返るとイースのギルドマスター、確かサンガって名前の人が立っていた。

「見ればわかるだろう、チャージカウたちと話している」

「……なぁ。俺、なんて答えればいいと思う？」

ギルドマスターが振り返ってソードに尋ねた。

「聞いて驚けサンガ。コイツはな、魔術で魔物と会話出来るんだ」

「ハァ⁉　マジかよ！　そんな魔術、テイマー《魔物使い》ですら使えねーぞ！」

「コイツいわく、その魔術が使えねぇ連中は、スケルトンやグール並みなんだとよ」

ガーン！　ってショックを受けるギルドマスター。てか、何しに来たんだろ？

「会話が出来るから『隷属の首輪』をしてないのか。でも、魔物だったらつけないとまずいぞ」

ん？　首輪？　…………あっ、わかった！

「そうだな！　お決まりだったな、忘れてた！」

テンションを上げる私に、ソードがイヤ～ぁな顔を向けてくる。

「うわー、またこいつ、なんかくだらねぇこと思いついたらしいぜ？」

くだらなくない！

「ヨーシヨシ、お前たちにかっこいい首輪をプレゼントするぞー？　私のいた世界では、お前たちに似た生物が必ずつけてたんだ。とってもかわいいぞー？　きっと似合うぞー？」

ソードとギルドマスターが顔を見合わせている。

「ソード、俺はテイム《使役》魔獣用の隷属の首輪をつけろ、っつってるんだけどよ」

「サンガ、諦めろ。それらしい首輪してれば、うるさく言ってくる連中も黙るだろ」

私はおっさんたちの会話を無視して早速製作！　すぐ出来た！　四次元ポケットからアイテムを取り出すかのごとく叫んだ！

「カーウーベールーーーー！」

ソードとギルドマスターに冷めた目で見られたぞ？　元ネタ知らないくせに！

「なぁ、黒太、お前はどの色のベルトが好きなんだ？」

「ブモー」

「そうか、この色か！　センスが良いな、青緑は私も大好きな色だ！」

早速つける。

「おぉー黒太よ！　かっこいいぞ！」

「ブモー！」

黒太も気に入っている様子だ。

「白美《しろみ》と白奈《しろな》（と二頭は命名）はどっちがいいか？　赤と、シアンか！　どっちも良い色だよなー。お前たちの白い肌に似合う色だよなー。……おぉ、かわいいぞ！　お前たち、かわいいぞ！」

ソードは耳の中に指を突っ込んでいるし。ギルドマスターは口を開けて私を見つめるだけだ。

しばらくして、ギルドマスターとソードが事務的に会話を進め始めた。

「……テイマー《魔物使い》登録をしておくか？」

「そうしてくれ」

牧場は、チャージカウたちの希望により、いくつか植林した。ついでにアスレチックまがいの小山も作った。チャージカウ、ピョンピョン跳んでいるんですけど。この子って、牛じゃないよね？　鹿だったのかな⁇　あ、違った、魔物だったか。

コカトリスも一緒に放し飼い。こちらは足にリングをつけてあげたら大喜びしてくれた。

並行して屋敷の改造を大急ぎで行い、スライムに頼んで掃除をしてもらう。

おかげで、今まで手で掃除をしなければならなかった部分の仕事が減ったしより清潔になった。

一段落したところで酒造りチームを集める。ベン君に酒を売り出してもらうことを報告し、酒を大量に仕込んでほしいと依頼した。すると、料理人たちから相談が持ち上がった。

なんでも、自分たちでレストランを開きたい、とのことだった。主人（ソードのことだ、きっとそう）が不在がちだと料理を振る舞う機会がなく腕がなまってしまうので、この際平民向けでもいいので開きたい、とのことだった。

「いいぞ。ならば私が内装を手がけてやろう」

ソードも「いいんじゃねーか？　俺が良さげな土地を買ってやるよ」と太っ腹をみせた。

料理人たちが選定した場所はイースでも一番の繁華街、その最奥。そこに建っていた建物を、私が思う高級レストランをイメージしてリノベーションした。

レンガ造り風の外壁に、柱はイオニア式。窓はアーチ型で床は私がとってもとっても苦労して染色した石を敷き詰めたぞ！　テーブルも、私自らが装飾した逸品だ。

「必ず成功させてみせます」と料理人が頭を下げてきたけど、いや、道楽だから気にしないで。

お次は酒の販売会議。ベン君は試飲した後、腕を組んでチャラい顔をしかめていた。

「失敗したなー。これほどの品質だとは思わなくて、ギーニの町じゃちょっと振る舞いすぎたッス。売値、金貨がつくッスよ。オークションにかけてみます？　いったん反応見てから売った方がいいッスよ」

今度は私が腕を組んだ。

「あまり公にしたくない。生産量が限られてる上、保管が難しいんだ」

「あ、じゃあ、オークションにかけて高値で売り切っちゃった方がいいッス！　保管が難しいとかだと余計そうした方が楽ッスよ」

「じゃあそれでいこうぜ」

ソードが軽く了承し、私もうなずいて言った。

「保管を気にしなくていいなら輸送手段に金をかけよう。どのみち馬車だと揺れて品質が落ちたり割れたりする可能性があるからな。ベン君には私が教えるから乗れるようになってくれ」

「え？　ロックリザードとかッスか？」

岩蜥蜴《いわとかげ》？　が馬の代わりになるの？

「いや違う。簡単に言うと、魔導具だ」

「ええ！　俺、魔術使えないッスよ⁉」

「……？　魔術は使えなくても魔導具は使えるだろう――違うのか？」

うちに住んでいる住人は魔術を使えないが、全員問題なく使えるぞ。

「フツーは、自前の魔力で動かすんだよ。魔素で動く魔導具なんざ、ほとんどねーよ」

ソードが教えてくれた。そうなのか。

「――で、私の作る魔導具に魔力は必要ないが魔石は必要だ。魔石を魔力に変えているのでな」

「あ、それなら大丈夫ッス！　これでも商人なんで魔石は用意出来るッスよ」

そうなのか、良かった。私は立ち上がって言った。

「じゃあ、作るか」

「……今度はなんの魔虫生み出す気だよ？」

ソードが嫌そうな顔をして私に言ってきたぞ。そんな顔をしなくても、普通の輸送車作るよ！

………と、思っていた時期が私にもありました。

「やっぱ魔虫じゃねーか！」

怒鳴るソードから、私はそっと顔をそらした。

「……そこまでは、いかないだろう？」

いろいろ考えたんだよね。やっぱ、こんな危険な世界なら、いつどこで襲われるかわからないし戦車っぽくしといた方がいいじゃん？　そこは前後にランチャーをつけるとして、相手の攻撃をどう防ごうか。

タイヤも、四輪だけだとコワイじゃん？　輸送車なら胴体部分が長くなるから増やさないといけないし。四角くすると、直角に攻撃が当たりやすくて傷つきやすいから、曲線の方が良くね？　とかいろいろ考えてたらね、ふと、別世界で見た宇宙人みたいなかわいいイモムシが思い浮かんだの。それで、作っちゃったの。ちゃんとメカニカルにしたよ？　ツヤッと光ってるけど。乗車席辺りはガラスだし、乗り物っぽいはず。一緒になって作っていたベン君だけが、喜んでくれた。

「すっげー！　大満足の出来ッスよ！　ちょっと試運転したいんスけど！」

ありがとう、ベン君。温かい言葉に励まされるよ。ちょっと悪ノリしたのは認める。うん。

魔虫と間違われると嫌なので「ボクはこう見えてゴーレムだよ！　物を運ぶお手伝いをしてるんだ！」って私の声で吹き込み、拡声器から流れるようにした。

「さーてと！　運転してみよーっと」

ベン君がイキイキと運転席に乗り込み、私も乗り込んで……、

「うにゅ⁉」

ソードまで乗り込んできた！　思わず怒鳴ってしまった。

「お前、なんだよ⁉　興味ないんじゃないのか！」

「興味ないなんて言ってない。どーせあと何台か作るんだろ？　俺もアドバイスしてやるから、ホラ、詰めろ」

なんだよ、魔虫とか言ったくせに！　虫っつーか蟲《むし》だけどな！

ベン君が私に聞いてきた。

「ちなみに、コレ、なんて名前つけます？」

「ベン君がつけてくれてかまわないぞ」

ベン君が使うものだしと思ってお任せした。

「んじゃ、シャールって名前、つけていいッスか？」

ベン君、センスが意外と良かった。


運転席はパネルと計測器と映像で埋め尽くされている。基本オートなのでいじらなくていいが、細かな設定も可能にした。ソード、見てびっくり、そして急激にソワソワしだした。気になるんだろうね。ベン君は逆にげんなりした模様。

「スゴいッスねー！　これ全部の操作を覚えなきゃいけないんスか？」

「いや？　完全オートだし、音声操作も可能だ。わかってきたらいじりたくなるだろうが、今のところは無視しておけ。それよりも運転技術をマスターしてもらうぞ」

露骨にホッとしている。

「んじゃ、運転しまーす」

ゆっくりとアクセルを踏むと静かに発進。

「揺れが全然ないッスね！」

「まぁな、酒瓶を揺らさないよう衝撃を吸収する造りになっている。基本はキャタピラだが、あまりにもデコボコ道だと多脚で歩くぞ」

「なんつーか……快適だな」

「お、わかるか？」

ソードがこだわりの仕様に気付いてくれたので、うれしくなってつい調子に乗ってしまう。

「自動温度調節の冷暖房完備なのだ！　他にも〝マイナスイオン〟を放出させている。森にいると町より空気が綺麗《きれい》だろう？　アレだ。さらに、〝加湿〟。適度に蒸気を放出しているんだぞ！」

べらべらしゃべる私に、ソード、啞然《あぜん》。

「スゴいッスねー！　俺、今言った言葉の半分もわかんないんスけど」

とは、ベン君。私は構わず続けた。

「長旅でずっと運転しているなんてつらいだろう？　居眠り運転も怖いしな。出来るだけ快適に、でも寝てしまわないようにちょっとだけ低めの気温の空間を作るようにしている」

自動ブレーキシステムは搭載しているけど、なるべく事故をおこしてほしくない。

ベン君がゆっくり走行していると、町の人々が手を振ってくる。私たちにではなく、なぜかシャールの頭上にだ。

「これを押すと撮影魔導具《カメラ》が作動する。サイドとバックはこのパネルで映像が確認出来るが、広範囲や頭上はこれだ。どの方向からも見えるようになる。まぁ、口頭で『シャール、頭上を映して』と伝えてもやってくれるがな」

下部にあるモニターと、タッチパネルを示した。

「へー……っと！　ソードさん！　なんでソードさんが押すんスか⁉」

ベン君が憤った。いじったソードがそっぽを向く。

「作動させるくらい、いいだろ別に」

ソードってば、やりたかったんだ。きっとそうだ、絶対そうだ。思わずニヨッとしてしまったら、ほっぺを横に引っ張られた。

「いひゃい！」

「いじったっていいだろ！」

何も言ってないよ！　――と、触手型全方位可動カメラがイモムシの口からニョーッと上に伸び上部を映し出して、町の人々がシャールの頭上に手を振っている理由が判明した。

「リョーク！」

が、シャールの上に乗って、町ゆく人に手を振ってるよ！

「ありゃ〜、もうバレちゃいましたか〜」

リョーク、テヘペロしてるし！　なんって、かわいいんだ！　お前、かわいすぎるぞ！　これは屋敷のリョークか！　もう普通にしゃべるようになってるし！　くそうくそう、なんで私がお供にしている子はこういったことが言えないんだー！　すっごくかわいがってＡＩ育ててるのにぃ！

「ハァ、あのゴーレムもスゴいッスよねー。でも、俺はこれに乗れるだけで満足ッス！　もうちょっと飛ばしますよー！」

ベン君は独りごちるとアクセルを踏み込んだ。ぎゅーん、と速くなる。

ソード、気のない素振りをしているけど、ソワソワしているよ。たぶん運転したいんだね。ベン君、そうとう楽しんでるもんな。車の運転が好きなタイプらしいぞ。

平原まで出て、縦列駐車ほか、クランク、Ｓ字カーブ、もやってもらう。ベン君が難なくこなしたので私は褒めたたえた。

「ベン君、なかなか運転がうまいじゃないか！」

「いやー、それほどでも、あるッスかね～？」

謙遜《けんそん》しないベン君。さすがソードの知人だけあるね、ちょっと変人。

「よし、じゃ、リョークもいるので、迎撃モードを試そうか。説明すると、盗賊やモンスターに襲われた場合、リミッターが解除され、速度制限解除、魔術砲使用許可、魔素障壁展開が発動する。ただ、応戦するなら一人だと厳しいかもな」

オートで照準は合うし、スイッチポンで銃撃するけど、大勢に攻撃されたときに一人だとキツいかもね。ＡＩが育ってくれればオートで銃撃してくれると思うけど。

「それなら心配いらないッス。昔の冒険者仲間がいつも商売の護衛してくれてるんスよー。連絡したんでもうすぐ着くッス」

ならひと安心。迎撃モードを試そう。ついてきたリョークに命令して攻撃してもらう。ベン君に、頭上にある天窓のハッチをずらせばガトリング銃が自動で出るので、護衛が一緒に乗るのならそれで迎撃してもらえと説明していたら、いきなりソードが立ち上がりハッチをずらした。

「おっ！　結構良い眺めだな。……おーい！」

リョークに手を振って声かけ出したし。しかも、リョークに攻撃されてるし。

「おわっ！　テメ、やりやがったな！」

ソード、すかさずガトリング銃でリョークに連射、それを急転換して回避するリョーク。

「ソードさん、ノリノリッスね」

「銃の操作だけじゃなく、運転もしたいと思ってるぞ。絶対にベン君を羨《うらや》ましがってるな」

ってベン君と私がヒソヒソ話してたら蹴《け》られた。理不尽な！

――しばらくして満足したのかソードがハッチを閉じて戻ってきたので、感想を聞いた。

「ガトリング銃の使用感はどうだ？」

「いいんじゃねーか？　アーチャーや魔術師が使う方がいいんだろうが、大ざっぱに向けるだけでも勝手に照準合うし、下手すると素人でも使えるな」

「まぁ、私のリョークくらいになると避けるけどな。通常なら当たるだろう」

「いやー、充分すごいッスよ！　これは旅が楽しくなりそうッスね！」

ベン君がウキウキした声で言ったので、私は心残りをつぶやいた。

「あとは音楽を流せれば完璧《かんぺき》だが……」

「「は？」」

二人に否定的な疑問形で相づちを打たれたが、ドライブに音楽はつきものだろ。ＢＧＭほしい。

するとソードがニヤニヤしながら言ってきた。

「ならお前が歌えよ」

「アカペラでか？　いいけどな……」

ソードが、冗談で言ったのに、という表情で驚いている。

「お前、音楽の素養もあるのか？」

「この世界では習ったことがない。だが、弦楽器は弾けるぞ？　ただし、六弦のものだ」

クラシックギターを習っていたことがある。歌うのも好きだ。

別世界の曲を歌ってみた。……二人が呆《ほう》けてるのは、何語だかわからないからだよな？

歌い終わったら、ソードがつぶやいた。

「……聞いたことのねーリズムだな」

歌詞のはるか手前で既にもう違和感があったのか。

「……あの。お貴族サマって、こんな感じで歌ってるんすか？」

ベン君には真顔で聞かれた。

「元貴族だ。あと、貴族だったがマナーと教養以外は習ってない。これは、我流だ」

「我流……」

なんで二人とも自失してるのよ⁉　ぶっすー！　と膨れたら、ソードが慌ててヨシヨシしてきた。

「いや、俺は好きだぜ？　言葉はわかんなかったけどよ」

「インドラ様、歌詞がわかるようなのって歌えるんスか？」

……ベン君、こっちの曲を知らないのだよ私は。しばし黙考し、即興で歌を作った。

「しょ、くーん！　わったしはインドラ、世界一かわいい美、幼女ー」

座りながらも踊って歌った。爆笑された。

——後日、メイドから歌をねだられ、ミニライブをやらされ、情報発信源を追いかけ回した。

「ソードーーーーー‼」

「いや、かわいかったんだよ。メイドに自慢したら怒られてさぁ」

ワケのわからない弁解をしながら楽しそうに逃げ回ってやがる。

さらにその後。六弦のリュートがプレゼントされた。そして演奏会を開かされた。そんな大層な腕前ではないので披露したくないんだけど……。

しかたないので有名な課題曲を弾いたよ。そしたら皆に感動したと泣かれた。やめてくれ。

ソードがよけいなことを言ったばかりにこんな目にぃ！

そのソード、ベン君と連れ立って頻繁にシャールを走らせに行く。

いやベン君はいいんだよ？　運転がうまくなってもらわないといけないし。

でもソードにはリョークがいるじゃん！

「この、浮気者！」

ソードに言ったら目をパチクリした後、非常に気まずそうな顔をしてソワソワしだした。

「別に、リョークに不満があるワケじゃないし、一緒に乗せて走ってるぜ？　……でも、アレはアレだ。リョークとは別物。……つーかお前、男心をくすぐるゴーレム作りすぎ。あんなんほしくなるに決まってるじゃんかよ！」

ほしいのか。私はため息をついた。

「予備にもう一台は作る予定だが、それも輸送用だから、お前に渡す気はない」

って言ったら、ガーン！　て絵にかいたような顔をする。

「……もっと小型の、輸送タイプでないものなら作ってやる。私たちにはリョークがいて、輸送には困らないからな」

私が折れたら、ソードがうれしそうに私の頭をくちゃくちゃにした。……私も甘いよなぁ。

それならばキャンピングカーにしよう。そっちの方が便利だし。

作っていたらいろいろ思いついて、追加機能、さらにオマケまで作ってしまった……。

「ソード、出来たぞ」

出来上がった白いシャールを見せて説明したら大喜びだった。

「わー……俺、うれしいことはうれしいんだけどよ、コレ、王国騎士団にバレたらえらいことになるなーって、今さら思い至ったわ」

「残念ながらそこまでの心配はない。これはお前専用の玩具《おもちゃ》だ。大した機能はついてないし、スピードに関しても私やお前が本気で走った方が速いぞ？」

「……あのな？　俺やお前のスピードは、通常あり得ないの。人は、シャールよりも速く走れないのが当たり前なの」

って、両肩に手を置かれて、諭されるように言われた。

では、さっそく試運転だ。ベン君も興味あるみたいでついてきた。

私は同乗せずにベン君と一緒に見学。横で見ていたりうるさく言ったりしたら気が散ると思って。

ナビゲーションで【おしゃべりシャール君】をつけたから、機能の説明は大丈夫のはずだ。

ソード、さすが【オールラウンダーズ】を名乗るだけあって、簡単に乗りこなした。

「アッチの方がスピード出るッスね」

「ベン君のシャールは輸送用だから、あんまりスピードを出すと中の貨物が揺れる。あと、遠方に出かけたときに巨大な虫が恐ろしいスピードで走ってたら、騒動になるだろう？　あれはソード専用の玩具だ。ここら辺で遊ぶ用だから、好きにいじった」

「なるほどッスね」

ある程度走ったら、ジャンプ。ベン君が驚いた。

「おわっ⁉」

やっぱり、しゃべる車にはジャンプ機能がないとね！

「い、今、跳ねませんでした⁉」

「だから、ソード専用の玩具なんだ。輸送の概念はない。跳ぶし、飛ぶ」

「は？」

何度か跳んだ後、滞空時間が長かったのか、羽が出た。ベン君、さらに驚いた。

「おわぁっ‼」

ブーン、とそのまま飛ぶ。次第にスピードが落ちてゆっくりとした飛行になった。

ベン君、呆気《あっけ》にとられて口を開けっぱなし。

「上に行き過ぎるなよー。目立つからなー」

拡声魔術でソードに伝えた。しばらく飛んで、満足したのか地面に降りてきた。

で、私たちの前まで来て、ストップ。シャールから降りてきたソードに感想を聞いた。

「どうだ？」

「なかなかいいんじゃねーか？」

気のなさそうに返事したけど、顔がニヤけてますよ。

私はソードの喜ぶ顔を見て思い出し、手をポン、とたたく。

「おぉ、そうだ。こちらの言葉では『二輪駆動ゴーレム』という表現の乗り物も作ったんだった。乗ってみるか？　そうだな……名は【ブロンコ】とでもしておくか。『跳ね馬』という意味だ」

聞いた瞬間ソードの目が輝き、ベン君が呆《あき》れた。

「ちょーっと、インドラ様。ソードさんを甘やかし過ぎじゃないッスか？　古代ゴーレムよかスゲーのを作ってあげて、玩具としてホイホイ与えるなんて……。そもそも、ソードさんにいらないっしょ？　ゴーレム使うよか自分で走った方が速いっしょ？」

ソードも自覚があるのか、反論せずにそっと顔をそらしているし。

「まぁまぁ。ソードにはいろいろ世話になってるし、ものづくりは好きなのだ。ねだられたワケじゃなく、私が勝手に作って贈ったものだから、そう苦言を呈してくれるな」

ベン君、ハァ、とため息をつく。

「……なんか、インドラ様って大人ッスねー。男ってこう、ガキっぽさがいくつになっても抜けないもんスけど、インドラ様は違うっつーか」

それは、女だからだな。

「じゃーん！」

もったいつけつつ、ブロンコをリョークから降ろしてお披露目をすると、二人がすごい叫びを上げた。

「「ウォーーーーー‼」」

機体は、フルカウルのツアラータイプで、かなり近未来風。ソードのパーソナルカラーのピアノホワイトをベースに、黒とライトグリーンをアクセントに着色した。

「すっげー！　すンげーかっこいいッス！　なんスかコレ⁉　ありえねーッス‼」

「お前、こんなデザインのも作れたのかよ⁉」

ベン君はともかく、ソードの感想が失礼だぞ？

「むしろお前たちがこれをかっこいいと思うのに驚いたぞ。このセンスはわからないと思ってた」

「「ゴーレムを虫にする人間に言われたくない」ッス」

ハモられたし。

気を取り直して操作説明を軽くした。基本はバイクと一緒だ。

「起動は生体認証だ。ハンドルに触れてみろ」

いそいそとソードがまたがってハンドルを握ると、スイッチオン！

「うぉっ！　光ったッス！」

あちこち点灯した。ベン君だけでなく、ソードも驚いてくれる。

「うわ、コレ、すげーな。テンション上がるわ」

ソード、早速走り出した。……さすが。初心者のくせにもう乗りこなしてるよ。

そしてちょっと羨ましい。乗りたいのだが、幼女の私は足が届かないのだ！

「いいなーいいなー。ソードさんばっかり甘やかして～」

ベン君が超羨ましそうだ。

「……ベン君にも作ってやってもかまわないが、あれの騎乗は相当危険だぞ？　ソードなら転倒しても死なないだろうが、普通の人間は間違いなくケガをし、下手をすると死ぬ」

「いや～、そんなん恐れて魔馬には乗れませんって！　つーか、魔馬よりも凶暴じゃない分、放り出される危険性が少なくないスか？」

そうなのか……？　知らないが。

「それならば、作ってやる」

「やったーーー！」

小躍りするベン君。遠景では、完全に乗りこなしているソードがギュンギュン走り回り、スラロームをヒョイヒョイとＳ字で走って、たまにジャンプして飛び越えているのが見える。

……まさか、シャール作ってあげたのは無駄になったんじゃ……？　いやいやまさかね。

それからしばらく経ち、ベン君を訪ねて冒険者がやってきた。くだんの冒険者仲間だな。

「オィーッス。インドラ様紹介します。俺が冒険者だったときのパーティ【明《あ》け方《がた》の薄灯《はくとう》】ッス」

……薄幸そう。限りなく存在感が薄いってことですかね？　実際印象の薄い男女二組だった。

「あっ、インドラ様、失礼なこと考えてるっしょ！　こう見えてＢランク冒険者なんスからね！」

それを聞いて目を瞠《みは》った。

なぜなら、Ａランク冒険者は現在いないらしい。

Ａランクだったソードは Ｓランクになってしまい、他のＡランクパーティは一組いたが先の王都攻防戦以来、消息不明になってしまったそうだ。

つまり、ＢランクはＳランクを除く最高ランクのパーティとなる。

女性はどちらもショートロッドを持っているが、さらに弓も背負っている。男は、短槍《たんそう》と短刀、棍棒《こんぼう》と弓だ。

「護衛が主だから、遠距離攻撃メインのパーティなの」

私の視線に気付いた女性が言った。

「【明け方の薄灯】のリーダーを務めてる、シャインよ。【迅雷白牙】のパートナーの方に会えて、光栄だわ」

リーダーの女性に手を差し出された。

「ソードのパートナーの、インドラだ。ベン君に委託して酒を販売してもらうことになった。護衛、よろしく頼む」

手を握ると、さすが弓使い、結構な握力だった。私自身には圧がかかっている……のかなもしかして？　という感覚しかないのだが。

「……おーい。何やってんだよ？」

ソードが現れた途端にパッと手を離された。

「ん？　どうかしたか？」

「い、いえ、どうもしませんよ？」

慌てたようにリーダーの女性がニッコリ笑うので、ニッコリ返した。

「なかなかの握力だな。弓使いなら当然か。鍛錬している証拠だな」

さすがにBランクともなると、鍛え方が違うのだろう。仲間の男がリーダーと私とを見比べると、ニヤリと笑った。

「俺も挨拶《あいさつ》いいっすか？　メンバーのトランっす！」

あ、ここにもチャラ男が。握手したら、全然手を離してくれない。

「もういいか？」

ガクリ、としたように手を離される。なんだろ？　私が美幼女だから、握手会？　みたいな？

次々に握手を求められた。モテてるのか？　モテ期か？

ソードを振り返って見たら、目を細めてて、かつ呆れ顔だ。ソードに聞いてみた。

「私は、ひょっとして、モテてるのか？　美幼女だから握手を求められたのか？」

途端にベン君が噴いた。ブハ！　って！

「いや〜、さすがインドラ様ッス！　ホント、そのマイペースな冷静沈着さに頭が下がるッス！」

「なら下げろ」

頭をつかんで下げさせた。

「イテテ、ギブ、ギブッス！」

手を離すと、ソードがナデナデしてきた。

「うん、お前ってうぬぼれが強いよなー。モテてないから安心しろなー。あと、確かに、顔立ちは悪くないが、美幼女だなんて誰にも思われてないぞー？」

なんだとぅ⁉

「そんなことはないっ！　メイドや使用人からいつも言われてるっ！」

「あぁ、アイツらな……。アレは別枠。お前が何しても崇拝してるから」

ソードが冒険者たちに目を向ける。

「で？　握力自慢のお前ら、俺のパートナーはどうだった？　俺の相棒、お前らの手を握《にぎ》り潰《つぶ》さないように極力優しーくニギニギしてあげたんだけどよ？　モテてる、って勘違いしながらな」

「言葉がとげとげしいぞ！　私くらいの美幼女だとな、握手会なるものが開催されてもおかしくないのだ！　皆が私と握手したいと群がっても何ら不思議じゃないんだぞ！」

ギャーギャー言って怒るが、ソードは聞いていない。

「お前ら良かったなー。俺の相棒が残念なやつで。なんか突っかかられても全部モテてるって勘違いする痛いやつでよ。じゃねーと、特級回復薬飲む羽目になってたぜ？」

残念てなんだ、残念って！　私は残念美幼女じゃない！

ベン君がソードをなだめた。

「まぁまぁ、コイツらお決まりの挨拶ッスから、そう怒らないでくださいって」

「握手会が挨拶なのか。いや、握手は普通だぞ？　私は確かに潔癖症だが、相手の手が不潔だからといって、手袋をして握手するほど失礼じゃない」

私が言うと、すかさずソードがツッコんできた。

「うん、今の発言の方が失礼極まりないな」

冒険者たち、一斉に自分の手を見つめたよ――その後、私に謝ってきた。小柄で非力そうとバカにしてきたやつに毎回『挨拶』と称して握力比べを挑んでいるのだとか。

「バカにしてはいないぞ？　パーティ名のごとく存在感の薄そうな連中だと思っただけだ」

「うーわ、もっとひどいこと思われてた」

全員が一斉に肩を落としたので、ソードがなぐさめた。

「いいじゃねーか、コイツ、誰に対しても目の前で『痛々しい』とか抜かすやつだからな。その程度ならまだ評価されてる方だぜ？」

「ソードの二つ名は、脳が言語理解を拒否したレベルだしな。痛々しすぎて涙が出そうになった」

付け加えた途端にソードにアイアンクローされた！

「このまま圧かけて忘れさせてやる」

「大丈夫だ！　もう忘れた！」

うー、ヒリヒリするー。

「確かに【オールラウンダーズ】っていいパーティ名ッスね。二人とも名前の通りだし」

とベン君が言ってくれた。

「え……この子も？　実際は荷物持ち、ってワケじゃなくて？」とはリーダー。

「インドラ様はすごいッス！　魔術も使えて魔導具も作れるッスよ！　剣の鍛錬も見たことあるけどすっごいカッチョイイッス！」

ベン君、かっちょいいってなんだ。強くなさそう。

「その木剣で、大岩切れるやつだからよ」

ソードが〝木刀〟を指さして言った。冒険者さんたち、絶句。

「その！　インドラ様が作って俺に貸してくれた！　輸送ゴーレムをお披露目するッス‼」

ベン君、テンション高い。自慢したいのね、そうなのね。皆で駐ゴーレム場に移動する。

「「「ギャーーー‼」」」

シャールを見たとたんに冒険者たちに叫ばれたんだけど。

「ま、ま、魔虫じゃねーか！」

とどめに言われた。——違うもん。

「……そうなんスよねぇ、インドラ様って天才だしカッチョイイもの作ろうと思えば作れるのに、なーんか虫にこだわるんスよねぇ。でも、性能はすごいッスよ！」

ベン君がピッ！　とセンサーを押すとウィーン、とドアが開いた。

口が開くようなキャノピードアだよ！

「えっ？　い、今の何？」

「すごいっしょ？　自動で動くんスよ？　ホラ、乗った乗った！」

ベン君が手招きする。

「めちゃくちゃ魔虫の口から食われる感満載なんだけど……」

ヒドイ。でも、中を見てびっくりしたらしい。

「うわ！　中、すごくない⁉　これ全部魔導具なの？」

「え、ベン、お前、コレ、扱えるのか⁉」

「うーん、半分くらい？　基本いじらなくていいんで。あ、でも、ソードさんがいろいろいじって遊んだんで、それは覚えたッスよ？　あとは話しかけりゃやってくれるッス！」

冒険者たちは、もの珍しそうに見回しながら座席に座り、目を丸くした。

「うっわー！　見た目に反して乗り心地サイコーじゃん！」

「ナニコレ、椅子がフワフワフワしてるっすよ？」

「やだ、寝そう……」

冒険者たちの感想を聞いて、ベン君が得意げに言った。

「もう運転はバッチリッスよ！　んじゃ、ちょっくらコイツら乗せて走ってくるんで！」

それからしばらくして戻ってきたと思ったら、私は冒険者たちに土下座された。

「「「インドラ様、どうか、私たちにも、レンタル登録の許可を！　お願いします！」」」

「おい、随分な手のひらの返しようだな？　お前ら、インドラナメてなかったか？」

ハテ？　ソードが言ったことに首をかしげた。……あっ、また悪意の意思を汲《く》み取っていたな！

「無礼の程は、平に！　平に！　謝罪いたします！」

冒険者たちが謝っているが、私は首を横に振った。

「私は別に無礼を働かれた覚えも手のひらを返された覚えもない。……ソード！　私はもうお前に会話を聞いてもらいたくなくなってきたぞ？　いっちいち人の悪意を汲み取るな！」

叱ったらソードが首をすくめた。

「……わかったって。お前が残念にも『自分が美幼女だから鼻の下を伸ばして握手を求められた』って思ってるんなら、そう思っとくよ」

「うぅ～……」

残念じゃないもん！　実際その通りだもん！　メイドたちに聞いたら、そう言ってたもん！

「わかった、その通りだ。お前とメイドの言う通り。だから半べそかくな」

ソードに向けてうなったらナデナデされた。

「……ったく、メイドたちにも困ったもんだよな。お前を甘やかすから、うぬぼれと勘違いが爆走してお前の残念っぷりに磨きがかかってるんだぞ」

「なんか言ったか？」

「別に」

ひどいことを言われた気がするが、ソードはそっぽを向いてとぼけた。

思案した結果、ベン君一人で運転するのも疲れるだろうからと、冒険者たちには時間制限で運転を許可することにした。それで酒の販売の方は一段落。

レストランは相談の結果、平民の富豪相手に開くことになった。

イースの町は貴族の領地ではなく王家の直轄地……といえば聞こえはいいが、役人がゆるーく税を徴収している半ば放置された土地なので、貴族相手に集客は見込めない。

しかし、料理人の腕はそこらの飯屋とレベルが違うので、間をとって平民の富豪を客に選んだ。

ベン君が協力してくれて、会員を募り招待状を出してくれるという。当面は会員制にして少人数の予約制。

それでスタートしたので客はあまり来ないだろうと思ったが、結構好評らしい。

ベン君はそれを見届けてから出発した。チャラいけど商売人としての腕は随一だね。

七章

拠点を構えたイースという町は、農業も盛んで岩塩も採れるし、町の住民もいい人ばかり。文句のつけどころがないのだが、唯一の欠点として、冒険者の質が良くないというところがあるそうな。近場は弱い敵ばかりなので新人冒険者が始まりの町として訪れるが、新米冒険者を叱ったりアドバイスしたりして面倒を見る先輩冒険者が居つかないので育たない。森の中の魔物は強すぎてなかなか討伐されず依頼達成率は最悪。魔物の討伐はもちろんのこと、清掃や警備を冒険者にお願いしても、まともに出来たやつは皆無で、その上屋敷は盗賊まがいの冒険者に何度も襲われているらしい。

……そのわりに私がいるときには襲われないけど。

ソードは滞っている依頼を消化するためにギルドに通っている。私も一緒についていっているんだけど、

「お前がついてくると、魔物とエンカウントしなくなるからここまでにしといて」

とソードにギルドでお断りされるのだ。ムッスー！　としていると、受付嬢に頼まれた。

「じゃあ、インドラ君。彼らを見てもらえないかしら？　冒険者になりたての子たちなの」

男女混合四人組の、いかにも冒険者になりたて！　というキラキラな目をしたパーティだ。

「お前、インドラっていうのか。おれはラキ！　【雷《かみなり》と剣《けん》】のリーダーだ！　よろしくな！」

元気よく手を差し出された。引き受けるとは言っていないのだが……まぁいい。ソードに置いていかれてつまんないし。手を握り返した。

「インドラだ。よろしくたのむ」

＊

俺が依頼を片づけて戻ってきたら、インドラと子どもたちがワイワイ話しているのが遠くに見えた。……アイツ、意外と子どもウケがいいんだよな。いや、両極端だったか。嫌われるか好かれるかってな。

「あぁ、インドラ君に新人冒険者の指導をしてもらってるんです。同い年なので、もう仲良くなったようですね」

とげがある言い方をしてきたのは、以前俺に短剣を投げつけた受付嬢だ。

受付嬢を見た後、インドラをもう一度見る。——なんか、楽しそうね。

「インドラ君も、年が近い子たちと仲良くした方がいいんじゃないでしょうか？」

受付嬢が俺にとどめをさしてきた。

——手放さない。そう思ったし、今でもそう思ってる。ただ、いつも揺らいでる。

俺みたく孤独になるなよと思っていたが、アイツはあんな性格なのに意外と年が近いやつとうまくやれる——むしろ一切取り繕わない性格だからこそ、うまくいくんだろう。

あてがう必要なんてなくて、放っておいても自然と仲間が出来て、そいつらとパーティを組む日が、いつかくるのかもしれない。

＊

依頼から戻ってきたソードがこちらを見てたので、ラキたちに挨拶《あいさつ》して別れようとしたら、ソードにプィーッとされた。

なんだ？　首をかしげたら、ラキたちも気付いた。

「【迅雷白牙】だ！」

あ、やっぱり知っているんだ。そしてその名前で呼ぶんだ。

「俺たちはあの人に憧《あこが》れて冒険者になったんだぜ！」

崇拝しているのが伝わるほど熱心に語られる。そしてその人物像がすさまじく美化されている。

【迅雷白牙】は、Sランク冒険者の最年少ながらトップで、他のSランク冒険者と違い弟子を取って拠点に居続けることはなく、旅をしながら達成困難な依頼をクールにこなし、決して群れない。周りに騒がれても冷然と対応し、悪口や嫌がらせも無視し、常に一人で超然としている……らしい。

ものは言いようにも程がある。

熱心に語られているうちに、ソードはプィーッとしたまま出て行ってしまった。……なんだろね、アレ。

翌日。昨日からなんだかツンケンして機嫌の悪いソードのあとを、気にせずついていった。

「いいから、お前は新米冒険者の相手でもしてろ」

こちらを見ずにシッシッと手を振る。

「いーーやーーだーーー」

私が言うと、ソードはジロッと横目でにらんだ後、ため息をついた。

私とソードが同時に口を開きかけたとき。

「よぉ、ソード！　ご活躍じゃねーか！」

おっさんが割り込んできたぞ。ソードはその声に驚いたようにそちらを見て、破顔した。

「ゲムラウ！　久しぶりだな！」

ソードとそのおっさんがバシバシと肩をたたき合う。

え？　誰？　私がキョトンとしていると、ソードが私を見て、もう一度言った。

「お前は、新米冒険者の相手をしてろ」

「やだ！」

即答したらほっぺたを引っ張られた。なんでだよ⁉

「俺は、コイツと行くところがあるの！」

やだやだい！　私も行きたい！　冒険したいやい！　とだだをこねたけど二人で行ってしまった。

おっさんが、去り際にこっちを見てニヤリ、と気持ちの悪い笑顔を向けてきた。そう……まるで「オホホホホごらんなさい！　彼が選んだのは私なのよっ！」と言わんばかりの顔だったぞ。

＊

ゲムラウは、俺の拳闘《けんとう》術の師匠で、一時期俺とパーティを組んでいた。俺がまだ冒険者になり立ての頃だ。いろいろ教わり、そして「俺から教えることはもうない。あとは、年の近い仲間を見つけて経験を積め」と言われて俺はうなずき、脱退した。そして……現在に至る。

最初に俺がインドラと別れようとしたのは、それもあったんだ。ベテランが新米に教えられることには限りがあって、あとは仲間と経験を積んでいけってゲムラウから教わった。

俺は、酒場でゲムラウと近況を話し合った。

ゲムラウは、現在いくつかのパーティのまとめ役……クランのリーダーをしているそうだ。

「さすがだな。他に俺が知ってるクランなんて【剛力《ごうりき》無双《むそう》】のトコだけだぜ？」

「ははは。あんなSランクがやってる大所帯と一緒にするなよ」

ゲムラウは陽気に笑って手を振る。

「ソード、聞いたところによるとパーティを組んだんだって？　どういう風の吹き回しだ？」

ゲムラウに聞かれて、俺は戸惑ってしまった。

……別に、一人にこだわってたワケじゃない。ただ、誰ともうまくいかなかっただけだ。

「……そんなんじゃねーよ。合うやつがなかなか見つからなかった、ってだけだ。それに……」

……インドラは、俺じゃなくてもうまくやっていけるやつだ。相変わらず常識に欠けているが、それでも冒険者としての経験はそれなりに積んで、ほかの連中とも組める程度にはなっている。

……俺は、どうすればいいんだ？　インドラと別れてインドラに年の近い連中と組ませた方がいいのか？　考え込む俺を見て、ゲムラウが俺の肩をたたいた。

「ソード、お前さえ良かったら、俺のクランに入らないか？　お前、ずいぶん稼いだんだろう？それなら後輩育成に手を貸してくれ」

俺はゲムラウを見た。……そうか。そういう未来もあるのか。

「……考えさせてくれ」

問題は、だ。下手なことを言うとインドラが禁呪の大魔術で世界を滅ぼしかねない、ってことだな。今度は率直に気持ちを伝えねーと。

ゲムラウは、この町のクランの拠点として俺の屋敷を使わせてくれないかと打診してきたが、さすがにそれは断った。酒造所だもんな、あそこ。

「場所は他でもいいだろ？　育成用の拠点なら、鍛錬も兼ねて山の中とかどうだ？　立派な屋敷は無理だけどよ」

提案したら、ゲムラウに苦笑された。

「山の中の拠点はもうあるんだよ。町にも作りたいって思ってお前に頼んだんだけどな」

「そうか。……それも含めて考えさせてくれ。あの場所は、違うことに使っていてクランの拠点には無理なんだ。俺だけの権限じゃどうにもならなくってよ」

買ったのは俺だけど、中身はインドラの信者どもだからな。インドラの世話と酒造りが主な仕事で、俺はついで、って感じだもんな。いや俺、世話されたいわけじゃねーけどさ。

　ゲムラウがけげんな顔をした。

「お前の屋敷だって聞いたけど違うのか？」

「事情が複雑でな……。あそこに住んでる連中があの屋敷の管理をしてて、俺は、間借りみてーなモンなんだ。連中のやることに俺は口出し出来ない。そういう取り引きなんだ」

　酒造りは何をおいても優先事項だからな。

「ふーん……」

　俺は、うなったゲムラウから感じ取ったものを素早く振り払った。……インドラにも言われているだろうが。俺はすぐ、わずかな悪意でも拾っちまう。

　俺は気を取り直し、ゲムラウにクランの話を聞くことにした。

*

　あの、独占欲の強い女子みたいなおっさんと別れてからのソードは、様子がおかしかった。

　椅子に腰掛け、手に持った何かを見つめてうわの空で考え込んでいる。

「大丈夫か？　ソード」

　背中を軽くたたいただけなのに跳び上がって驚かれたので、私も跳び上がって驚いてしまった。

「うわっ！　脅かすなよ！」

それはこっちのセリフだ。

「先ほどの、嫉妬深《しっとぶか》い女子のようなおっさんに何か言われたのか？」

私が聞いたら、ギクリとした顔で必死に首を横に振るソード。なんだその態度は。怪しすぎるぞ。

首をかしげてじーっと凝視していたら、ソードがボソボソ話し始めた。

「……さっきのやつは、俺の拳闘術の師匠なんだ。【クラン】っつって、目的や思想の近い冒険者たちが集まって出来た大人数のチームなんだけどよ、そのリーダーをやってるんだと」

「それがどうした」

関係なくね？　って思って、さらにじーっと見つめると、ソードがまたボソボソしゃべり出す。

「……俺に、後輩育成を手伝ってくれないか、って声をかけてきたんだ」

なるほど。

「つまりソード、お前はそのクランに入りたいんだな？」

聞いたら、ソードが慌てて首を横に振った。

「いや、そうじゃないんだ。ただ……」

フェードアウトしてまた考え込むソード。なんだその煮え切らない態度は。

「……考えが、まとまったら話す」

ソードは、うつむいたまま答えた。

――まったく、なんでそうウジウジと考えるのだコヤツは。ソードの頭をぺちぺちたたいた。

「お前は、すぐ悩んですぐ考え込む。しかも、ものすごーく取るに足らないことでだ。悩むのをやめろ。お前が考えて出した結論は、ろくな結果を生まないぞ。そのクランとやらに入って後輩育成に回りたいと本気で思っているのなら止めないが、僭越《せんえつ》ながらも助言してやるとだ、間違いなくお前には向いてないぞ。どうせ後輩の悪意を拾いまくり、余計なトラブルを抱え込み、冒険に出たくてウズウズするに決まってる。やめておけ、私と一緒に冒険に出た方が楽しいぞ。あと、次は私を置いていくなよ！」

私がそう言うとソードが唖然《あぜん》として口を半開きにしたまま私を凝視してきた。なんだその意外そうな顔は！　私は正論を言っただけだぞ！

ソードはしばらくするとまた、考え込み出した。だから考えるなって言っているのに。

*

俺は、別れ際にゲムラウから「そうだ、コレを渡しておくよ。いい返事を期待してるぜ？」と、もらったクランのバッジを見つめた。

……まだ、結論は出ない。俺は、インドラほど強くねぇ。アイツはあんな性格だからこそ、むしろうまくやっていけるんだってわかっている。俺は……こんなふうに悩む性格だからこそ、悪意を拾いまくるからこそ、今までうまくやっていけなかったんだ。

――だけど、逆に考えるなら、インドラに師匠なんざいらねーんだ。

俺が教えることなんて最初からなかった。俺が心配する必要もなかった。インドラは、俺がいなくとも勝手にあの場所を出て行って、勝手に名を成した。俺は、アイツの手助けをした気になっていたけど、アイツを連れ出した気になっていたけど、そもそもそんな必要などなかった。

だから……俺は、インドラを思いやって別れる必要もないんだ。だってよ、インドラは、必要だって思ったなら俺の許可なく勝手にやるやつだもんな。友達がほしいなら勝手に誰かと友達になるだろうし、別の仲間がほしいなら勝手に誰か仲間を連れてくるだろうし。

そう考えることがようやく出来て、俺は大きく息を吐いて肩を回した。


翌日も、例のごとくインドラが俺のあとをついてきてだだをこねたが、ほっぺたを引っ張って黙らせた。

「帰ってきたら狩りに連れてってやるから！　今日は大人しくしとけ！」

「やらやらー！」

こんなときだけ幼児《ガキ》のマネしてだだこねるんじゃねぇ！

「とにかく！　今日はゲムラウと話があるんだ！　お前は新米冒険者の相手してろ！　戻ったら必ず狩りに連れてってやるから！」

本当に、自分の欲求に忠実なやつだよな！　知ってたけどよ！

「うぅ～……」

涙目でにらまれてひるみ、ほっぺたを引っ張るのはやめて頭をワシワシなでた。

「だから、戻ったらな。大物は残しておくからよ」

それでようやく落ち着いた。ったく、インドラ……俺が気遣うくらいお前も気遣ってみろ。

コイツ、俺がクランに入りたそうだから遠慮して身を引くとか、絶対に考えなそうだよな！


俺はゲムラウに連れられて、クランの拠点のある山に来た。

強い魔物はいないそうだが、かなりの人数があちこちにいる。

「クランの連中、お前が入るって聞いて浮かれてたぜ？」

ゲムラウに言われて、俺は立ち止まった。

「ゲムラウ、すまない。俺は、クランに入らない」

ゲムラウも足を止めた。

「俺は、後輩育成に向いてる性格じゃない。声をかけられてうれしかったし、正直揺れたが、俺は育成するより冒険してる方が性に合ってる。それに、クランの方針も聞いてなかったしな」

ゲムラウが俺を振り返った。

そして、今まで聞いたことのない嘲《あざけ》りを含んだ声で俺の言葉を聞き返した。

「…………クランの方針？」

俺を見たゲムラウは、いびつな悪意を含んだ笑顔になった。

「言ってなかったっけか？　金持ちを誘拐したり騙《だま》したりして、最終的に殺して金を奪うんだ。それに賛同してる連中が集まったクランだよ」

――俺は、ゲムラウの笑顔を見ながらつくづく思い知った。そういや俺、トラブルに見舞われやすかったわ、だから今まで仲間が出来なくて独りで依頼こなしてたんだったわ——インドラ、アイツって俺をよく知ってるよなぁ。なんで俺、いっときでもアイツとコンビ解消したほうがいいかもなんて考えたんだろ？

「そういうワケでよ、Sランク冒険者【迅雷白牙】様。俺たち《クラン》の秘密を知ったからには大人しく殺されてくれねーか？　あぁ、だがその前に、お前の豪邸の権利を俺に譲れ。あの豪邸、難攻不落でよ、何度も襲わせたのに全部失敗。おかげでずいぶんと仲間を殺されちまった」

　俺はゲムラウを嘲った。

「ゲムラウ、まさかお前たちごときがSランク冒険者の俺に敵うと思ってんのか？」

　ゲムラウが肩をすくめた。

「さっすが。潜んでる人数もわかるのか？」

　俺はざっと見渡す。

「五十人くらいか？　その程度の人数じゃ剣術だけでも簡単に倒せるけどな。ちなみに俺、魔術も使えるんだぜ？　大殲滅《だいせんめつ》魔術、ここでお披露目してやろうか？」

　俺の言葉を聞いて、潜んでいる連中がひるんだ。だが、ゲムラウは余裕だ。

「ソード、お前に人質まで殺せるのか？」

……はぁ？　人質取ってんのかよ。だけど、インドラに鍛えられた俺が、そんなことでひるむかっての。肩をすくめてやった。

「どーせ、俺が死んだら人質も死ぬじゃねーか。なら、俺が生き残って人質が死んだ方が死人の数が減るさ」

　この返答は、ゲムラウにとって予想外だったらしい。さっきまであった余裕が消えた。

「……本気で言ってるのか？」

「たりめーだろうが。俺は俺の命が一番大事だよ。……いや、一番は相棒の命かもしれねーけど、ま、アイツは俺が心配する必要なんかねーからな」

　その俺の言葉を聞いたゲムラウに、余裕が戻った。

「……あー、あの小僧のことか。かわいい面《ツラ》だからって連れ回してよ、お前らしくもねぇ。危険な任務にはお供させません、ってか？　お前がそういう趣味をしてたってのは意外だったが、どうでもいいか。――さーて、じゃあその人質ってのは、誰だと思う？」

　俺は一気に顔色を失った。

――コイツまさか……インドラを連れてきたんじゃねーだろうな!?

*

　しょぼくれてる私を、新米冒険者たちがなぐさめてくれた。そして提案してくれた。

「……なら、【迅雷白牙】のところに行ってみないか？」

　私はラキの顔をぱちくりと見つめた。

「――行ってもいいと思うか？」

「「「思う！」」」

全員が声をそろえて賛成してくれた。そうか。じゃあ行くか。

すると、うさんくさいおっさんたちがキモい笑顔で私たちに近寄ってきた。

「君たち、【迅雷白牙】のあとを追うのか？　実は俺たち、彼の師匠だった人の、同じクランのメンバーなんだ。良かったら連れてってやろうか？」

……ふむ？　ふーむふむ。

私が思わずニヤけてしまったら、皆さん一斉にドン引きしたのですが、どうしたのでしょう？

「い、インドラ？　お前、とっても悪そうな笑顔になってるけど、なんでだ？」

ってラキに言われてしまった。

あれ？　おかしいな。なんでだろう？

なんだかトラブルの予感がしてきたので、ちょっと期待しちゃっただけなのに。

「オラ、ワクワクしてきたぞー！」

拳《こぶし》を上げて叫んだら、ますますドン引きされた。


そうして連れてこられた山の中。相変わらず魔物にはエンカウントしません。怪しげなおっさんたちは「魔物が出ても俺たちが助けるさ」とか言ってますけど、出たところで必要ありません。

ちびっこパーティ【雷と剣】の一人、リングはなんか怪しくない？　ってささやいてきたけど、私は笑顔でリングの肩をたたいた。

「安心しろ。冒険に怪しさと危険はつきものだ。さぁ、罠《わな》に飛び込んでいこう！」

朗らかに言った途端リングが死んだような目になったけど、納得したらしく引き下がってくれた。

しばらく山の中を進むと、さらにゾロゾロと怪しげなおっさんたちが出てきた。

それを見て、リングを除いた【雷と剣】の三人の、輝いていた瞳《ひとみ》に不審さが宿る。

「な、なんか変じゃないか？」

ラキが私にささやいてきたので、満面の笑みで答えた。

「最初っから不審さ満載だったぞ！　ワクワクするよな！」

あれ？　みなさん固まったんだけど、なんで？

ラキが慌てたようにリングを見て、死んだ目になっているのにさらに慌てた後、怪しげなおっさんに問いただした。

「な、なぁ？　インドラが変なこと言ってるんだけど、別に不審なことなんてないよな？」

おっさんたち、呆《あき》れた顔で私を見た後、ラキを見て、イヤァ～な笑みを浮かべた。

「どうせ【迅雷白牙】に助けてもらえると思ってるから余裕なんだよ、ソイツは」

「「え？」」

ラキと私が疑問形で合いの手を入れた。私はラキと顔を見合わせた後、おっさんに告げた。

「ソードに会う前に片をつける予定だぞ？　ソードは、人相手だと手加減しろってうるさいからな。せっかく私を罠にはめてくれたんだ！　この『誘拐された』って状況を思い切り楽しむぞ！」

全員が口を開けて私を見ているぞ。さっきからその表情をよくするけど、なんでだろう。

「い、インドラ！　お前、誘拐されてるってわかってたのかよ⁉」

ラキが私に問いただしてきたので元気よくうなずいた。

「うむ！　誘拐とまでは思っていなかったが、うさんくさいおっさんが近寄ってきて、凶悪な顔に似合わない猫なで声を出してきたので、何かしらのトラブルが発生するとは期待していた！　期待通りだ！　ヒャッホー！」

ガッツポーズをしたら全員がまた口を開けて私を見たぞ。その表情はもう見慣れた！

「さーて。ソードが冒険に連れてってくれないフラストレーションを解消するか！　……ソードはヒドイのだ！　私と一緒にいると、魔物がおびえて逃げるからって狩りに連れてってくれないのだ！　私だって冒険したいんだー！　――だから、自ら招いたぞ！　さぁおっさんども、名乗りを上げてくれ！　お前らは私たちを誘拐して、殺そうとしていると！　そうしたらお前らをいたぶる大義名分が出来る！」

おっさんどもは気分良くしゃべる私を呆れたように見ていたが、すぐさま我に返った。

「いや？　そんなことは考えてないぞ」

とかリーダーっぽいおっさんが言い出したし。ウソつけぇ。

「えぇー。ここにきて見え透いたウソをつくのか。せっかくだから、Sランク冒険者のパートナーである私の実力を推し量ってみよう、などと考えないのか？　これだけの人数がいるなら、もしかしたら二秒くらいは私の相手になれるかもしれないぞ？　私も一気に殺さず、なぶり殺しにする予定だしな！」

私の挑発に乗り武器に手をかけた周りのおっさんどもを、リーダーっぽいおっさんが制し、キモい笑顔で否定してきた。

「いやぁ、考えてないって言ってるじゃないか。ただね、【迅雷白牙】に頼まれたんだよ。彼は、君にその子たちとパーティを組んでもらいたいと考えてる。君とのコンビを解消して俺たちのクランに入る気なんだ。彼は、俺たちのリーダーを慕っているしね。それで、君を説得がてら連れてきてくれとさ」

その言葉を聞いた私は、頭がスパークして真っ白になった。

「ヒェッ!!」

とラキが私を見て悲鳴を上げた気がする。おっさんたちも私を見て真っ青になった。

それくらい私は激怒していた。

……アイツはまた、私と別の子たちを組ませたらどうだろう……なんてくだらないことを考えて、ここ最近ウジウジしていたのか!?

「――――私をソードのところに連れていけぇえええええ!!」

大声で怒鳴ると、「はいっ!」と、おっさんたちが背筋を伸ばして元気よく返事した。

*

俺は慌ててゲムラウに聞いた。

「お前、インドラを連れ出してねーだろうな⁉」

ゲムラウが笑う。余裕ぶっこいてる場合じゃねーぞ！

「そんなにあの子が心配か？」

「たりめーだろうが！　アイツは俺のパートナーだぞ！　つまりは、俺に匹敵する実力を持ってる、ってことなんだぞ！　わかってんのかよ⁉」

ゲムラウは、俺の言っている意味がわからないのか呆《ほう》けてやがる。

「おまけに、アイツはドSだぞ！　自分が楽しむためにガンガン他人を犠牲にするやつなんだからな！　ここ最近は狩りに連れてってやってねーから、不満もたまりまくりなんだ！　お前ら、俺に殲滅魔術で殺された方がまだマシだった、ってくらいのひどい殺され方するぞ！」

ゲムラウたちは、俺の焦った怒鳴り声に半信半疑な顔になった。

——俺が心配しているのは、大義名分を得たインドラがお前らをどんな目に遭わせるか、ってことだよ‼

「とにかく！　悲惨な死に方をしたくなかったら、なだめて追い返せ！　どっかに強そうな魔物がいるんだったらソコ連れてきゃ気が逸れるだろうから、そこに追いやれ！　アイツは……」

「……ソーードォオオオ‼」

インドラの叫びに遮られた。あ、ヤベ。相当怒ってる。俺は首をすくめた後、ため息をついた。

「……手遅れみたいね。しかも、なんであんなに怒ってるんだよ？」

インドラを連れてきた連中、何を言って怒らせたんだ？　って考えた直後。

――――ドォン！

ものすげー音がして、インドラが現れた。

土煙が舞っています。カッコいい登場だね。でも、俺をにらんでるね。

「……インドラさん？　なにを怒ってるの？」

「とぼけるな！　また私を年近い冒険者に押しつけてどうのこうのって考えてただろう！」

――マジかよ。誰だよバラしたの！

「テメーら！　なんで知って……」

慌てた俺がゲムラウの仲間たちを責めようとして、失言を悟った。インドラがますます怒りのオーラを出したからだ。

「ちょっと待て、聞け。俺は、お前のためを思って考えてたんだ」

「ソードォオオオ‼　歯を食いしばれぇええ‼」

インドラが殴りかかってきた。マジかよ！　やめろ！　お前が本気出したら俺の顔面がはじけ飛ぶだろうがよ‼

身体強化呪文プラス結界呪文を、過去最速で唱えて腕でガードした。インドラの拳が俺の腕に当たり、俺は踏ん張ったが、いろんなモノを巻き添えにしつつ後ろに吹っ飛んだ。すさまじい距離を後退した後、ようやく止まったが、インドラ、追撃してきやがった！

「待てっつってんだろ！　俺はお前のためを思ってんだよ！」

「黙れぇええ！　貴様が考えて出した結論は、ろくな結果にならないと何度も何度も何度も言ってるだろうがぁああ！　お前がおっさんになってもボッチだからと私まで一緒にするなぁあああ！」

『おっさんになってもボッチ』で俺もキレた。インドラに殴りかかる。

「テメェ！　ちょっと冒険者と仲よくなったくらいで自分はボッチじゃねーとかチョーシに乗ってんじゃねーぞゴラ！　テメェだって、その無神経な性格を見直して少しは俺が思うくらいに俺のことを思ってみろよこの自分勝手野郎！」

「美幼女をおっさん呼ばわりするなぁあ！」

「俺をおっさん呼ばわりすんじゃねぇえ！」

本気で殴り合った。互いに罵倒《ばとう》し合い、殴って蹴《け》って吹っ飛ばし、殴られ蹴って吹っ飛ばされる。

――そのうち、楽しくなってきた。インドラの使う技が、俺の知らない技でカッコいいんだよ。

その場で宙返りして俺の顎《あご》を蹴ってきたり、俺を逆さまに抱え上げたと思ったら跳び上がって俺を地面にたたきつけたり、足首つかんで回転させて吹っ飛ばしたり、俺の頭に跳びついて足ではさんだまま宙返りして俺を地面にたたきつけたり、他にも派手な技を使ってきやがるんだ。

チキショー俺もマネしてやる！


すっかり日が落ちたとき、リョークが俺たちの間に割り込んだ。

「ソードさーん、お母さーん。メイドのサリーさんから頼まれてお迎えにきましたー。屋敷の人たちが、帰りが遅いって心配してますよー。そろそろ遊ぶのは終わりにして、帰りましょー」

そのリョークの言葉で俺たちはようやく止まった。そして気付いた。山ン中、すっげーことにな

っていた。魔族とドラゴンが王都に襲来したときみたいな惨状だ。

俺は慌ててゲムラウを探した。……あ、良かった、生きてたわ。あと、インドラの連れてきた新米冒険者たちも無事だった。気絶してるけど。インドラのリョークが守ってくれていたらしい。

俺のリョークは、ゲムラウの仲間連中を一か所に集めて蜘蛛《くも》の糸みたいなので縛っているな。

……うん、ごめんな。リョークに尻拭《しりぬぐ》いさせていた。

息を吐いてインドラを見たら、怒りの表情なのに、目には不安とおびえがあって驚いた。

まるで、理不尽になじられ捨てられそうな小僧の表情だ。……見るまに涙が膨れ上がってきた。

大股《おおまた》に歩み寄ってインドラを抱き寄せたら、抱きついて泣きじゃくった。

「悪かった」

すんなりと謝罪の言葉が出る。

「俺はお前ほど強くねーんだ。だから、いつも揺れてる。俺を育ててくれたやつが俺にしたみたいに、教えることがなくなったら新たな仲間と共に旅立て、って背中を押すべきなんじゃねーのか、ってよ。俺は、俺自身の寂しさを埋めるためにお前を手元に置きたがってるんじゃねーのか、それはお前にとって良くねーことなんじゃねーかって」

「お前が考えることはいつもろくでもない。そして、私はお前から何も教わってない」

インドラが俺のセリフをぶった切ってきたぞ。

「……わかってるよ！　お前は俺の弟子じゃねーし、お前は一人で勝手にやれるやつだってよ！

だから、俺は、お前のためを思ってろくでもないことを考える必要なんてないんだって、ようやくわかったんだ！　俺は、俺と殴り合えるお前と一緒に、大盗賊が埋蔵したかもしれねー宝物を見つけにいったり、魔王に頼んで城を攻略させてもらったりするんだ」

――そうだ。昔、俺には夢があった。『仲間と冒険する』って夢だ。仲間と笑い、助け合いながら旅をして、いつか俺たちパーティの名前を世間にとどろかせよう、そんなバカな夢と希望を語っていた。

……でも現実は、俺だけが強くなった。最初に組んだ幼なじみの仲間たちは、強くなっていく俺を疎み憎み、関係はこじれ、俺は自ら脱退。その後どのパーティと組んでも、俺は仲間として浮いていた。だまされ利用されることなんて日常茶飯事だった。疲れて夢を捨て独りで戦い、流されるまま依頼をこなし、そしていつの間にかソロでSランクになって、俺の名だけが有名になった。金もいつの間にかたまっていた。なら、引退してどっかに引き籠《こ》もっても構わなかったのに、それでも冒険者をやめずに放浪していた。いつか失くした夢が、『仲間と冒険する』ってつまんねー夢が諦《あきら》めきれなかったから――それを今、思い出した。

　インドラが急に笑った。

「大盗賊の埋蔵金は、冗談だぞ？」

「知ってるよ。でも、あるかもしれねーって、それが冒険なんだって、お前が俺に教えたんだぜ？　だから――俺と、冒険しようぜ？」

「――うん」

　涙声でうなずくインドラを、ガシガシなでた。

山を下りて役人に話し、辺境を警備する騎士団に連絡してゲムラウたちをしょっ引いてもらった。騎士団の手柄になるだろうけど、俺は手柄なんてどーでもいいし、インドラはもっとどうでもいいだろう。コイツは「……せっかくトラブルが舞い込んできたのに、ソードと殴り合ってたせいで拷問の上惨殺出来なかった」って方が残念みたいだしな。

　最後にゲムラウと話した。

「――ゲムラウ、なんで道を外れたんだ？　昔のお前は、俺にいろいろ教えてくれた上に俺を思いやって新たな仲間作りに旅立て、って背中を押してくれたやつだったのに、何があったんだよ？」

　尋ねた俺を、ゲムラウが笑い飛ばした。――悪意に敏感な俺に悟らせないほど本心を隠すのがうまかったゲムラウは、もう隠さず俺に本音と嘲笑《ちょうしょう》をぶつけてきた。

「ハァ？　お前の能天気さには笑えるな！　……確かに、お前をずっと飼い殺しにしてたら儲《もう》かったかもな。でも、お前って、目障りなんだよ。……たったひと月で俺を抜かす実力を身につけるようなガキ、イライラするから側に置いておきたくなかっただけだよ！　いびったら仕返しが怖いんで、とっとと野たれ死ね、って思って適当に甘い言葉を言い繕って追い出したってだけだぜ。なのに、ソロでSランクにまで上りつめるとはな！」

　最後は吐き捨てるように言われたけど、俺は思わず笑っちまった。

「……なにがおかしい」

　ゲムラウがうなるので、俺は笑いを止めて、笑顔を向けた。

「それならそうと早く言ってほしかったぜ――そっか、俺を追い出したのはそういう理由かよ。なら、俺は『インドラの将来を』なんて下らねーこと考えてアイツと別れようなんて思いわずらう必要性はこれっぽっちもなかったのか！　俺は、アイツと一緒にいて良かったんだ！」

　ゲムラウが呆《あき》れた顔をして、俺に言った。

「化け物同士、お似合いだよ。チッ、欲をかいてお前なんかに目をつけるんじゃなかったぜ……」

　俺はせせら笑うと、ゲムラウに背を向けた。そしてふと思い出し、ゲムラウにもらったバッジを地面にたたきつけると、二度と振り向かず立ち去った。

*

　後日談だが、私が受け持っていた新米冒険者たち【雷と剣】が「冒険者をやめる」と言い出した。あんなに楽しそうだったのに、なんで突然？　と驚いた私は理由を聞いた。

「俺たち、あんなふうに戦えないから」って返されたので、思わずソードと顔を見合わせた。

「まーな……。戦いはともかく死ぬ覚悟はしとかねーと、冒険者はやってけねーな」

　ソードがさらに追い打ちをかけているぞ。

「それは運不運だからさほど気にすることはないと思うぞ？　それよりも、冒険のワクワク感を楽しめなくてはな！」

「「「ワクワク感、いらない」」」

　声をそろえて答えられた。

エピローグ

いつの間にか私は十歳になっていて、メイドたちが盛大にお祝いをしてくれた。昔からの使用人、特にメイドは、私を着飾らせたがる。そして、昔からの使用人たちは着飾った私を絶賛するのだが、ソードや新参者たちが実に微妙な顔をする。

「なんだかなぁ……。女装感が抜けないんだよなぁ。俺、いつものお前の方がいいわ」

ソードなんかはハッキリとそう言うので蹴っておいた。

お祝いの後、私は最後のシメに皆の前で宣誓する。

「落ち着いたのでまた冒険者家業に戻る」

「……王都と海の方を回ってくるわ。インドラにゃ、イースの町だけってのは小さすぎるだろ」

寂しがる使用人たちにソードがそう説得。ペット（牛と鶏とスライム）にも言い聞かせ、別れを惜しみつつ旅支度をする。ソードは根性でシャールとブロンコを持っていく、らしい。ブロンコはリョークに収納出来るから良いとしても、シャールはかなりデカい。ワンボックスカー並みだ。山越えは無理だから諦めろと言ったが、絶対持っていくの一点張り。しかたないので、リョークのポッドに収納出来るようにリョークを改造したよ。後ろのお尻《しり》部分が蜘蛛の巣《す》のようにブワーッと広がるように開き、そこからシャールが入れられる。山越えの際には収納しよう。

あとは、スライムのスラリンがずいぶんと増殖したので一匹連れていくことにした。魔術でおトイレを作ってスラリンに処理をお願いすれば、寄る町でのおトイレ事情がだいぶ改善するぞ。

「では、行ってくる」

「「「いってらっしゃいませ」」」

私とソードが皆に片手を挙げて出発の挨拶《あいさつ》をすると、皆は並んで一斉に頭を下げた。


私は歩き出そうとするソードに向き直り、確かめるため聞いた。

「私が相棒でいいのだな？」

それを聞いたソードが苦笑して、頭をなでてきた。

「お前こそ、俺でいいのか？」

うむ……改めてそう言われるとなぁ。思わず考え込んだらたたかれた。

「即答しろよ！」

フッと笑うと、私はソードに向けて拳《こぶし》を出した。

拳を見たソードがキョトンとしたあと、破顔した。

「では、行こうか相棒」

「そうだな相棒」

私たちは拳をぶつけあい、冒険の続きをしに王都に向かうべく、シャールに乗り込んだ。


〈了〉

あとがき

はじめまして。作者のサエトミユウです。

お買い上げいただきまして誠にありがとうございます！

この本は、私の初小説となります。何もかも、すべてが初です。

まさか、読者から作者にまわるとは……人生って何が起こるかわかりませんね。


さて、拙作は、よくある異世界モノです。

よくある異世界モノなのですが、こういった友情とも親愛ともとれる関係を書いた作品は小説に少ないなと思い、書き始めました。

インドラという女の子は、私の憧《あこが》れであり、好みのタイプを集約させた結晶です。自由で、我《わ》が侭《まま》で、唯我独尊で、傲慢《ごうまん》で。こう書くと、到底ラノベ向きのヒロインではないのですが、「それがどうした」を言える強い人って嫌われるけど憧れるよなぁと思っています。

ソードもまた、好みのタイプを集約させました。苦労人で繊細で、トラブルを背負い込み自身もトラブルメーカー。一人でいたら孤独な英雄なのに、はっちゃけ幼女といると情けない残念なおっさんに早変わり。様式美ですね！

そんな二人プラス、大好きなロボッ……ではなくゴーレムを仲間として、童話のように童謡のようにワクワクする冒険をさせたい！　というのが作者の願いでした。

そんな二人を描くのに、かなり苦労をしました。元のお話は友情メインの道中記、ではなく大暴れ幼女の大活劇でしたので、ソードがインドラの尻拭《しりぬぐ》いと作者の力量不足の泥をすべて被《かぶ》った感じになり、けっこうな嫌われキャラになってしまいまして……書籍化に伴い、なんとかソードの株を上げるべく練り直しと書き直しを何度も何度も繰り返し奮闘いたしました。えぇ、本当に……。

でもその奮闘のかいあり、インドラとソードの素敵な冒険の始まりが書けたのではないかと思います。

最後に、もの書き初心者である作者を的確に指導して下さった編集のＩ氏、素敵すぎる挿絵を描《か》いて下さった又市マタロー氏、そして、執筆中にアドバイスを下さったＴ氏とＦ氏に、お礼を申し上げます。

そして、読者の皆様にも厚くお礼を申し上げたいと思います。お読み下さり、ありがとうございました。

二〇二〇年秋

サエトミユウ

お便りはこちらまで

〒102－8078
カドカワBOOKS編集部　気付
サエトミユウ（様）宛
又市マタロー（様）宛

本書は、カクヨムに掲載された「オールラウンダーズ‼　～転生令嬢の雑学チート冒険譚～」を加筆修正したものです。

カドカワBOOKS

オールラウンダーズ!!
転生《てんせい》したら幼女《ようじょ》でした。家《いえ》に居《い》づらいのでおっさんと冒険《ぼうけん》に出《で》ます

2020年11月10日　初版発行

著者／サエトミユウ

発行者／青柳昌行

発行／株式会社KADOKAWA

〒102-8177
東京都千代田区富士見2-13-3
電話／0570-002-301（ナビダイヤル）

編集／ビーズログ文庫編集部

印刷所／暁印刷

製本所／本間製本

本書の無断複製（コピー、スキャン、デジタル化等）並びに
無断複製物の譲渡及び配信は、著作権法上での例外を除き禁じられています。
また、本書を代行業者等の第三者に依頼して複製する行為は、
たとえ個人や家庭内での利用であっても一切認められておりません。

※定価（または価格）はカバーに表示してあります。

●お問い合わせ
https://www.kadokawa.co.jp/（「お問い合わせ」へお進みください）
※内容によっては、お答えできない場合があります。
※サポートは日本国内のみとさせていただきます。
※Japanese text only

©Saetomiyu, Mataro Mataichi 2020
Printed in Japan
ISBN 978-4-04-736400-4 C0093

新文芸宣言

かつて「知」と「美」は特権階級の所有物でした。

15世紀、グーテンベルクが発明した活版印刷技術は、特権階級から「知」と「美」を解放し、ルネサンスや宗教改革を導きました。市民革命や産業革命も、大衆に「知」と「美」が広まらなければ起こりえませんでした。人間は、本を読むことにより、自由と平等を獲得していったのです。

21世紀、インターネット技術により、第二の「知」と「美」の解放が起こりました。一部の選ばれた才能を持つ者だけが文章や絵、映像を発表できる時代は終わり、誰もがネット上で自己表現を出来る時代がやってきました。

UGC（ユーザージェネレイテッドコンテンツ）の波は、今世界を席巻しています。UGCから生まれた小説は、一般大衆からの批評を取り込みながら内容を充実させて行きます。受け手と送り手の情報の交換によって、UGCは量的な評価を獲得し、爆発的にその数を増やしているのです。

こうしたUGCから生まれた小説群を、私たちは「新文芸」と名付けました。

新文芸は、インターネットによる新しい「知」と「美」の形です。

2015年10月10日

井上伸一郎

夏野夜子　イラスト／赤井てら

コケた拍子に異世界トリップした女子高生のスミレは、行き倒れる前に銀髪の男に行き倒れられ、なんやかんやと冒険者ギルドで働くことに。特別な力があるわけでもなく変な動植物に懐かれながら暮らすスミレの明日はどっちだ!?

カドカワBOOKS

時潟　イラスト／**わたあめ**

転生したら５歳の幼女になっていた元・女子大生のルイ。目が覚めたらそこは異世界の最凶ダンジョン、隣にはリスみたいな聖獣さんがいました……!?　相棒の聖獣・テクトと一緒に健やかダンジョンライフ、目指します！

カドカワBOOKS